诗词写作入门
（增订本）

王铁钧　编著

U0808869

中国石化出版社
HTTP://WWW.SINOPEC-PRESS.COM

图书在版编目(CIP)数据

诗词写作入门／王铁钧编著．—2版（增订本）．—北京：中国石化出版社，2020.1(2025.8重印)
ISBN 978-7-5114-5656-4

Ⅰ.①诗…　Ⅱ.①王…　Ⅲ.①诗词-创作方法-中国　Ⅳ.①I207.21

中国版本图书馆CIP数据核字（2020）第001332号

中国石化出版社出版发行
地址：北京市东城区安定门外大街58号
邮编：100011 电话：(010)57512500
发行部电话：(010)57512575
http://www.sinopec-press.com
E-mail：press@sinopec.com
北京富泰印刷有限责任公司印刷
全国各地新华书店经销
*
850×1168毫米32开本9.625印张183千字
2020年3月第2版　2025年8月第4次印刷
定价：48.00元

增订本前言

《诗词写作入门》自2012年出版以来，已印刷了10次，销量持续稳定。由此可见，它得到广大读者的认可，经受住了时间的考验。

《诗词写作入门(增订本)》在原版的基础上加以修订，并增加了五个词牌(阮郎归、千秋岁、满庭芳、水龙吟、贺新郎)，以及一篇附录(二十四诗品)，内容更丰富完备。愿读者一如既往地支持与喜爱。

前　言

诗词是人们喜闻乐见的文学样式，是中国传统文化的精华。本书面向在校大、中学生及广大诗词爱好者，通过格律知识的介绍和经典作品的讲解，使读者理解诗词的格律特点和写作方法，感受诗词艺术的无穷魅力。

本书分为四个部分，第一章“中国古代的诗歌”对中国诗歌的发展历史做一概述，简单勾勒出从《诗经》到“元曲”各个时期的发展状况、经典作品和主要诗歌形式，使读者对中国古代诗歌的面貌有一个整体的了解。

第二章“诗词格律基础”，将诗词格律的基本知识放在一起来讲，力求简明清楚，相互贯通。前四节押韵、平仄，节奏和对仗是诗词同时具备的要求；五、六、七、八节是诗的主要格律要求；九、十节是关于词律的基本知识。阅读之后，读者可以感受到格律其实并不复杂深奥，是可以轻松掌握的。

第三、四章鉴赏部分是本书的重要特色，以往关于诗词写作的书籍往往只介绍格律，作品只在格律部分举例，不做讲解，读者对于诗词作品的内容难以把握，所以对格律和写法的理解也有所欠缺。本书的举例部分将诗词的内容、艺术特色与诗词的格律和写作方法结合起来进行全面地剖析和讲解，可以使读者在吟诵作品的同时，更好地理解诗词的意思和韵味，自然而然的掌握诗词的格律和写作方法。第三章“诗律鉴赏”，根据格律诗的主要形式，分为五言律诗、五言绝句、七言律诗、七言绝句和拗体诗五个部分，选取唐宋的优秀作品，一方面，对其内容和行文进行解说和鉴赏；另一方面，就其格律特点进行讲解。第四章“词谱鉴赏”，列出近五十个最受欢迎最适合写作的词谱，每个词谱举一至三首佳作鉴赏分析，同时对词牌的格律特点及其变化做出说明。通过这样的方式，读者在阅读吟诵经典作品的同时，就能自然联系到第二章所讲解的格律特点，理解诗词格律是如何运用到诗词写作中去的。

本书选讲的诗词以形式和内容并重，既注重选取名篇佳作，覆盖不同的题材，关注文字的可读性，又照顾到诗词格律的基本形式和各种变化。取舍本身便是一项繁复而耐心的工作。读者最终看到的，是作者精心奉献的一份礼物，希望你会不时感受到惊喜，体验到快乐。选取的诗作和词作在书后附有索引，易于检索，使得本书既可以作为诗词知识读物，又可以作为诗词佳作选本。因本书为普及型读物，其中的基本常识及引用作品不再一一注明出处。书中如有疏漏不足之处，敬请读者指正。

目　录

第一章　中国古代的诗歌

中国是诗歌的国度，中国古代的诗歌历史悠久，璀璨夺目。

《诗经》是我国最早的一部诗歌总集，是中国诗歌的源头。《诗经》分为风、雅、颂三部分，收集了西周至春秋时期的诗歌，共三百零五篇，所以又称“诗三百”。“风”指十五国风，是春秋时期各诸侯国的民歌；“雅”包括“小雅”和“大雅”，是贵族士大夫所作；“颂”分为“周颂”、“商颂”和“鲁颂”三部分，是宗庙祭祀的乐歌。《诗经》中的诗歌多以四言(即每句四字)为主，也有句式长短不一的杂言。诗篇大都分为多章，重章叠唱，回环往复，优美动人，如：

秦风·蒹葭

蒹葭苍苍，白露为霜，所谓伊人，在水一方。遡洄从之，道阻且长，遡游从之，宛在水中央。

蒹葭凄凄，白露未晞。所谓伊人，在水之湄。遡洄从之，道阻且跻。遡游从之，宛在水中坻。

蒹葭采采，白露未已。所谓伊人，在水之涘。遡洄从之，道阻且右。遡游从之，宛在水中沚。

《诗经》中的作品以国风部分最为朴实生动，情真意切，贴近人民生活，流传下大量脍炙人口的名句，如：“关关雎鸠，在河之洲。窈窕淑女，君子好逑。”(《周南·关雎》)；“桃之夭夭，灼灼其华。之子于归，宜其室家。”(《周南·桃夭》)；“执子之手，与子偕老。”(《卫风·击鼓》)；“一日不见，如三秋兮。”(《王风·采葛》)等。

到了公元前三、四世纪，出现了以个人名义创作的诗歌。中国第一位伟大的诗人——屈原诞生了。屈原是战国时期的楚国人，人们把他的作品和后来楚国诗人创作的形式相同的诗歌统称为“楚辞”。“楚辞”的风格与《诗经》迥然不同，每句字数长短不一，多用“兮”等语气词，婉转悠扬，如：

离　骚

[楚]屈　原

(节选)

帝高阳之苗裔兮，朕皇考曰伯庸。摄提贞于孟陬兮，惟庚寅吾以降。皇览揆余初度兮，肇锡余以嘉名。名余曰正则兮，字余曰灵均。纷吾既有此内美兮，又重之以修能。扈江离与辟芷兮，纫秋兰以为佩。汩余若将不及兮，恐年岁之不吾与。朝搴阰之木兰兮，夕揽洲之宿莽。日月忽其不淹兮，春与秋其代序。惟草木之零落兮，恐美人之迟暮。不抚壮而弃秽兮，何不改此度？乘骐骥以驰骋兮，来吾道夫先路。

有人认为，“楚辞”和《诗经》代表不同地域的诗歌，《诗经》代表北方地区和中原地区，而“楚辞”代表南方地区，把《诗经》和“楚辞”作为中国诗歌的两大源头。也有人认为，“楚辞”是对《诗经》的继承和发展，以《诗经》中国古代诗歌的唯一源头。不管怎样，《诗经》和“楚辞”作为中国诗歌的两大传统，在其后的两千余年，一直为后人继承和推崇，影响深远。人们常说的“风骚”就是指中国诗歌的这两个优秀传统，“风”就是“国风”，泛指《诗经》；“骚”就是《离骚》，泛指“楚辞”。

到了汉代，由楚辞发展出来的散文体式“赋”逐渐兴盛，成为文人创作的主流。而继承《诗经》传统的则是乐府诗。乐府是汉代管理音乐的机构，负责制定乐谱和采集民歌。汉乐府以叙事为主，其中有很多反映民生疾苦的叙事名篇，质朴感人，如：

十五从军征

十五从军征，八十始得归。道逢乡里人，家中有阿谁？遥望是君家，松柏冢累累。兔从狗窦入，雉从梁上飞。中庭生旅谷，井上生旅葵。舂谷持作饭，采葵持作羹。羹饭一时熟，不知贻阿谁。出门向东看，泪落沾我衣。

其余如《陌上桑》、《孔雀东南飞》、《上邪》等，都真实生动，引人入胜。

汉乐府对后世诗歌也产生了深远影响，因为乐府的职责是采集民间诗歌，而采诗的一个重要目的就是由百姓之口，观政治之得失。当政府不再有相应的乐府机构之后，诗人们往往标榜“乐府诗”，以底层百姓生活为题材，创作一些具有民歌特色的，反映普通百姓喜怒哀乐的作品。唐代白居易发起的“新乐府”运动，在这方面尤为突出，他以“文章合为时而著，歌诗合为事而作”、“惟歌生民病，愿得天子知”为宗旨，创作了大量作品，如：

新丰折臂翁

[唐]白居易

新丰老翁八十八，头鬓眉须皆似雪。玄孙扶向店前行，左臂凭肩右臂折。问翁臂折来几年，兼问致折何因缘。翁云贯属新丰县，生逢圣代无征战。惯听梨园歌管声，不识旗枪与弓箭。无何天宝大征兵，户有三丁点一丁。点得驱将何处去，五月万里云南行。闻道云南有泸水，椒花落时瘴烟起。大军徒涉水如汤，未过十人二三死。村南村北哭声哀，儿别爷娘夫别妻。皆云前后征蛮者，千万人行无一回。是时翁年二十四，兵部牒中有名字。夜深不敢使人知，偷将大石捶折臂。张弓簸旗俱不堪，从兹始免征云南。骨碎筋伤非不苦，且图拣退归乡土。此臂折来六十年，一肢虽废一身全。至今风雨阴寒夜，直到天明痛不眠。痛不眠，终不悔，且喜老身今独在。不然当时泸水头，身死魂孤骨不收。应作云南望乡鬼，万人冢上哭呦呦。老人言，君听取。君不闻开元宰相宋开府，不赏边功防黩武。又不闻天宝宰相杨国忠，欲求恩幸立边功。边功未立生人怨，请问新丰折臂翁。

全诗平白生动，句句含泪，与上面的《十五从军征》有异曲同工之处。此外，白居易还创作了《卖炭翁》、《上阳白发人》等广为流传的名篇。乐府诗歌关注民生的优良传统，在白居易等诗人身上得到了继承和发展，是中国古代诗人现实关怀的重要体现。

汉代乐府诗中已经有了不少五言的作品，五言诗作为古代诗歌的主要形式已显露端倪。到了东汉末年，文人们也开始有意识创作五言诗，《文选》收录的“古诗十九首”成为当时五言诗的代表，被赞誉为“惊心动魄，一字千金”。古诗十九首并非一人一时所作，而是将一批形式和风格相似的作品汇集起来，作者已不可考证。诗作温柔敦厚，委婉尽情，如其中的第一首：

行行重行行，与君生别离。相去万余里，各在天一涯。道路阻且长，会面安可知。胡马依北风，越鸟巢南枝。相去日已远，衣带日已缓。浮云蔽白日，游子不顾返。思君令人老，岁月忽已晚。弃捐勿复道，努力加餐饭。

诗中的语句如同随口道出，“相去日已远，衣带日已缓”(衣带日渐宽松，因为人日渐消瘦)、“思君令人老”、“弃捐勿复道，努力加餐饭”(不多说了，你要尽量多吃饭，保重身体)，句句自然平易，又饱含深情。这正是诗人追求的理想境界，所以这组作品历朝历代都为人推崇和借鉴。

魏晋南北朝时期，五言诗发展成为中国诗歌的主流，出现了许多大诗人，如曹植、阮籍、陶渊明、谢灵运等。

汉献帝建安年间，也就是我们熟悉的三国时代，诗坛非常繁荣。曹操、曹丕、曹植父子三人是当时的诗坛领袖，其中，尤以曹植成就最高。曹植天赋过人，其诗作纵横恣肆，慷慨多情。如：

白马篇

[魏]曹　植

白马饰金羁，连翩西北驰。借问谁家子，幽并游侠儿。少小去乡邑，扬声沙漠垂。宿昔秉良弓，楛矢何参差。控弦破左的，右发摧月支。仰手接飞猱，俯身散马蹄。狡捷过猴猿，勇剽若豹螭。边城多警急，虏骑数迁移。羽檄从北来，厉马登高堤。长驱蹈匈奴，左顾陵鲜卑。弃身锋刃端，性命安可怀？父母且不顾，何言子与妻。名编壮士籍，不得中顾私。捐躯赴国难，视死忽如归。

晋代诗坛出现一种倾向，即坐而论道、抽象说理的玄言诗，诗作枯燥无味，在艺术上没有特色。但在这种诗风之中，却出现了一位与众不同之人。陶渊明的田园诗作清新朴实，对后世影响深远，如：

饮 酒

（其五）

［晋］陶渊明

结庐在人境，而无车马喧。
问君何能尔，心远地自偏。
采菊东篱下，悠然见南山。
山气日夕佳，飞鸟相与还。
此中有真意，欲辨已忘言。

陶渊明对田园生活的歌颂和吟唱，自然恬静，率性天成，寄托了古代文人摒弃世俗功利，追求独立人格的风骨和节操，他寓感情哲理于生活情景之中，在艺术上为后世诗歌开辟了山水田园一派。唐代诗人王维、孟浩然、韦应物，都是山水田园的代表诗人。如：

终南别业

［唐］王 维

中岁颇好道，晚家南山陲。

兴来每独往，胜事空自知。

行到水穷处，坐看云起时。

偶然值林叟，谈笑无还期。

可以看出，王维与陶渊明在精神境界与艺术风格上都是一脉相承的。

魏晋南北朝的诗歌除五言之外，七言也逐渐增多。如：

燕歌行

[魏]曹　丕

秋风萧瑟天气凉，草木摇落露为霜，群燕辞归鹄南翔。念君客游多思肠，慊慊思归恋故乡，君何淹留寄他方？贱妾茕茕守空房，忧来思君不敢忘，不觉涕下沾衣裳。援琴鸣弦发清商，短歌微吟不能长，明月皎皎照我床。星汉西流夜未央，牵牛织女遥相望，尔独何辜限河梁？

这首诗句句押韵，后人称这种诗体为“柏梁体”，认为是汉武帝柏梁台上与群臣联句所创。其实这只是早期七言诗的一种特殊形式，影响不大，后代诗人创作也不多。总体来说，魏晋南北朝的七言诗还很少，七言诗真正繁荣是在唐代。

早期的诗歌是能入乐歌唱的，魏晋以后，诗歌不再入乐，成为文人的书面创作。于是诗人开始更加关注诗歌的形式特点，有意识地寻求文字音节上的美感。南朝诗人沈约发现了四声的作用，并将其应用到诗歌的创作中。经过了数代诗人的实践，到了隋唐时期，近体诗的格律逐渐成熟。近体诗就是我们常见的律诗和绝句，如：

送友人

[唐]李　白

青山横北郭，白水绕东城。
此地一为别，孤蓬万里征。
浮云游子意，落日故人情。
挥手自兹去，萧萧班马鸣。

这是一首五言律诗，在字数、平仄、押韵和对仗上都有其特定的要求。近体诗整齐美观，和谐流畅，是中国诗歌艺术的精华。此后一千多年，直至近现代，近体诗一直是中国诗歌的主流。因为近体诗讲究格律，所以也称作格律诗。本书所讲的诗的格律就是指近体诗的格律。

近体诗形成之后，诗人仍创作没有格律要求的五言诗、七言诗，以及杂言诗。相对于近体诗，这些都称为古体诗。古体诗的发展受到近体诗的影响，在平仄押韵等方面都充分吸收了近体诗的优秀之处。

唐代是中国诗歌的黄金时代，涌现出一批伟大的诗人。尤其是“诗仙”李白和“诗圣”杜甫，以其卓越的才华成为中国诗坛的双子星座。李白的诗纵横飘逸，气魄宏大，如：

望庐山瀑布

[唐]李　白

日照香炉生紫烟，遥看瀑布挂前川。
飞流直下三千尺，疑是银河落九天。

杜甫的诗沉郁顿挫，情感真挚，如：

秋兴八首

（其一）

[唐]杜　甫

玉露凋伤枫树林，巫山巫峡气萧森。
江间波浪兼天涌，塞上风云接地阴。
丛菊两开他日泪，孤舟一系故园心。
寒衣处处催刀尺，白帝城高急暮砧。

李白、杜甫不仅写作近体诗，在古体诗方面也有很高的成就，如：

将进酒

[唐]李　白

君不见黄河之水天上来，奔流到海不复回。君不见高堂明镜悲白发，朝如青丝暮成雪。人生得意须尽欢，莫使金樽空对月。天生我材必有用，千金散尽还复来。烹羊煮酒且为乐，会须一饮三百杯。岑夫子，丹丘生，将进酒，杯莫停。与君歌一曲，请君为我倾耳听。钟鼓馔玉何足贵，但愿长醉不愿醒。古来圣贤皆寂寞，惟有饮者留其名。陈王昔时宴平乐，斗酒十千恣欢谑。主人何为言少钱，径须沽取对君酌。五花马，千金裘，呼儿将出换美酒，与尔同销万古愁。

石壕吏

[唐]杜　甫

暮投石壕村，有吏夜捉人。老翁逾墙走，老妇出门看。吏呼一何怒，妇啼一何苦。听妇前致词，三男邺城戍。一男附书至，二男新战死。存者且偷生，死者长已矣。室中更无人，惟有乳下孙。有孙母未去，出入无完裙。老妪力虽衰，请从吏夜归。急应河阳役，犹得备晨炊。夜久语声绝，如闻泣幽咽。天明登前途，独与老翁别。

相比之下，李白更关注个性自由和理想境界，而杜甫则更关注社会政治和人生坎坷。作为唐诗的代表，李白、杜甫以其精湛的诗艺和崇高的人格魅力，成为后代诗人的典范。

唐代其他诗人也都卓有成就，独具一格，如擅长山水田园诗歌的王维、孟浩然，擅长边塞诗歌的高适、岑参，追求雄奇险怪的韩愈、李贺，提倡新乐府的白居易、元稹，善写七绝怀古的杜牧，意境朦胧幽深的李商隐，等等。众多诗人的优秀作品，使得唐诗成为中国古代诗歌不可逾越的高峰。

唐代以后，诗的整体艺术成就有所下降，但也出现了一些伟大的诗人，如苏轼、黄庭坚、陆游等。

晚唐五代开始，词作为一种新兴的诗歌形式，日趋繁荣起来。词在唐代产生，最初是配合乐曲，由教坊歌妓演唱的，称为“曲子词”。“词”是“曲子词”的简称，就是按照曲谱填入歌词。在唐代文人眼中，词是雕虫小技，不能登大雅之堂，所以只有零星创作。但是词在民间已经相当繁荣，敦煌文献中保存了许多民间创作的曲子词，语言质朴，平实清新，富有民歌的特色。如：

山花子

五里竿头风欲平，长风举棹觉船行。柔橹不施停却棹，是船行。

满眼风波多闪灼，看山恰似走来迎。仔细看山山不动，是船行。

唐末五代以后，文人开始大量写词，出现了汇编多人词作的集子《花间集》，词的形式逐渐成熟，但内容还只限于歌舞风月，美酒佳人，流于浮艳。如：

菩萨蛮

[唐]温庭筠

小山重叠金明灭，鬓云欲度香腮雪。懒起画蛾眉，弄妆梳洗迟。

照花前后镜，花面交相映。新帖绣罗襦，双双金鹧鸪。

南唐后主李煜，在亡国后写的词，情感真挚，意境深远，拓宽了词的境界，对后世影响很大，如：

虞美人

[五代]李　煜

春花秋月何时了，往事知多少。小楼昨夜又东风，故国不堪回首月明中。

雕栏玉砌应犹在，只是朱颜改。问君能有几多愁，恰似一江春水向东流。

渐渐的，词不只是作为坊间歌唱的内容，而是像诗一样，成为文人士大夫抒情言志的工具。一代文豪苏轼更是把词的境界扩展，豪放慷慨，一改以往词作婉约缠绵的抒情特色，如他的名作：

念奴娇

[宋]苏　轼

大江东去，浪淘尽，千古风流人物。故垒西边，人道是，三国周郎赤壁。乱石穿空，惊涛拍岸，卷起千堆雪，江山如画，一时多少豪杰。

遥想公瑾当年，小乔初嫁了，雄姿英发。羽扇纶巾，谈笑间，樯橹灰飞烟灭。故国神游，多情应笑我，早生华发。人生如梦，一樽还酹江月。

词的境界扩展，地位日益提高，在后世和诗一起成为中国古代诗歌的代表。

相比于诗，词有其独特的优越性，即句式长短不一，所以词又称为“长短句”。句式长短不一，使得词作节奏更加富于变化，更适合表达委婉曲折的情感，这也代表诗歌体式的新的发展。另外，相对于诗，词更加通俗易懂，描写抒情有着更自由的空间，也更加个性化。

两宋是词的繁荣时期，涌现出一大批优秀的词人，除苏轼外，还有柳永、秦观、贺铸、周邦彦、李清照、陆游、辛弃疾、姜夔，等等。这其中，以李清照和辛弃疾最为著名。女词人李清照，精于音律，词作清新细腻，生动自然，如：

如梦令

[宋]李清照

常记溪亭日暮，沉醉不知归路。兴尽晚回舟，误入藕花深处。争渡，争渡，惊起一滩鸥鹭。

辛弃疾是南宋著名的爱国主义词人，其作品豪迈顿挫，气势宏大，与苏轼并称“苏辛”，是豪放派的代表。如：

菩萨蛮

[宋]辛弃疾

郁孤台下清江水，中间多少行人泪。西北望长安，可怜无数山。

青山遮不住，毕竟东流去。江晚正愁余，山深闻鹧鸪。

宋代以后，词的创作日趋衰落，但也出现了一些优秀的词人，最著名的是清代的朱彝尊、纳兰性德等。

词的创作衰落后，取而代之的是曲。杂剧在元代成为一种群众喜闻乐见的演出娱乐形式，出现了很多著名的杂剧作家和作品，如关汉卿的《窦娥冤》、王实甫的《西厢记》、马致远的《汉宫秋》、郑光祖的《倩女幽魂》等。曲是在杂剧中歌唱的，随着杂剧兴起，曲的创作自然繁荣起来。

从本质上来说，曲与词没有什么不同，都是配乐歌唱的，都要依照特定的曲谱填入曲词。曲调在词调的基础上加以发展，更加丰富多样，内容则更注重铺叙。所以说，曲能取代词的流行，也是自然而然的事情，词的发展为曲的繁荣奠定了基础，准备了足够的条件。

元曲中也有文人依照曲谱创作的，不编入剧本歌唱的，叫做“散曲”，与词的形式就基本上一致了，如：

天净沙·秋思

[元]马致远

枯藤老树昏鸦，小桥流水人家，古道西风瘦马。夕阳西下，断肠人在天涯。

曲可以说是中国古代诗歌的最后一种形式，此后再没有新的诗歌形式产生。唐诗、宋词、元曲，作为各个时期诗歌的代表，为我们留下了丰富的艺术珍宝。

第二章　诗词格律基础

很多人对诗词格律存在着误解，或者以为它深奥难懂，复杂繁琐；或者以为它毫无必要，只能束缚创作自由。其实，诗词格律既不复杂深奥，也并非没有必要。正因为我们只看到一些具体的规定，没有越过这些规定，与其内在的精神直接对话，才会产生这些误解。格律的精神非常单纯，就是追求语言形式的和谐优美，而这种形式美集中体现在“押韵”、“平仄”、“节奏”和“对仗”四个方面。如果我们抓住关键，理解了它的基本原理，那些看似复杂难懂的种种规定就都能融会贯通、迎刃而解了。按顺序耐心地读完这一章，你就会发现诗词格律的奇妙之处，体验到依照格律写作的乐趣所在。

第一节　押　　韵

[一] 如何押韵

作诗首先要懂得押韵。那么，什么是韵？该如何押韵呢？我们先来读一首诗。

书 愤

[宋]陆 游

早岁哪知世事艰，中原北望气如山。
楼船夜雪瓜州渡，铁马秋风大散关。
塞上长城空自许，镜中衰鬓已先斑。
出师一表真名世，千载谁堪伯仲间。

这首诗里，我们很容易看出，第一、二、四、六、八句押韵，因为我们读起来感觉非常和谐。这是我们的语感，如果对语音加以分析，就能明白其中的道理。

汉语音节可以分为三个部分：声母、韵母和声调。比如“艰”字，汉语拼音是jiān，声母是j，韵母是ian，声调是阴平。而韵母又可以分成韵头(介音)，韵腹(主要元音)和韵尾三个部分。“艰”字的韵母ian，韵头是i，韵腹是a，韵尾是n。其中韵腹，即主要元音是每个字都必备的，韵头和韵尾则是可有可无的，如“把”(bǎ)，没有韵头和韵尾，“瓜”(guā)，只有韵头，没有韵尾，“寒”(hán)有韵尾没有韵头。

了解了汉字的音韵结构，我们就可以清晰地看出如何押韵了。

上面的诗，韵脚字为“艰”、“山”、“关”、“斑”、“间”。这五个字的汉语拼音分别为jiān、shān、guān、bān、jiān，我们比较一下，可以发现，它们相同的部分是ān，就是说，它们的韵腹、韵尾和声调相同。韵腹、韵尾、声调都相同就可以押韵，读起来就和谐。

有人说，声调不同就不可以押韵吗？我们现代的诗歌和歌词，往往不同声调放在一起押韵，听起来也是很和谐的，比如“五星红旗迎风飘扬，胜利歌声多么响亮。”“扬”是平声，“亮”是去声，也可以一起押韵。确实，不同声调也是可以押韵的，但是相比之下，同一声调显然还是比不同声调更加和谐。所以一般情况下，古诗都按照同一声调押韵，而格律诗更是要求只能押平声韵。词中情况有所不同，有时上声和去声是可以通押的，甚至还偶尔有平上去通押的情况，这些都是配合曲调的要求，我们后面词谱举例中会具体讲到。

［二］古韵和今韵

有时，我们读一首古诗，并不觉得韵脚是和谐的，如下面这首：

登　高

［唐］杜　甫

风急天高猿啸哀，渚清沙白鸟飞回。
无边落木萧萧下，不尽长江滚滚来。
万里悲秋常做客，百年多病独登台。
艰难苦恨繁霜鬓，潦倒新停浊酒杯。

这首诗也是第一、二、四、六、八句押韵，但是我们读起来就不那么和谐。

“哀”、“回”、“来”、“台”、“杯”的汉语拼音分别为 āi、huí、lái、tái、bēi，它们的声调在现代汉语里不尽相同，“哀”、“杯”是阴平，“回”、“来”、“台”是阳平，但是在古代，它们都属于平声，声调完全相同。它们的韵母也不都相同，有三种：

ɑi、ui 和 ei。ui 相当于在 ei 前面加了 u 介音的 uei，所以 ui 和 ei 的韵腹和韵尾是相同的，符合押韵规则。但是 ɑi 就相差很远。为什么它们可以放在一起押韵呢？因为古代和现代的读音不同，在古代的韵书《平水韵》中，“哀”、“回”、“来”、“台”、“杯”都属于灰韵，韵腹、韵尾和声调都相同，是符合押韵规则的。

古今语音并不是一成不变的，可以举个简单的例子作类比，我们读古文，有些字认识，但是却读不懂，是因为这些字古今的意义发生了变化，用现代的意义去读，就难以读懂。语音也是如此，经过漫长的历史时期，时间、地域、对外交流等因素都会使语音发生变化。语音的变化在不同地域有着不同的表现，就形成了方言。今天我们用某些方言读这首诗，韵律仍然是和谐的。说明这些方言在这些字音上，还保存着古音的特点。

我们再来看一首诗：

渔　翁

[唐]柳宗元

渔翁夜傍西岩宿，晓汲清湘燃楚竹。
烟销日出不见人，欸乃一声山水绿。
回看天际下中流，岩上无心云相逐。

这首诗的韵脚字“宿”、“竹”、“绿”、“逐”，我们现在读起来也不和谐，但是，它们在古代都是入声字，《平水韵》里都属于屋韵，韵母和声调都相同，所以在一起押韵。现代汉语普通话里，入声已经消失，古代入声字的读音发生了变化，原来同韵的入声字不再属于一个韵，读起来就不和谐了。所以，在现代汉语普通话中，“宿”、“竹”、“逐”就不能和“绿”在一起押韵了。

我们读古诗，应当了解一些古代的语音，这样，才能清楚古人作诗的方法，不至于误以为有些古诗不押韵，没有章法可循。

［三］韵书和押韵

隋唐以前，人们写诗是根据口语押韵的，没有统一标准的韵书。

隋代开始，实行科举考试制度，诗赋成了科举取士的一门。科举作为一种考试制度，如同现在高考，必然需要统一的标准。所以，在作诗方面，押韵的标准就必不可少。大家方言不同，如果都随意押韵，没有统一的标准，就无法判断孰优孰劣了。所以，隋代陆法言编著的《切韵》就成为第一部官方指定的工具书，士林学子们作诗押韵的参考手册。

虽然《切韵》主要是按照当时的实际语音编写的，但是因为其"论南北是非，古今通塞"的原则，同时综合了南北方音及古今语音，所以分韵较细。早在唐代时，参加科举的士子们就苦于其严苛细密，难于完全遵守。礼部尚书许敬宗上书皇帝，奏合而用之，允许一些相近的韵合用。

宋代陈彭年等人在《切韵》的基础上增修，编订了《广韵》。韵目比《切韵》有所增加，有 206 韵。但是标明了独用、同用例，实际上是将 206 个韵目合并成了 160 韵。后来的《礼部韵略》继续合并，只有 108 韵。南宋时期，有个叫刘渊的人编了一本《壬子新刊礼部韵略》，分 107 韵，因为刘渊自称江北平水人，所以这本书就被称为《平水韵》，成为后人作诗押韵的参考手册。历经元明清三代直至近现代，写作格律诗仍是以《平水韵》为押韵标准的。所以，我们要了解古音，熟悉古诗的具体押韵情况，应该参考查阅《平水韵》。

词又称作“诗馀”，可见其地位不及诗，不过这也使得它发展比较自由。因为不受到科举考试的束缚，押韵也符合当时实际口语。唐至清都没有关于词韵的标准韵书，清代戈载根据前人词作总结编写了一本《词林正韵》，实际上主要还是将诗韵的韵目进一步合并而成。

第二节　平　仄

[一] 四声与平仄

现代汉语有四个声调，阴平、阳平、上声、去声，而古代的四个声调则是平声、上声、去声、入声。不同之处在于：第一，现代汉语中的阴平、阳平在古代是一个声调，即平声，没有区别；第二，古代的入声字，是一种以塞音韵尾收声的字，发音短促。现代普通话里入声已经消失，古代属于入声的字在现代普通话里读成阴平、阳平、上声、去声的都有。

古代的四声是怎么发音的呢？前人有过生动的描述，唐代《元和韵谱》里说：“平声哀而安，上声厉而举，去声清而远，入声直而促”。《康熙字典》卷首《分四声法》说：“平声平道莫低昂，上声高呼猛烈强，去声分明哀道远，入声短促急收藏”。这样的描述虽然很难让我们具体知道古代四声的发音情况，但是可以看出，古人对于四声的描述，很注重其高低长短的音乐性。

所谓的平仄，“平”指的是平声，“仄”指的是上、去、入三声。对于现代汉语来说，平声指阴平和阳平，仄声则指上声和去声。为什么要把平声和仄声（上、去、入）对举呢？因为“仄”就是“侧”，就是不平的意思，平声比较平直，仄声是有起伏变化的。另外，平声可以拖得比较长，仄声往往较短，特别是入声，更为短促。这样，平仄交替，就构成了诗歌的抑扬顿挫、长短相间的节奏，充分体现出诗歌的音乐美。作诗要讲究平仄，正因如此。我们读一首诗来感受一下。

钱塘湖春行

[唐]白居易

孤山寺北贾亭西，水面初平云脚低。
平平仄仄仄平平，仄仄平平平仄平。
几处早莺争暖树，谁家新燕啄春泥。
仄仄仄平平仄仄，平平平仄仄平平。
乱花渐欲迷人眼，浅草方能没马蹄。
仄平仄仄平平仄，仄仄平平仄仄平。
最爱湖东行不足，绿杨阴里白沙堤。
仄仄平平平仄仄，仄平平仄仄平平。

平仄交错，读起来错落有致，长短结合，高低悠扬，琅琅上口。所以说，一首诗，读起来是否上口，是否有美感，与它的平仄有很大关系。诗的格律，最核心的精华就是平仄律。

[二] 入声与平仄

我们现代人作古诗，是否还需要辨别入声字呢？既然入声已经消失，入声字已经分派到平上去三声，我们只利用平上去来表达平仄就可以了。这和押韵一样，也涉及到一个如何看待传统，如何继承传统的问题。我认为，现代人写古诗，只要按照现代普通话的语音去押韵去讲究平仄就可以了，对于优秀的传统，我们需要继承的是其精神，一些不触动其实质的细节，不必泥守。但是，如果想要仿古，按照古人韵书的规定来写，也无可厚非。

虽然在写作的角度上不必拘泥，我们还是必须要讲一下古代入声字的问题，因为我们要阅读古诗，欣赏古诗，就应该知道哪些字是入声字，这样才能更准确地理解古诗的平仄，才能真正领会古诗的格律，体会平仄搭配的规律及其给人带来的美感。比如上面白居易的《钱塘湖春行》，第四句“谁家新燕啄春泥”，“啄”字就是入声字，如果按照现代汉语理解为平声字的话，“啄春泥”就是古人常说的“三平调”了，是律诗的大忌。第八句“绿杨阴里白沙堤”，“白”也是入声字，如果按现代汉语理解为平声的话，“白沙堤”也是“三平调”了。由此可见，如果我们不知道“啄”“白”是入声字，就无法真正体会古人对于“三平调”这一禁忌的严守，误以为古人作诗随意，经常不遵守诗律。

我们再看一首诗：

月夜忆舍弟

[唐]杜　甫

戍鼓断人行，秋边一雁声。

露从今夜白，月是故乡明。

有弟皆分散，无家问死生。

寄书长不达，况乃未休兵。

这首诗中，下面加“·”的都是入声字。按照诗律，后三联每联上句的句末都必须用仄声字，下句的句末都必须用平声字。第二联中，如果不知道“白”是入声字，我们就会以为“露从今夜白，月是故乡明”两句句末都用了平声字，不合诗律。第四联“达”字也是如此。可见，不了解古代的入声字，对于我们学习诗律，会造成很大的影响。

［三］如何判断入声字

在判断入声字上，有什么好的方法呢？查韵书自然是一种最准确直接的办法，但有些过于繁琐。我们可以先通过普通话语音的特点做出大致的判断。

首先，可以排除鼻音韵尾。即韵尾是 n，ng 的字，都不是入声字。比如“安（ān）”、“昂（áng）”、“间（jiān）”、“江（jiāng）”、“真（zhēn）”、“征（zhēng）”、“今（jīn）”、“迥（jiǒng）”等。这样，就排除了相当多的字。

除了鼻音韵尾的字以外，声母是 b、d、g、z、zh、j，读阳平的字，绝大多数是古代的入声字。如“白（bái）”、“达（dá）”、“阁（gé）”、“足（zú）”、“直（zhí）”、“菊（jú）”等，这一条是针对阳平字的，对于我们读古诗时辨别现代读平声古代读入声的字很有帮助。

声母 f、zh、z、c、s，和韵母 a 相拼的字，是古代的入声字。如“发(fā)”、“伐(fá)”、“扎(zhā)”、“杂(zá)”、“擦(cā)”、“萨(sà)”等。

声母是 zh、ch、sh、r，和韵母 uo 相拼的字，是古代入声字。如“卓(zhuō)”、“捉(zhuō)”、“辍(chuò)”、“说(shuō)”、“若(ruò)”等。

此外，e 韵母的字与[d、t、n、l]及[z、c、s]相拼的字，大都是古代入声字。如“德(dé)”、“特(tè)”、“乐(lè)”、“泽(zé)”、“策(cè)”、“色(sè)”等。

ie 韵母的字与[b、p、m]及[d、t、n、l]相拼的字，是古代的入声字。如“别(bié)”、“撇(piē)”、“灭(miè)”、“迭(dié)”、“帖(tiē)”、“捏(niē)”、列(liè)等。

üe 韵母的字除了“瘸”“靴”两个字外，都是古代入声字。如“学(xué)”、“约(yuē)”、“绝(jué)”、“穴(xué)”等。

熟悉了上面几点，我们在阅读古人作品的时候，就能够轻松判断出绝大部分入声字了。

第三节 节 奏

[一] 诗的节奏

诗中一般是以两个音节为一个节奏单位的，字数是奇数的句子往往以最后一个音节为一个单独的节奏单位，如：

白日－依山－尽，黄河－入海－流。欲穷－千里－目，更上－一层－楼。(王之涣《登鹳雀楼》)

黄梅–时节–家家–雨，青草–池塘–处处–蛙。（赵师秀《有约》）

这样的节奏划分，正是诗律中安排平仄的基础，相邻的节奏单位之间，平仄相互交替，就形成了格律诗的基本句式。

五言句，有：

仄仄–平平–仄，平平–仄仄–平。（白日依山尽，黄河入海流。）

七言句，有：

平平–仄仄–平平–仄，仄仄–平平–仄仄–平。（人间四月芳菲尽，山寺桃花始盛开。）

我们可以看到，五言句的第二、四、五字，七言句的第二、四、六、七字，都处在节奏点上，决定着每个节奏单位的平仄，所以这些字在诗律中是要求最严格的，而不处于节奏点上的字就相对可以作一些调整，如“山”字，本应为仄声，改为平声。所以对于初学作诗者，古人有句口诀：“一三五不论，二四六分明。”就是这个意思。这个口诀是针对七言诗而说的，相应的，对于五言诗，则是“一三不论，二四分明”了。而七言诗的第七字，五言诗的第五字，口诀里没有说，因为是不必说的，一来，那是个单独的节奏点，自然要分明；二来，句末是最重要的位置，涉及全句的平仄和押韵，是一点调整的余地也没有的。另外，这个口诀只是说了大概，并非完全适用格律的所有规定，我们懂得其原理即可，这对于我们理解诗律是有好处的。

上面说的是两种基本句式组成的律诗的一联，如果全诗每联都使用这两种基本句式，未免过于单一，所以还需要再出一联与其交错使用。但是我们可以看出，要想每个节奏点平仄完全相间，已不可能再有其他的句式了，所以要作一些变通。古人变通的方法是：因句末一字为单字节奏点，所以将其与前一个节奏点合并，平仄相同，同时使前一节奏单元第一字的平仄与两者相反，这样，句式便达到一种新的制约和平衡。

五言句，有：

平平－平仄－仄，仄仄－仄平－平。（欲穷千里目，更上一层楼。）

七言句，有：

仄仄－平平－平仄－仄，平平－仄仄－仄平－平。（长恨春归无觅处，不知转入此中来。）

对于这样的句式，因为五言第三字，七言第五字都起到平衡节奏的作用，所以显得更加重要，对于这两个位置，就不再适用"一三五不论"这个口诀了。

有时，诗句以句中的一个音节为单独节奏单位，如：

野旷－天－低树，江清－月－近人。（孟浩然《宿建德江》）

两个－黄鹂－鸣－翠柳，一行－白鹭－上－青天。（杜甫《绝句》）

以句中一个音节单独为节奏单位的，这个音节都出现在五言第三字，七言第五字。我们按照这种节奏特点观察上面的两组句式，可以看到，第一组为：

仄仄－平－平仄，平平－仄－仄平。

平平－仄仄－平－平仄，仄仄－平平－仄－仄平。

节奏点上依然平仄完全交错。

第二组为：

平平–平–仄仄，仄仄–仄–平平。

仄仄–平平–平–仄仄，平平–仄仄–仄–平平。

节奏点平仄虽不完全交错，但更显错落整齐。这就是诗句中节奏与平仄的和谐对应。总之，格律的安排是统一按照句末单独节奏点的形式设置的，但是若按意义把句中一字读为单独节奏点，也不会影响阅读的效果。

以上两联平仄格式的句子，称为律句。把两联律句组合搭配，就形成了格律诗的基本格式。如五言绝句：

登鹳雀楼

[唐]王之涣

仄仄平平仄，白日依山尽，
平平仄仄平。黄河入海流。
平平平仄仄，欲穷千里目，
仄仄仄平平。更上一层楼。

七言绝句：

大林寺桃花

[唐]白居易

平平仄仄平平仄，人间四月芳菲尽，
仄仄平平仄仄平。山寺桃花始盛开。
仄仄平平平仄仄，长恨春归无觅处，
平平仄仄仄平平。不知转入此中来。

从大的节奏段来说，律诗中五言句都是上二下三，七言句都是上四下三，如上面的例句：

白日–依山尽，黄河–入海流。

两个黄鹂–鸣翠柳，一行白鹭–上青天。

所以对于五言律诗来说，第二字是句中的关键，而对于七言律诗来说，则是第四字，我们下面讲到诗律的“粘”、“对”时，就能体会到这一点。

［二］词的节奏

上面我们讲了“律句”，是以诗体最常见的格式五七言为例，实际上律句不限于五七言句。因为律句的精神就是节奏点上平仄交错，所以对于三言句，律句可以是“平平–仄”、“仄仄–平”，四言律句则是“平平–仄仄”、“仄仄–平平”，六言句则是“仄仄–平平–仄仄”、“平平–仄仄–平平”，等等。因为词中的句子长短不一，用律句的特点来分析词句的节奏，就容易多了。

词中经常使用律句的节奏，如：

汴水–流，泗水–流。（白居易《长相思》）

春色–将阑，莺声–渐老。（寇准《踏莎行》）

六代–繁华，暗逐–逝波–声。（欧阳炯《江城子》）

肠断–白蘋–洲。（温庭筠《望江南》）

记得–绿–罗裙，处处–怜–芳草。（牛希济《生查子》）

春无–踪迹–谁知，除非–问取–黄鹂。（黄庭坚《清平乐》）

塞上–秋来–风景–异。（范仲淹《渔家傲》）

无奈–夜长–人–不寐，数声–和月–到–帘栊。(李煜《捣练子》)

七言以上的句子，则可以分为两段，每段均合律句格式。比如九言句，可以上二下七，如：

恰似——一江春水向东流。(李煜《虞美人》)

自是—人生长恨水长东。(李煜《相见欢》)

此外，九言句还可分为上四下五、上六下三等，此不再赘述。

律句节奏抑扬有致，和谐优美，所以即使是入乐歌唱的词作，有了音乐的衬托，依然以律句节奏为基础。

以上所论，是词句的一般节奏，词中还有一些特殊的节奏，主要体现在大的节奏段上。律诗五言句全为上二下三，七言句全为上四下三，词中的特殊情况，则不能一概而论。五言句，有上一下四，如：

叹—门外楼头。(王安石《桂枝香》)

渐—月华收练。(苏轼《沁园春》)

七言句，则有上三下四，如：

又岂在—朝朝暮暮。(秦观《鹊桥仙》)

杨柳岸—晓风残月。(柳永《雨霖铃》)

恨西园—落红难缀。(苏轼《水龙吟》)

七言句还有上一下六，如：

但—寒烟衰草凝绿。(王安石《桂枝香》)

因为大的节奏段不同，这些句子看起来和律句差异很大，更加自由，接近于散文。这种情况，一般与曲调中的延长或停顿有关，文字意义上也有大的停顿，比如“叹门外楼头”，“叹”

字其实是一字领起两句，即“叹门外楼头，悲恨相续”，自然需要一个大的停顿了。

词中的平仄相对于诗也要更复杂一些。因为词是按曲谱歌唱，所以平仄就必须与曲调相和谐，有些不在节奏点的字也并非可平可仄，所以，有时候就不适用“一三五不论，二四六分明”这个口诀了。我们后面在讲词谱的时候，对于特殊情况会具体说明。

第四节　对　　仗

[一] 对仗的种类

说起对仗，大家都不陌生，因为我们经常见到的对联，就是对仗。

对仗给人一种句式的整齐美，细细玩味，乐趣无穷。对仗也是展示作者才华和文笔的方式，所以从古至今，对联都是人们非常喜爱的智力游戏。

对仗有什么要求呢？主要有两点，一是同类词(或短语)相对，二是句式结构相同。如：

浮云游子意，落日故人情。(李白《送友人》)

“浮云”对“落日”，是名词短语相对，“浮”修饰“云”，“落”修饰“日”，都是偏正结构。“游子”对“故人”，也是名词短语相对，“游”修饰“子”，“故”修饰“人”，结构相同。“意”对“情”，是名词相对。而“游子意”和“故人情”又形成同样的偏正结构。

对仗有哪些种类呢？我们简单的说一说。

（1）工对和宽对

前人关于对仗有工对和宽对之分。工对要求严格，不仅要同类的词相对，而且要限定在同一小类。因为名词代表万事万物，比较复杂，还能分出若干小类，如天文、地理、人事、动物、植物、器物等，如果不但能名词对名词，而且能小类相对，则是工对。如上面李白的《送友人》，“浮云”对“落日”都是天文类，“游子”对“故人”都是人事类，而“意”对“情”，都是思想感情类，则是工对。再如：

庄生晓梦迷蝴蝶，望帝春心托杜鹃。（李商隐《锦瑟》）

“庄生”对“望帝”是人名对人名（庄生，即庄子；望帝，指传说中的蜀帝杜宇，死后化为杜鹃，啼声哀婉）。“晓梦”对“春心”都是思想感情类偏正短语，“晓”对“春”又都是时间词。“迷”对“托”是动词对动词。“蝴蝶”对“杜鹃”都是动物类。

不符合工对标准的就叫做宽对，如：

明月松间照，清泉石上流。（王维《山居秋暝》）

“明月”对“清泉”，天文对地理，“松”对“石”是植物对地理。虽然这一联的对仗已经相当工整，但不是名词的同一小类相对，仍属于宽对。

其实，在古人诗作中大都是这一类的宽对，想找出几个标准意义上的工对是非常难的。这说明，如果对仗要求得太细密，一来难于写作，二来会限制思想内容的表达。对仗的精神在于结构和语言的整齐美，如果过分执着于物类，落在实处，必然会影响诗歌的艺术性。

所以，我们不妨把工对和宽对看作一组相对的概念，上面所举的例子，都可以看作是工对，而相对的宽对，则更加宽泛，如：

青山转苍翠，秋水日潺湲。（王维《辋川闲居赠裴秀才迪》）

“青山”对“秋水”是名词短语相对，而且都是地理类，可算工整。但“青”是颜色词，“秋”是时间词，就比较宽泛。“转”对“日”，是动词对名词，比较宽泛，但都作状语，“转”是四周的意思，“日”是每日的意思，也可以对。“苍翠”是并列短语，“苍”和“翠”都表示颜色；而“潺湲”是连绵词，不能分开，两者相对，更是宽泛。所以这个对仗是宽对。

再如：

鸿雁几时到，江湖秋水多。（杜甫《天末怀李白》）

“鸿雁”和“江湖”虽是动物对地理，但都属名词，还算工整。“几时”对“秋水”是时间短语对地理名词短语，感觉上就很难对仗；“到”是动词，“多”是形容词，这两句对仗可以说是相当宽泛。

（2）借对

借对包括借义对和借音对。借义对是利用汉语一字多义的特点形成的对仗，如：

酒债寻常行处有，人生七十古来稀。（杜甫《曲江二首》之二）

诗里的“寻常”表示“普通、常见”的意思，但是“寻常”一词还有别的意义，古代八尺为寻，两寻为常，所以用“寻常”表示尺寸的意义来与数目字“七十”相对，这就叫做借对。这个借对相当巧妙，常为后人津津乐道。

回日楼台非甲帐，去时冠剑是丁年。（温庭筠《苏武庙》）

这里的“甲帐”的“甲”是天干义的“甲”，用来表示帐的次序。而“丁年”则是指成丁之年。诗人以“丁”的天干义与“甲”相对，属于借义对。

借音对是利用汉语多词同音的现象形成的对仗，常用在颜色词上，如：

翠黛不须留五马，皇恩只许住三年。（白居易《西湖留别》）

“皇”是皇帝之义，本不能跟颜色词“翠”相对，但是“皇”还有同音字“黄”，表示颜色，可以和“翠”相对。

沧海月明珠有泪，蓝田日暖玉生烟。（李商隐《锦瑟》）

“沧”本表海之广阔浩淼，不能跟颜色词“蓝”相对，但沧有同音词“苍”，表颜色，故可以与“蓝”相对。

（3）流水对

流水对是指对仗中的两句在意义上前后承接，连为一体，共同表达一个完整的陈述。如：

浮云一别后，流水十年间。（韦应物《淮上喜会梁州故人》）

这个对仗的意义简单概括就是“一别十年”，上句相当于时间状语，如果没有下句是不能单独说的，这是典型的流水对，只有两句俱备，才能表达一个完整的陈述。

不堪玄鬓影，来对白头吟。（骆宾王《在狱咏蝉》）

这个对仗其实就是把一个句子分开来说，“不堪”的是“玄鬓影来对白头吟”。是典型的流水对。

再如：

客路青山下，行舟绿水前。（王湾《次北固山下》）

即从巴峡穿巫峡，便下襄阳向洛阳。（杜甫《闻官军收河南

河北》)

两组对仗都是在时间上前后承接，叙述诗人的行程，也是流水对。

[二] 诗词中的对仗

古体诗没有对仗的要求，对仗是修辞的需要。近体律诗要求必须对仗，一般是颔联和颈联对仗，如：

锦瑟

[唐]李商隐

锦瑟无端五十弦，一弦一柱思华年。
庄生晓梦迷蝴蝶，望帝春心啼杜鹃。
沧海月明珠有泪，蓝田日暖玉生烟。
此情可待成追忆，只是当时已惘然。

这首诗的颔联和颈联对仗，颔联是标准的工对，我们前面已经讲过。颈联“沧海”对“蓝田”，是借对，我们前面也已经讲过。“月明”对“日暖”，都是名词加形容词的主谓结构。“珠”对“玉”都是名词，“有泪”对“生烟”，都是动宾结构，相当工整。

词中也可以使用对仗，如：

浣溪沙

[宋]秦　观

漠漠轻寒上小楼，晓阴无赖似穷秋。淡烟流水画屏幽。
自在飞花轻似梦，无边丝雨细如愁。宝帘闲挂小银钩。

这首词下片前两句“自在飞花轻似梦，无边丝雨细如愁”就使用了对仗。在浣溪沙这个词牌中，下片的头两句常用对仗。

但是词中的对仗有自已的特点，它不像律诗那样要求固定的位置必须使用对仗，词中某些地方常用对仗，相当于一种时尚，是词人们经常使用而约定俗成的，不是强制性的规定。比如上面所举秦观的《浣溪沙》，下片前两句使用对仗，是一种常见的形式，但也有人不用对仗，如：

浣溪沙

[唐]韦 庄

惆怅梦余山月斜，孤灯照壁背窗纱。小楼高阁谢娘家。

暗想玉容何所似？一枝春雪冻梅花，满身香雾簇朝霞。

下片前两句没有使用对仗，却在后两句使用对仗，这也是允许的。

另外，词中的对仗与律诗中相比，还有一个特点，就是要求不严格，可以同字相对，如：

日出江花红胜火，春来江水绿如蓝。(白居易《忆江南》)

水是眼波横，山是眉峰聚。(王观《卜算子》)

白居易词中“江”、王观词中的“是”都是同字相对，这在律诗中是不允许的。

第五节 近体诗的格律

[一] 基本格式

近体诗就是我们常见的律诗和绝句。近体诗是区别于古体诗而言的。近体诗成熟于唐代，之所以区别于古体诗，是因为有严格的格律限制。格律主要体现在四个方面：字数、押韵、对仗和平仄。近体诗每句的字数是固定的，按照长度不同，主要分为四种：每句五字，全诗共八句的，称为“五言律诗”；每句五字，全诗只有四句的，称为“五言绝句”；每句七字，全诗共八句的，称为“七言律诗”；每句七字，全诗只有四句的，称为“七言绝句”。此外还有五言排律和七言排律，句数超过八句，但必须是偶数句。因为排律比较少见，也难于写作，我们下文不作讨论。

近体诗每两句相对，组成一联。每一联的上下两句，上句叫做“出句”，下句叫做“对句”。律诗有四联，分别叫做首联、颔联、颈联和尾联。绝句有两联，分别叫做首联和尾联。

近体诗押韵上的要求是：每两句押韵，必须押平声韵。首句可以入韵，也可以不入韵。对仗方面的要求是：律诗一般要求颔联、颈联对仗，此外，首联、尾联可以对仗，也可以不对仗，若首联对仗，颔联也可以不对仗；绝句没有特定的对仗要求，可以两联都对仗，也可以只对一联，也可以两联都不对仗。

近体诗在字数、押韵、对仗方面的要求都比较简明易懂，我们下面主要讨论平仄律，这是近体诗格律的主要部分，也是近体诗格律的精华。我们通常所说的诗律指的就是近体诗的平仄律。

上面我们在“节奏”一节中已经讨论过，五言诗有四种格式的律句组成的两联，“仄仄平平仄，平平仄仄平”和“平平平仄仄，仄仄仄平平”。五言律诗的平仄律就是将这四种律句组成的两联连缀而成，或加以局部调整。基本格式有两种：仄起式和平起式。每种基本格式都有一个变体，就是调整首句的平仄，使首句能够入韵。

仄起式，指的是首联以仄声开头，即：

仄⃝仄平平仄，平平仄仄平。
平⃝平平仄仄，仄⃝仄仄平平。
仄⃝仄平平仄，平平仄仄平。
平⃝平平仄仄，仄⃝仄仄平平。

（字上加“○”表示平仄可以自由调整，后皆同）

如：

春夜喜雨

[唐]杜　甫

好雨知时节̣，当春乃发̣生。
随风潜入̣夜，润物̣细无声。
野径云俱黑̣，江船火独̣明。
晓看红湿̣处，花重锦官城。

（字下加“·”表示入声字，后皆同）

“俱”，古读平声（jū），“看”，古读平声（kān）。

我们可以看出，这种格式，就是将上述两联连缀，后四句重复前四句。

仄起式有一个变体“仄起首句入韵式”，就是将首句三、五字的平仄对调，“仄仄平平仄”变为“仄仄仄平平”，这样，首句便以平声收尾，可以入韵了。即：

(仄)仄仄平平，平平仄仄平。

(平)平平仄仄，(仄)仄仄平平。

(仄)仄平平仄，平平仄仄平。

(平)平平仄仄，(仄)仄仄平平。

如：

月夜忆舍弟

[唐]杜　甫

戍鼓断人行，秋边一雁声。

露从今夜白，月是故乡明。

有弟皆分散，无家问死生。

寄书长不达，况乃未休兵。

这首诗首句入韵，“行”与“声”、“明”、“生”、“兵”押韵。这种格式，首句经过调整，变成了另一种律句形式，与第四句相同了。

平起式，就是指首句以平声开头，即：

(平)平平仄仄，(仄)仄仄平平。

(仄)仄平平仄，平平仄仄平。

(平)平平仄仄，(仄)仄仄平平。

(仄)仄平平仄，平平仄仄平。

如：

酬张少府

[唐]王　维

晚年惟好静，万事不关心。

自顾无长策，空知返旧林。
松风吹解带，山月照弹琴。
君问穷通理，渔歌入浦深。

这一格式，就是将仄起式的首联和颔联对调，颈联和尾联对调。

平起首句入韵式也是将首句三、五字平仄对调，这样，首句就以平声收尾了。同样，首句与第四句平仄相同。即：

平平仄仄平，(仄)仄仄平平。
(仄)仄平平仄，平平仄仄平。
(平)平平仄仄，(仄)仄仄平平。
(仄)仄平平仄，平平仄仄平。

如：

晚晴

[唐]李商隐

深居俯夹城，春去夏犹清。
天意怜幽草，人间重晚晴。
并添高阁迥，微注小窗明。
越鸟巢干后，归飞体更轻。

这首诗首句入韵，“城”与“清”、“晴”、“明”、“轻”押韵。

七言律句，就是在五言律句的前面加上两个音节，平仄与五言律句的前两个音节相反，比如五言律句“仄仄平平仄”，前面加上两个音节“平平”，就形成了七言律句“平平仄仄平平仄”。所以七言律诗的仄起式对应的就是五言律诗的平起式，即：

(仄)仄(平)平平仄仄，(平)平(仄)仄仄平平。

(平)平(仄)仄平平仄，(仄)仄平平仄仄平。

(仄)仄(平)平平仄仄，(平)平(仄)仄仄平平。

(平)平(仄)仄平平仄，(仄)仄平平仄仄平。

如：

阁夜

[唐]杜　甫

岁暮阴阳催短景，天涯霜雪霁寒宵。

五更鼓角声悲壮，三峡星河影动摇。

野哭几家闻战伐，夷歌数处起渔樵。

卧龙跃马终黄土，人事音书漫寂寥。

漫，读平声(mán)。

相应的，七言律诗的仄起首句入韵式对应的就是五言律诗的平起首句入韵式，即：

(仄)仄平平仄仄平，(平)平(仄)仄仄平平。

(平)平(仄)仄平平仄，(仄)仄平平仄仄平。

(仄)仄(平)平平仄仄，(平)平(仄)仄仄平平。

(平)平(仄)仄平平仄，(仄)仄平平仄仄平。

如：

曲江二首(之一)

[唐]杜　甫

一片花飞减却春，风飘万点正愁人。

且看欲尽花经眼，莫厌伤多酒入唇。

江上小堂巢翡翠，苑边高冢卧麒麟。

细推物理须行乐，何用浮名绊此身。

这首诗首句入韵，“春”与“人”、“唇”、“麟”、“身”押韵。看读平声(kān)。

七言律诗的平起式对应的就是五言律诗的仄起式，即：

(平)平(仄)仄平平仄，(仄)仄平平仄仄平。

(仄)仄(平)平平仄仄，(平)平(仄)仄仄平平。

(平)平(仄)仄平平仄，(仄)仄平平仄仄平。

(仄)仄(平)平平仄仄，(平)平(仄)仄仄平平。

如：

和子由渑池怀旧

[宋]苏　轼

人生到处知何似，应似飞鸿踏雪泥。

泥上偶然留指爪，鸿飞那复计东西。

老僧已死成新塔，坏壁无由见旧题。

往日崎岖还记否，路长人困蹇驴嘶。

相应的，七言律诗的平起首句入韵式对应的是五言律诗的仄起首句入韵式，即：

(平)平(仄)仄仄平平，(仄)仄平平仄仄平。

(仄)仄(平)平平仄仄，(平)平(仄)仄仄平平。

(平)平(仄)仄平平仄，(仄)仄平平仄仄平。

(仄)仄(平)平平仄仄，(平)平(仄)仄仄平平。

如：

望蓟门

［唐］祖　咏

燕台一望客心惊，笳鼓喧喧汉将营。
万里寒光生积雪，三边曙色动危旌。
沙场烽火侵胡月，海畔云山拥蓟城。
少小虽非投笔吏，论功还欲请长缨。

这首诗首句入韵，“惊”与“营”、“旌”、“城”、“缨”押韵。

五、七言绝句也有以上两种基本格式和两种变体，平仄律相当于截取了五、七言律诗的前半部分，此处不再赘述。本章的关键是了解原理，第三章诗律举例中，对于每一种体式都会有详细的诗例讲解。

［二］“粘”和“对”

近体诗格律中，还有两个重要的术语，即“粘”和“对”。

“对”指的是每一联上下两句平仄相对，这是非常清楚的。首句入韵式破坏了“对”的规则，但是既然要入韵，句末必然要用平声，这是没有办法的。而句中节奏点的第二、四字，还是保持了平仄相对的格局。

“粘”就不那么容易看出来，我们对比五言律诗下一联的出句与上一联对句，可以看到，它们的第二字，平仄相同。比如上面杜甫的《春夜喜雨》，首联的对句第二字为平声（春），颔联的出句第二字也为平声（风）；颔联的对句第二字为仄声（物），颈联的出句第二字也为仄声（径）；颈联的对句第二字为平声（船），尾联的出句第二字也是平声（看），这就是律诗的“粘”。七言律诗的“粘”，则是指七言律诗下一联的出句与上一联的对句，第四字平仄相同。如上面杜甫《阁夜》，首联的对句第四字为仄声（雪），颔联的出句第四字也为仄声（角）；颔联的对句第四字为平声（河），则颈联的出句第四字也为平声（家）；颈联的对句第四字为仄声（处），尾联的出句第四字也是仄声（马）。之所以选择五言律诗每句的第二字和七言律诗每句的第四字，正因为它们是句中大的节奏点所在。

通过“粘”，不仅把律诗的四个联都联接起来了，而且保证了每一联的变化，平仄不与上一联相同。“粘”和“对”，充分体现了诗律严谨和精细之处，细细品位，趣味无穷。

第六节　近体诗的禁忌

［一］“一三五不论、二四六分明”

律诗有一句口诀：“一三五不论，二四六分明。”是说对于七言律诗，每句第一、第三、第五个字，平仄不必完全符合格律，但是每句第二、第四、第六个字，平仄一定要符合格律。相应的，对于五言律诗，自然是每句第一、第三个字，平仄要求不十分严格，但是每句第二、第四个字，平仄一定要符合格律。这个口诀没有提到五七言每句的最后一个字，因为最后一个字处于句末节奏点上，平仄肯定是要分明的了。

在上文中我们已经说过，“一三五不论，二四六分明”这个口诀与律诗的节奏有很大关系，由于第二、第四、第六字往往处于节奏点上，所以在平仄上显得尤为重要，一定要合乎格律。第一、第三、第五字不处于节奏点上，要求不必十分严格。这个口诀是为初学者写诗而作的，我们写诗时，有时难以写出平仄完全合乎格律的句子，那么就可以在一三五字上稍有放松，作些调整，可以在不违反格律的前提下，写出好的句子。

我们可以看一首诗：

题临安邸

[宋]林　升

山外青山楼外楼，西湖歌舞几时休。

暖风熏得游人醉，直把杭州作汴州。

此诗格律为七绝仄起首句入韵式，应为“仄仄平平仄仄平，平平仄仄仄平平。平平仄仄平平仄，仄仄平平仄仄平。”我们看这首诗，首句第一字、第五字，第二句第三字，第三句第一字、第三字都有所变动。但是每句二四六字都完全合乎格律。可见“一三五不论，二四六分明”这个口诀可以给我们写作近体诗创造很多便利。

其实，在一三五字上的调整上也不是简单的随意为之，也有很多讲究，我们在下一节拗句和拗救中会具体说到。这一节我们主要来看律诗的两个禁忌，“孤平”和“三平调”，谈一谈使用“一三五不论，二四六分明”这个口诀时需要注意的问题。

［二］孤平

所谓“孤平”，是指在五言律句“平平仄仄平”中，除了韵脚字之外，只有一个平声字的情况。如果完全按照律诗的平仄格律来作的话，是不会出现这种句子的。但是，在“一三五不论，二四六分明”的前提下，就有可能犯“孤平”的大忌。如果第一个字不论，写成“仄平仄仄平”的话，就是犯“孤平”了。相应的七言“仄仄平平仄仄平”中，如果第三个字不论，写成“仄仄仄平仄仄平”，也是犯了“孤平”了。所以在这两种格式中，五言的第一字，七言的第三字，诗人一般都会严格遵循格律，避免孤平的大忌。我们前面列举诗律的格式，五言律诗每句第一字都加“○”，表示可平可仄，唯有“平平仄仄平”这种律句的第一字不加“○”；七言律诗的每句第三字都加“○”，表示可平可仄，唯有“仄仄平平仄仄平”这种律句第三字不加“○”，就是这个道理。我们可以看一首诗：

晚晴

［唐］李商隐

深居俯夹城，春去夏犹清。
天意怜幽草，人间重晚晴。
并添高阁迥，微注小窗明。
越鸟巢干后，归飞体更轻。

这首诗是五言仄起首句入韵式，第二句、第三句、第五句、第六句，因为不会犯“孤平”，诗人在第一字上都比较随意，有所调整。而第一句、第四句、第八句都是“平平仄仄平”的格式，诗人每句的第一字都严守格律，使用平声，避免“孤平”。由此可见“孤平”这一禁忌在诗人心目中的重要性。

宿五松山下荀媪家

[唐]李　白

我宿五松下，寂寥无所欢。
田家秋作苦，邻女夜舂寒。
跪进雕胡饭，月光明素盘。
令人惭漂母，三谢不能餐。

此诗是五言仄起仄收式，按照格律，第二句和第六句都应是“平平仄仄平”的格式。此诗第二句是“仄平平仄平”，因为第一字“寂”用了仄声，就有可能形成“仄平仄仄平”，犯“孤平”的大忌，所以一定要在第三字上调整，增加一个平声字。第六句和第二句完全一样，也使用了“仄平平仄平”的格式。

诗人在写作的过程中，对于“孤平”的大忌相当重视，是一定要避免的。我们在写作近体诗的时候，也要注意这一点。

[三] 三平调

所谓“三平调”是指一句诗的后三个字都是平声，如果完全按照律诗的平仄格律来写的话，这种句子也不会出现，但是在“一三五不论，二四六分明”的前提下，就有可能出现这种句子。在“仄仄仄平平”的句式中，第三个字如果不论，写成“仄仄平平平”，就成了三平调了。相应的七言“平平仄仄仄平平”，如果第五个字不论，写成“平平仄仄平平平”，就成了三平调了。我们看一首诗：

乌衣巷

（唐）刘禹锡

朱雀桥边野草花，乌衣巷口夕阳斜。

旧时王谢堂前燕，飞入寻常百姓家。

这首诗的第二句，如果按照现代的语音读，“夕阳斜”，就成了三平调了，但是在古代，“夕”是入声字，属于仄声，所以完全符合格律“平平仄仄仄平平”，不是三平调，没有犯律诗的大忌。

第七节　拗　　救

以上讲了近体诗的基本格式和禁忌，不违反上述要求就能写出合格的近体诗了。但是，有些时候，为了内容的需要，我们必须要在某些地方进行调整，平仄就可能不完全符合格律，那么，有没有弥补的方法呢？某些情况下，是有方法弥补的。古人把不合格律的情况称为“拗”，把弥补的方法称为“拗救”。拗救主要有以下几种情况。

［一］孤平拗救

“孤平拗救”就是指在“平平仄仄平”这一格式中，第一字若调整为仄声，必须要将第三字调整为平声，以避免孤平。上节所举李白《宿五松山下荀媪家》就是如此。对于七言律句“仄仄平平仄仄平”若是第三字用了仄声，必须将第五字调整为平声，如：

回乡偶书

[唐]贺知章

少小离家老大回，乡音未改鬓毛衰。
儿童相见不相识，笑问客从何处来。

这首诗第四句应是“仄仄平平仄仄平”的格式，第三字“客”用了仄声，于是第五字“何”调整为平声，救第三字“客”，这就叫做“孤平拗救”。

[二] 特拗

在五言“平平平仄仄”的句式里，第四字使用平声，叫做“特拗”。虽说二、四、六字在节奏点上，不能变动，但是这种拗字是被允许的。“特拗”必须使用拗救，救的方法是将本句第三字调整为仄声，于是就形成了“平平仄平仄”的形式，如：

望月怀远

[唐]张九龄

海上生明月，天涯共此时。
情人怨遥夜，竟夕起相思。
灭烛怜光满，披衣觉露滋。
不堪盈手赠，还寝梦佳期。

这首诗第三句第四字用了平声字“遥”，拗，第三字用仄声字“怨”救，形成“平平仄平仄”的句式。

相应的，七言“仄仄平平平仄仄”句式中第六字拗，也叫做“特拗”，救的方法是将本句第五字改为平声，形成“仄仄平平仄平仄”的句式，如：

江南逢李龟年

[唐]杜　甫

岐王宅里寻常见，崔九堂前几度闻。
正是江南好风景，落花时节又逢君。

这首诗第三句第六字用了平声字“风”，拗，第五字使用仄声字“好”救。

“特拗”在古诗中使用的特别普遍，所以“(仄仄)平平仄平仄”也被看作律句“(仄仄)平平平仄仄”的变格了，我们在下章诗律举例中也把它当做一种常用变格来讲。

[三] 联中拗救

以上两种拗救都是本句自救，还有一种拗救是通过对句相救，叫做“联中拗救”。五言“仄仄平平仄，平平仄仄平”一联中，如果出句第四字拗，使用仄声，也是被允许的。救的方法是将对句第三字改为平声，如：

杨固店

[唐]岑　参

客舍梨叶赤，邻家闻捣衣。
夜来尝有梦，坠泪缘思归。
洛水行欲尽，缑山看渐微。
长安只千里，何事信音稀。

这首诗有两处联中拗救，第一句第四字用仄声字“叶”，拗，第二句第三字用平声字“闻”来救。第五句第四字用仄声字“欲”，拗，第六句第三字用平声字“看”(kān)来救。

相应的七言“平平仄仄平平仄，仄仄平平仄仄平”一联中，出句第六字拗，使用仄声，也是被允许的。救的方法是将对句第五字改为平声。如：

江南春

[唐]杜　牧

千里莺啼绿映红，水村山郭酒旗风。
南朝四百八十寺，多少楼台烟雨中。

这首诗第三句第六字用仄声字“十”，拗，第四句第五字用平声字“烟”救。

以上所讲的是拗救的三种主要情况，孤平拗救是要避免禁忌，特拗和联中拗救是涉及节奏点上的字，因为“二四六分明”，都是必须要救的。而其他节奏点上的字，以及可能形成的三平调的“(平平)仄仄仄平平”的第三(五)字，是根本不可以拗的，若拗了，也无法可救，只能算作不合格律的拗体了。因为“一三五不论”，除了“三平调”不可以拗和“孤平拗救”外，其他出现在非节奏点上的拗字，是可救可不救的，如果要救，一般通过对句同一位置来救，比如，五言诗“仄仄平平仄，平平仄仄平”一联，若出句第三字使用仄声，可以将对句第三字改为平声，达到一种新的平衡。如：

饯别王十一南游

[唐]刘长卿

望君烟水阔，挥手泪沾巾。

飞鸟没何处，青山空向人。
长江一帆远，落日五湖春。
谁见汀洲上，相思愁白蘋。

这首诗第三句第三字“没”使用仄声，第四句第三字使用平声“空”救，两句句式“㊥仄仄平仄，平平平仄平”形成新的平衡。

总之，出现在非节奏点上或不会造成禁忌的拗字都是可救可不救的。我们熟悉了诗的平仄节奏，可以根据诗歌的内容和语感适当调整。不管怎样，作诗应尽量符合格律，拗救甚至拗句，都只能是不得已而为之。

第八节　古体诗的格式

[一]何为古体诗

古体诗是与近体诗相对的概念，并非某种特定的体式。从字面上看，古体诗是比近体诗更早的诗体，事实还不是这么简单。因为近体诗产生于唐代，当近体诗的格律形成之后，很多诗人还会沿袭传统，写作其他形式的诗，于是人们就把这些不同于近体诗的其他形式的诗统称为古体诗。所以说，古体诗是针对唐以后诗人的创作来说的，人们并不把唐以前诗人创作的诗，比如《诗经》中的诗，称为古体诗。

近体诗发展成熟之后，古体诗也在继续发展，受到近体诗的影响，在平仄、韵律上也吸收了近体诗的长处，有所创新。

比如白居易、元稹倡导的“新乐府”运动，不仅在内容上，而且在形式上发展了古体诗。所以说，古体诗的形式也并不一定比近体诗更早。

相比于近体诗，古体诗的最大特点就是不受格律的限制，这也是在近体诗形成之后，古体诗能继续发展的原因。虽然近体诗形式优美，音韵和谐，是诗人们长期实践的结晶。但是近体诗也有自身的局限性，比如写作的自由度，以及篇幅的长度等等，而古体诗可以不受这些限制，长篇大论自由叙事抒情，所以在很大程度上可以弥补近体诗的不足，也很受诗人们的重视。

[二]古体诗的格律特点

古体诗形式不拘，但其核心就是不受格律的限制，为了更清楚地与近体诗对比，我们举一个比较有趣的例子：

望　岳

[唐]杜甫

岱宗夫如何，齐鲁青未了。
造化钟神秀，阴阳割昏晓。
荡胸生层云，决眦入归鸟。
会当凌绝顶，一览众山小。

乍看起来，很像是一首五言律诗，其实，它与五言律诗有很大的不同。

第一点，这首诗押仄声韵，韵脚字“了”、“晓”、“鸟”、

“小”都是上声字，而近体诗要求必须押平声韵。

第二点，这首诗中除了第三句“仄仄平平仄”、第七句“仄平平仄仄”，其余六句平仄都不合律句格式。

第三点，这首诗不粘不对，如果仅从“粘”的定义上来看，前三联还符合，第四联就不符合了。但是“粘”与“对”的精神都是保证律诗的平仄交错变化，既然平仄都不合律句格式，再谈“粘”、“对”就意义不大了。

从以上三点，我们可以看出古体诗和近体诗的主要区别，就是押韵、平仄方面的不同。但是，这首诗之所以有趣，就是因为他在形式上与近体诗又很相似。

第一点，这首诗五言八句，字数句数都与五言律诗相同。

第二点，这首诗第二、三联对仗，也与近体诗的颔联、颈联的对仗的基本要求相同。

这说明，古体诗与近体诗的区别，不在于字数和对仗。

近体诗兴起之后，古体诗还继续发展，说明古体诗有其自身的特色，主要表现在以下几个方面。

第一，古体诗篇幅不受限制，既可以有五言四句的古绝句，如：

春　晓

[唐]孟浩然

春眠不觉晓，处处闻啼鸟。
夜来风雨声，花落知多少。

也可以有句式长短不一，句数不受限制的歌行体，如：

蜀道难

[唐]李白

噫吁嚱，危乎高哉。蜀道之难难于上青天。蚕丛及鱼凫，开国何茫然。尔来四万八千岁，不与秦塞通人烟。西当太白有鸟道，可以横绝峨眉巅。地崩山摧壮士死，然后天梯石栈相勾连。上有六龙回日之高标，下有冲破逆折之回川。黄鹤之飞尚不得过，猿猱欲度愁攀援。青泥何盘盘，百步九折萦岩峦。扪参历井仰胁息，以手抚膺坐长叹。问君西游几时还，畏途巉岩不可攀。但见悲鸟号古木，雄飞雌从绕林间。又闻子规啼夜月，愁空山。蜀道之难难于上青天，使人听此凋朱颜。连峰去天不盈尺，枯松倒挂倚绝壁。飞湍瀑流争喧豗，砯崖转石万壑雷。其险也如此，嗟尔远道之人胡为乎来哉。剑阁峥嵘而崔嵬，一夫当关，万夫莫开。所守与匪亲，化作狼与豺。朝避猛虎，夕避长蛇。磨牙吮血，杀人如麻。锦城虽云乐，不如早还家。蜀道之难难于上青天，侧身西望长咨嗟。

这首诗中，有三字句、四字句、五字句、七字句、九字句、十一字句，变化丰富，不一而足。

总的来说，古体诗以五言诗居多，因为唐以前五言诗发展成熟，特别是叙事抒情的长篇。所以唐代及其后的诗人，仍喜欢写作五言的古体诗。

第二点，古体诗既可以押平声韵，也可以押仄声韵，如：

游子吟

[唐]孟郊

慈母手中线，游子身上衣。

临行密密缝，意恐迟迟归。

谁言寸草心，报得三春晖。

这首诗韵脚字为“衣”、“归”、“晖”，押平声韵。再如上面杜甫的《望岳》、孟浩然的《春晓》，都是押仄声韵。

第三点，古体诗不需要一韵到底，诗中可以换韵，比如：

白雪歌送武判官归京

［唐］岑参

北风卷地白草折，胡天八月即飞雪。忽如一夜春风来，千树万树梨花开。散入珠帘湿罗幕，狐裘不暖锦衾薄。将军角弓不得控，都护铁衣冷难着。瀚海阑干百丈冰，愁云惨淡万里凝。中军置酒饮归客，胡琴琵琶与羌笛。纷纷暮雪下辕门，风掣红旗冻不翻。轮台东门送君去，去时雪满天山路。山回路转不见君，雪上空留马行处。

这首诗的韵脚字分别为“折”、“雪”（入声）；“来”、“开”（平声）；“幕”、“薄”、“着”（入声）；“冰”、“凝”（平声）；“客”、“笛”（入声）；“门”、“翻”（平声）；“去”、“路”、“处”（去声）。共换韵七次，既有平声韵，也有仄声韵；既有两句换韵，也有四句换韵。上面李白的《蜀道难》也是换韵的古体诗。

［三］古体诗受近体诗的影响

近体诗的格律形成以后，古体诗受到近体诗的影响，最主要的方面就是平仄律。律句平仄交错、和谐上口，诗人们在古体诗中也大量的使用。如：

关山月

[唐]李白

明月出天山，苍茫云海间。长风几万里，吹度玉门关。汉下白登道，胡窥青海湾。由来征战地，不见有人还。戍客望边邑，思归多苦颜。高楼当此夜，叹息未应闲。

诗中除“长风几万里”一句外，其他句子全部符合律句格式。而“长风几万里”是三仄调，在律诗中也是被允许的。此外，“汉下白登道，胡窥青海湾”、“戍客望边邑，思归多苦颜”两联，皆是“仄仄仄平仄，平平平仄平”的格式，在“一三五不论”的情况下，律诗写作中也经常出现，而且正是我们上面“拗救”一节中以刘长卿《饯别王十一南游》为例，讲的可救可不救的情况。

我们再看下面这首熟悉的作品，诗中加重的句子都符合律句的格式。

长恨歌

[唐]白居易

汉皇重色思倾国，御宇多年求不得。杨家有女初长成，**养在深闺人未识。**天生丽质难自弃，**一朝选在君王侧。**回眸一笑百媚生，**六宫粉黛无颜色。**春寒赐浴华清池，**温泉水滑洗凝脂。侍儿扶起娇无力，始是新承恩泽时。云鬓花颜金步摇，芙蓉帐暖度春宵。春宵苦短日高起，从此君王不早朝。**承欢侍宴无闲暇，春从春游夜专夜。后宫佳丽三千人，三千宠爱在一身。**金屋妆成娇侍夜，玉楼宴罢醉和春。姊妹弟兄皆列土，可怜光彩生门户。**遂令天下父母心，不重生男重生女。**骊宫高处入青云，**

仙乐风飘处处闻。缓歌谩舞凝丝竹，尽日君王看不足。渔阳鼙鼓动地来，惊破霓裳羽衣曲。九重城阙烟尘生，千乘万骑西南行。翠华摇摇行复止，西出都门百余里。六军不发无奈何，宛转蛾眉马前死。花钿委地无人收，翠翘金雀玉搔头。君王掩面救不得，回看血泪相和流。黄埃散漫风萧索，云栈萦纡登剑阁。峨嵋山下少人行，旌旗无光日色薄。蜀江水碧蜀山青，圣主朝朝暮暮情。行宫见月伤心色，夜雨闻铃肠断声。天旋地转回龙驭，到此踌躇不能去。马嵬坡下泥土中，不见玉颜空死处。君臣相顾泪沾衣，东望都门信马归。归来池苑皆依旧，太液芙蓉未央柳。芙蓉如面柳如眉，对此如何不泪垂。春风桃李花开日，秋雨梧桐叶落时。西宫南内多秋草，落叶满阶红不扫。梨园弟子白发新，椒房阿监青娥老。夕殿萤飞思悄然，孤灯挑尽未成眠。迟迟钟鼓初长夜，耿耿星河欲曙天。鸳鸯瓦冷霜华重，翡翠衾寒谁与共。悠悠生死别经年，魂魄不曾来入梦。临邛道士鸿都客，能以精诚致魂魄。为感君王辗转思，遂教方士殷勤觅。排空驭气奔如电，升天入地求之遍。上穷碧落下黄泉，两处茫茫皆不见。忽闻海上有仙山，山在虚无缥缈间。楼阁玲珑五云起，其中绰约多仙子。中有一人字太真，雪肤花貌参差是。金阙西厢叩玉扃，转教小玉报双成。闻道汉家天子使，九华帐里梦魂惊。揽衣推枕起徘徊，珠箔银屏迤逦开。云髻半偏新睡觉，花冠不整下堂来。风吹仙袂飘飘举，犹似霓裳羽衣舞。玉容寂寞泪阑干，梨花一枝秋带雨。含情凝睇谢君王，一别音容两茫茫。昭阳殿里恩爱绝，蓬莱宫中日月长。回头下望人寰处，不见长安见尘雾。唯将旧物表深情，钿合金钗寄将去。钗留一股合一扇，钗擘黄金合分钿。但教心似金钿坚，天上人间会相见。**临别殷勤重寄词，词中有誓两心知。**七月七日长生殿，**夜半无人私语时。在天愿作比翼鸟，在地愿为连理枝。天长地久有时尽，此恨绵绵无绝期。**

我们可以看到，诗中接近三分之二的句子都是律句，有些地方甚至有粘对，如“云鬓花颜金步摇，芙蓉帐暖度良宵。春宵苦短日高起，从此君王不早朝。”这四句单拿出来，与一首七言绝句无异。“夕殿萤飞思悄然，孤灯挑尽未成眠。迟迟钟鼓初长夜，耿耿星河欲曙天”四句也是如此。由此可见，作为一种和谐的声韵形式，律句有着其显著的优越性。

即使其他不合律句的形式的句子，诗人也是尽量追求的平仄交错的和谐美感。有些句子与律句只差在“三平调”上，如“春寒赐浴华清池”、“承欢侍宴无闲暇”、“后宫佳丽三千人”、“九重城阙烟尘生”等；有些句子是“仄仄平平仄平仄”的形式，如“不重生男重生女”、“惊破霓裳羽衣曲”、“西出都门百余里”、“宛转蛾眉马前死”、“到此踌躇不能去”、“太液芙蓉未央柳”、“天上人间会相见”等，前面“拗救”节讲过，这种形式是律句“仄仄平平平仄仄”的一个常用变格。上述情形，更体现出这首古体诗受近体格律诗的影响之深刻。

更值得注意的是，诗人还经常使用“平平仄仄仄仄平”的句式，如“回眸一笑百媚生”、“三千宠爱在一身”、“遂令天下父母心”、“渔阳鼙鼓动地来”、“梨园弟子白发新”等，句子从大的节奏可以分为上四下三，而上四字“平平仄仄”，下三字“仄仄平”，都很整齐，符合律句格式，这相当于白居易从古体诗的角度对律句新的发明。

从上面的例子可以看出，唐人写作古体诗，是在熟悉诗律的基础上进行的。古人对句子的音韵节奏有着精准的把握，所以能超越格律，写出音韵和谐的优秀作品。我们不能因为古体诗可以不受格律限制，就随意下笔，将自己写作的不合格律的诗统统称作古体诗。虽然这样做也无可厚非，但诗的质量，却是难以保证的。我们写作时，选择近体诗还是古体诗，应该根据写作内容和抒情的需要，而不是出于对格律的畏惧或轻视。学琴的人，必然在技术过关之后，才能将感情融进演奏之中，自由挥洒。学诗也是如此，格律相当于作诗的基本技术，格律运用得越娴熟，越能体会到其中的细微之处，自然而然，就能驾驭并超越格律，写出优秀的作品。

第九节　词的相关常识

[一]词牌与词谱

词的格式不同于近体诗，近体诗每句的字数是固定的，平仄有着统一的要求。词有很多种形式，句子长短不一，字数各不相同，押韵的位置也多种多样，词的形式跟诗比起来要复杂得多。

为什么词有这么多种形式呢？因为词在唐宋之际很长时间是作为歌词配乐唱的。词最初兴起的时候称为“曲子词”，“词”就是“曲子词”的简称。所谓“曲子词”，“曲子”就是指乐曲，

“词”就是指歌词。就如同现代的歌曲填词，乐曲有很多种形式，所以歌词也有了很多种形式。但是，古代与现代不同的是，古代的乐曲不像现代五花八门，随心所欲，古代的曲子往往有特定的曲调，一个曲调成熟以后，就固定了下来。固定下来的曲调可以填入不同的词。词人的创作就是利用这些特定的曲调，填入不同的词。这些曲调就叫做“词牌”。也就是说，一种“词牌”就代表了一种词的格式。如：

水调歌头

[宋]苏 轼

明月几时有，把酒问青天。不知天上宫阙，今夕是何年？我欲乘风归去，又恐琼楼玉宇，高处不胜寒。起舞弄清影，何似在人间。

转朱阁，低绮户，照无眠。不应有恨，何事长向别时圆？人有悲欢离合，月有阴晴圆缺，此事古难全。但愿人长久，千里共婵娟。

《水调歌头》就是词牌的名字，苏轼选用这个词牌，写出了一篇千古名作，文字是他写的，但形式不是他的创造。凡是选用《水调歌头》这个词牌的，就必须按照上面这种形式创作，字数、押韵、平仄，都有固定的限制。比如，前两句必须每句五字，第一句不押韵，第二句押韵。平仄格式是“仄仄平平仄，仄仄仄平平”等。这种形式上的要求就叫做词谱。所以人们把写词也称为填词，就是按照词谱规定的格式，把词填进去。所以说，虽然词的形式看起来比格律诗灵活，创作起来，并不比格律诗简单。

而且，唐宋人填词，选字是非常讲究的，还不光是平仄所能概括的。早期的词谱还包括乐谱，不仅要考虑字音的平仄，还要考虑声母的发音部位，以及字音的清浊等等，要与乐曲配合。就好像今天写作歌词，有经验的朋友都知道，歌词与曲调的配合是相当重要的，配合得好，唱起来就顺口；配合得不好，唱起来就别扭，甚至都唱不出来。所以，诗人要想成为一个优秀的歌词作者，还要懂得音乐，懂得如何使字音与乐音相协调。后来词渐渐变成文人的案头创作，不再入乐歌唱，词谱就只规定平仄的格式了。今天，我们已经无法确知原来每个词牌的音乐是什么样子的了。

[二]词牌的名称

词牌的名称大都与最初的乐曲或歌词的内容相关。有些在古书上有记载，比如《破阵子》，陈旸《乐书》记载，唐代有《破阵乐》，是唐太宗李世民创制的，配合音乐，有二千人同时起舞，都穿着画布铠甲，手持旗旆，非常壮观。《破阵子》选取了《破阵乐》的一段。又如《鹊桥仙》，本是牛郎织女传说故事，后来人们以此为词牌作词，咏牛郎织女的故事。但记载也可能不尽准确，比如《菩萨蛮》，据苏鹗《杜阳杂编》描述，唐宣宗大中年间，女蛮国进贡，有头戴金冠的舞女，称为“菩萨蛮队”。当时倡优写成《菩萨蛮曲》，文人往往依声填词。但是，开元时人崔令钦撰写的《教坊记》已收有此曲名，可推知女蛮国不止一次进贡这样的菩萨蛮队，至少唐玄宗时期已经有过，而《菩萨蛮》曲名的创制也不晚于唐玄宗。

词牌创制的时候，词的内容是和词牌名一致的。之后再用词牌曲调填词，词的内容往往就和词牌名无关了。有些词人在词牌名后再加上词的题目，比如苏轼有《念奴娇·赤壁怀古》，《念奴娇》是词牌名，《赤壁怀古》是词的题目。有时词人会在词牌后加上一个小序，说明词的内容，比如苏轼《水调歌头》词牌下小序："丙辰中秋，欢饮达旦，大醉，作此篇，兼怀子由。"但是大部分词作都不加题目或小序，古人在一个词牌下创作那么多作品，我们如果需要加以区别，惯例是将词的首句附于词牌之后，如陆游《诉衷情·当年万里觅封侯》，《诉衷情》是词牌名，"当年万里觅封侯"是词的首句。小序过长，也可以标示词的首句，如苏轼的《水调歌头》也可以标为《水调歌头·明月几时有》。

有时，词牌在流传的过程中还会更换词牌名，如《忆江南》，原名《谢秋娘》，是唐代李德裕为亡妓谢秋娘所撰。后因白居易填词三首，有"能不忆江南"的句子，改名《忆江南》。又如《如梦令》，原名《忆仙姿》，后因后唐庄宗李存勖填词，有"如梦，如梦，残月落花烟重"的句子，改名《如梦令》。词牌在流传的过程中还会产生一些别名，比如《忆江南》，又名《望江南》、《梦江南》、《江南好》。《采桑子》，又名《丑奴儿》、《罗敷媚》等。

[三]偷声、减字、摊破、慢

有的词牌名是在原有的词牌名上加上"偷声"、"减字"、"摊破"、"慢"等术语，都是指在原有词谱的基础上加以调整，创造的新格式。

“偷声”、“减字”，是比原有的词谱减少一些字，构成新的形式。以《木兰花》为例，词谱有八句，每句七字。如：

木兰花

[宋]晏几道

秋千院落重帘幕，彩笔闲来题绣户。墙头丹杏雨余花，门外绿杨风后絮。

朝云信断知何处？应作襄王春梦去。紫骝认得旧游踪，嘶过画桥东畔路。

《偷声木兰花》，则是改第三、七句为每句四字。如：

偷声木兰花

[宋]张先

画楼浅映横塘路，流水滔滔春共去。目送残晖，燕子双高蝶对飞。

风花将尽持杯送，往事只成清夜梦。莫更登楼，坐想行思已是愁。

《减字木兰花》，则是将第一、三、五、七句都改为每句四字。如：

减字木兰花

[宋]王安国

画桥流水，雨湿落红飞不起。月破黄昏，帘里余香马上闻。

徘徊不语，今夜梦魂何处去。不似垂杨，犹解飞花入洞房。

我们可以看到，“偷声”和“减字”，不仅改变了字数，也改变了押韵和平仄，都是新的创造了。

“摊破”是在原有的词谱上增加一些字数，《浣溪沙》，词谱为六句，每句七字，如：

浣溪沙

[宋]苏轼

山下兰芽短浸溪，松间沙路净无泥，潇潇暮雨子规啼。

谁道人生无再少？门前流水尚能西，休将白发唱黄鸡。

《摊破浣溪沙》，则是在原词谱的第三句和第六句后各增加一句三字，如：

摊破浣溪沙

[宋]李清照

病起萧萧两鬓华，卧看残月上窗纱。豆蔻连梢煎熟水，莫分茶。

枕上诗书闲处好，门前风景雨来佳。终日向人多酝藉，木犀花。

我们可以看到，原来的第三、六句不再入韵，韵脚移到增加的两句后，押韵和平仄都变化了。

“慢”，也是指比原词谱加长，但是增加的字数很多，从字面上已经难以看出与原词谱的联系了，也许是曲谱相关联吧。比如：

木兰花慢

[宋]柳　永

拆桐花烂漫，乍疏雨，洗清明。正艳杏烧林，缃桃绣野，芳景如屏。倾城，尽寻胜去，骤雕鞍绀幰出郊垧。风暖繁弦脆管，万家竞奏新声。

盈盈，斗草踏青，人艳冶，递逢迎。向路傍往往，遗簪堕珥，珠翠纵横。欢情，对佳丽地，信金罍罄竭玉山倾。拚却明朝永日，画堂一枕春酲。

跟上面的《木兰花》相比，难以看出它们之间的联系。

此外，还有“引”“近”等术语，和“慢”相似，不再举例。

[四]小令、中调、长调

小令、中调、长调就词的长短来说的，有种说法是，58 字以下为小令，59~90 字为中调，91 字以上为长调。其实也不必过于拘泥，知道有这样的分类法就可以了。

古人会以令作为词牌名，比如《十六字令》、《如梦令》等。也会在有些较短的词牌名后面加上一个令字，成为一个习惯的别名，比如《捣练子》也叫《捣练子令》，《小重山》又名《小重山令》等。

[五]单调、双调

词是分段的，有些字数较少的词只有一段，称为“单调”，如：

忆江南

[唐]白居易

江南好，风景旧曾谙。日出江花红胜火，春来江水绿如蓝。能不忆江南？

绝大部分词都分为两段，称为双调，如：

卜算子

[宋]李之仪

我住长江头，君住长江尾。日日思君不见君，共饮长江水。

此水几时休，此恨何时已。只愿君心似我心，定不负相思意。

双调词中，前一段称为“上片”或“上阕”，后一段称为“下片”或“下阕”。

还有极少数词，分为三段或四段，称为“三叠“和“四叠”，因为非常少见，也不适合写作，不再加以讨论。

第十节 词 律

[一]词的平仄

词中会大量使用律句，早期的很多词作就是绝句的形式。比如《清平调》、《浪淘沙》、《杨柳枝词》、《竹枝词》等，我们可以看一个例子：

竹枝词

[唐]刘禹锡

杨柳青青江水平，闻郎江上唱歌声。

东边日出西边雨，道是无晴却有晴。

就是一首七言绝句，由此我们可以理解词与诗是一脉相承的。

后来的词谱，也有全篇使用律句的，如《浣溪沙》，词谱是：

(仄)仄平平仄仄平，(平)平(仄)仄仄平平。(平)平(仄)仄仄平平。

(仄)仄(平)平平仄仄，(平)平(仄)仄仄平平。(平)平(仄)仄仄平平。

每一句都是律诗的平仄格式，只是句数和粘对不同于律诗。如：

浣溪沙

[宋]晏　殊

一曲新词酒一杯，去年天气旧亭台，夕阳西下几时回？

无可奈何花落去，似曾相识雁归来，小园香径独徘徊。

这首词下片的句子全出自他的一首律诗《示张寺丞王校勘》，原诗是：

元巳清明假未开，小园幽径独徘徊。
春寒不定斑斑雨，宿醉难禁滟滟怀。
无可奈何花落去，似曾相识雁归来。
游梁赋客多风味，莫惜青钱万选才。

下片前两句是原诗的颈联，末句是原诗的第二句。他非常喜欢这几句，就把它们写入词中。

即使是长短句的词，也有很多使用律句形式，只是不粘不对而已。如《卜算子》，词谱为：

(仄)仄仄平平，(仄)仄平平仄。(仄)仄平平仄仄平，(仄)仄平平仄。

(仄)仄仄平平，(仄)仄平平仄。(仄)仄平平仄仄平，(仄)仄平平仄。

如：

卜算子

黄州定惠院寓居作

[宋]苏轼

缺月挂梧桐，漏断人初静。时见幽人独往来，缥缈孤鸿影。

惊起却回头，有恨无人省。捡尽寒枝不肯栖，寂寞沙洲冷。

可见，熟练掌握了律诗的平仄，对于我们填词有很大帮助。

但是，词中也有一些特殊的平仄格式，比如四字句，除了“平平仄仄”“仄仄平平”两种平仄整齐交替的律句格式外，还有：

仄平平仄，如：

汉家陵阙。(李白《忆秦娥》)

此时凝睇。(王禹偁《点绛唇》)

月台花榭。(贺铸《青玉案》)

平平平仄，如：

江山如画。(苏轼《念奴娇》)

平仄平仄，如：

人在何处？(李清照《永遇乐》)

这主要与词的曲调规定有关，我们后面第三部分词谱举例会有细致的说明，需要结合整个词谱和前人词作仔细玩味，才能体会到其中的好处。

［二］词的押韵

词的押韵也与诗的押韵有很大的不同，律诗绝句除了首句分为入韵与不入韵两种形式外，其余都是偶句押韵，非常整齐。而词的押韵是依曲调而定的，韵脚往往在乐曲的停顿处，不同的词牌代表不同的曲调，韵脚字的位置都是不一样的。

有的韵脚较密，比如：

长相思

［唐］白居易

汴水流，泗水流，流到瓜洲古渡头。吴山点点愁。

思悠悠，恨悠悠，恨到归时方始休。月明人倚楼。

（"△"表示韵脚字）

这首词句句押韵。

有的韵脚较疏，比如：

沁园春

［宋］苏　轼

孤馆灯青，野店鸡号，旅枕梦残。渐月华收练，晨霜耿耿，云山摛锦，朝露漙漙。世路无穷，劳生有限，似此区区长鲜欢。微吟罢，凭征鞍无语，往事千端。

当时共客长安，似二陆初来俱少年。有笔头千字，胸中万卷，致君尧舜，此事何难。用舍由时，行藏在我，袖手何妨闲处看。身长健，但优游卒岁，且斗尊前。

这首词，有三句押韵，也有四句押韵的。

词也不像格律诗那样必须押平声韵，很多词是押仄声韵的，而且可以上去通押，比如：

渔家傲

[宋]范仲淹

塞下秋来风景异，衡阳雁去无留意。四面边声连角起，千嶂里，长烟落日孤城闭。

浊酒一杯家万里，燕然未勒归无计。羌管悠悠霜满地，人不寐，将军白发征夫泪。

韵脚字中，“起”“里”是上声字，“异”、“意”、“闭”、“计”、“地”、“寐”、“泪”都是去声字。

甚至词中还可以平上去通押，如：

西江月

夜行黄沙道中

[宋]辛弃疾

明月别枝惊鹊，清风半夜鸣蝉。稻花香里说丰年，听取蛙声一片。

七八个星天外，两三点雨山前。旧时茅店社林边，路转溪桥忽见。

上片韵脚字“蝉”、“年”是平声字，“片”是去声字。下片韵脚字“前”、“边”是平声字，“见”是去声字。

词中还有换韵，比如：

菩萨蛮

书江西造口壁

[宋]辛弃疾

郁孤台下清江水$\triangle_1$，中间多少行人泪$\triangle_1$。西北望长安$\triangle_2$，可怜无数山$\triangle_2$。

青山遮不住$\triangle_3$，毕竟东流去$\triangle_3$。江晚正愁余$\triangle_4$，山深闻鹧鸪$\triangle_4$。

这首词的韵脚字分别为“水”、“泪”(上去通押)；“安”、“山”(平声)；“住”、“去”(去声)；“余”、“鸪”(平声)。

词中押韵虽灵活多样，但每个词牌如何押韵，是由具体的词谱规定的。我们会在第四章词谱举例中熟悉和了解这些情况。

第三章　诗律鉴赏

诗律，即近体诗的格律，有字数、押韵、平仄、对仗等各方面的要求。本章按照近体诗的四种主要形式：五言律诗、五言绝句、七言律诗和七言绝句，列举古人名篇，解读分析。我们可以在阅读欣赏佳作的同时，熟悉不同诗体的格律要求和写作方法，从形式与内容两方面体会诗歌的美感。最后一节讲解不完全符合格律的“拗体诗”，从这些“另类”的律诗作品中，可以加深对诗律的理解和判断，体会到古人对诗律的运用和超越。

诗律说明中可平可仄之处以“○”标出，诗例中入声字以“·”标出。

第一节　五言律诗

五言律诗的基本格式有两种，一种是仄起式，一种是平起式。

[一]仄起式

仄起式的基本格式为：

㊀仄平平仄，平平仄仄平。

㊉平平仄仄，㊀仄仄平平。

(仄)仄平平仄，平平仄仄平。

(平)平平仄仄，(仄)仄仄平平。

我们观察这一平仄格式，最容易看出的是，后四句是对前四句的重复。所以，要记住这个格式，只需记住前四句就可以了。律诗的平仄，最重要的有两点，即“粘”和“对”。“对”指的是每一联上下两句平仄相对，这是非常清楚的。而“粘”就不那么容易看出来，我们对比下一联的前一句与上一联的后一句，可以看到，它们的第二字，平仄相同，这就是律诗的“粘”。通过“粘”，不仅把律诗的四个联都联接起来了，而且保证了每一联的变化，平仄不与上一联相同。

“粘”和“对”这两个规则，当我们清楚了其原理和奥妙，就会发现，其实这两个规则，就是为了保证由四种句式组成的两个联的交错出现，保证律诗的整齐性和变化性。所以，要记忆格律，最简单的方法就是记住两个联，有节奏感的二十个字：“仄仄平平仄，平平仄仄平”、“平平平仄仄，仄仄仄平平”，两个联交错出现，必然就能实现“粘”和“对”。

诗例：

渡荆门送别①

[唐]李　白②

渡远荆门外，来从楚国游③。
山随平野尽，江入大荒流。
月下飞天镜，云生结海楼。
仍怜故乡水，万里送行舟。

① 荆门，指荆门山，位于湖北宜都西北长江南岸，与北岸虎牙山对

峙，地势险要。

② 李白(701—762)，字太白，号青莲居士，生于绵州昌隆县青莲乡(今四川彰明县)。少读书学剑，有济国安邦之志，又受道家游仙思想的影响，不事科举。开元十二年(724)出蜀漫游，天宝元年(742)奉诏入京，封供奉翰林，因性格傲岸，不附权贵，不久即被排挤。安史之乱入永王李璘幕，后李璘获罪，李白亦遭流放，中途遇赦，不久去世。李白才华出众，诗作俊朗飘逸，瑰奇绚丽，感情充沛，格调清远，被人称作“诗仙”。

③楚国，春秋时诸侯国，在今湖南、湖北一带。

这首诗是李白青年时期出蜀漫游时所作，描写了路上的景色，表达了对故乡的留恋之情。诗的中间两联写船上的所见所感，颔联写山水，视野开阔，气势磅礴。颈联转向云月，自然流畅。月亮在水中的倒影，好像天边飞来一面明镜；云彩变化，结成了海市蜃楼。无论山水还是云月，都动感十足，这是因为诗人在四句话中用了八个动词：“随”、“尽”、“入”、“流”、“下”、“飞”、“生”、“结”，形象生动，富于变化，纵横天地间，而无一丝滞碍。诗的尾联想象奇特：故乡之水，万里送行。诗人并不直言思乡，而是将内心的情感赋予流水，道出浓浓的不舍之情。这种表现手法含蓄有趣，最为人称道。

此诗颔联、颈联对仗，是律诗对仗的基本要求。诗的平仄非常整齐，除第七句外，仅有第四句第一字“江”调整为平声，在可平可仄的范围内。第七句平仄有变化之处，值得注意。按律，第七句当为“平平平仄仄”，可此处“仍怜故乡水”为“平平仄平仄”，这是诗人们常用的一个变格，这个变格是针对“平平平仄仄”这个句式的，只要在这个句式中，都可以应用，第二章

“拗救”节中的“特拗”就讲的这种情况。这一变格，诗人们常用在第七句中，如下面韦应物的《淮上喜会梁州故人》、王勃的《杜少府之任蜀州》都是如此。这样，在尾句之前，第二、四字上两个平声节奏点，音韵更显铿锵。

旅夜书怀

[唐]杜　甫[1]

细草微风岸，危樯独夜舟[2]。
星垂平野阔，月涌大江流。
名岂文章著，官应老病休。
飘飘何所似，天地一沙鸥。

① 杜甫(712—770)，字子美，河南巩县(今河南洛阳附近)人。二十四岁举进士不第，开始了将近十年的漫游生活，南至吴越，北至齐赵。后入长安，进取无门，困顿落魄十年。安史之乱，为叛军所俘，脱险后赴灵武见唐肃宗，授左拾遗，不久即被贬。后弃官西行，定居成都浣花溪畔。晚年被迫离蜀东归，客死舟中。杜甫一生颠沛流离，诗歌沉郁顿挫，是唐代最伟大的诗人之一。

② 危樯，高高的桅杆。危，高。樯，船上的桅杆。

这首诗作于杜甫晚年，表达了那种漂泊无依的感慨。诗的前半部分写景，细草瘦弱，在微风中摆动，桅杆高耸，独自兀立，都给人以萧瑟清冷，摇摇欲坠之感。颔联和李白《渡荆门送别》的颔联很相似，但手法和情感上都不相同。李诗直叙所见，句式正常，明白易懂。而杜诗这联，就要费些思量。平野广阔，无边无际，所以星星看起来就好像垂落在平野之上；江中月亮的影子涌动，是因为江水奔流向前。每一句都相当于包含了两个分句："星垂"是因为"平野阔"，"月涌"是因为"大江流"。而"垂"和"涌"用字巧妙，超出常理，这就是诗法中常说的炼字。如果单纯看这一句，天地广阔，大江奔流，并没有特别的感情因素，在李白诗中可以感受到豪迈，而在杜甫这首诗中则是悲凉。因为此诗首联定下了基调，再言天地广阔，江水奔腾，则凸显了诗人的渺小无助。

诗的后半部分直抒胸臆：文章难以使自己成名，年老多病也不用再想着做官。穷途末路，漂泊无所，我真好像是茫茫天地间的一只沙鸥啊。诗句沉郁凄怆，情真意切，令人动容。

这首诗仅末句第一字"天"调整为平声，在可平可仄的范围内，其余均与基本形式相同。律诗对仗的基本要求是颔联、颈联对仗，绝大多数都是如此。首联和尾联一般不对仗。杜甫作诗善用对仗，往往超出常格，这首诗前三联全用对仗，而且都相当工整。

次北固山下①

[唐]王　湾②

客路青山下，行舟绿水前。
潮平两岸阔，风正一帆悬。
海日生残夜，江春入旧年。
乡书何处达，归雁洛阳边。

① 次，停歇，住宿。北固山，在今江苏镇江市，北临长江。

② 王湾(693—751)，洛阳人。玄宗先天年间进士及第，官荥阳县主簿、洛阳尉等职。

这是一首写景抒情诗，气象宏大，场面壮阔，读来令人有豁然开朗之感。首联使用流水对，简单描写行程，青山、绿水自然相对，不拘于一山一水。写景抒情的诗，首联使用流水对交代背景缘起，既简洁明了，又显得整齐有序。颔联和颈联对仗工稳，炼字精审，历来为人称道。颔联“平”与“正”相对，都是简单平易之字，却不能改换：潮水与两岸齐平，更显无边无际；风正必是称心如意的好风，船帆就特别圆满。颈联更有气势，旭日初生于残夜，春光早发于旧年，时空交错流转，以新代旧，生生不息。这样的情景，自然引出浮沉之感、思乡之情，于是尾联以“乡书”、“归雁”作结。

这首诗格律相当整齐，仅调整一字，即第三句第三字“两”用了仄声，虽然第三字的自由度不比第一字，但是因为不在节奏点上，也可以进行调整。但是，此处的“两”字，使得第三句形成了“平平仄仄仄”的格式，这种格式称为“三仄调”。有人认为如同“三平调”(详见第二章“近体诗的禁忌”一节)，这也是律诗的大忌。其实，“三仄调”和“三平调”有很大的不同，一来仄声短促，所以其音韵上的效果远不如“三平调”明显；二来“三仄调”必然出现在每联的上句，也就是出句之中(对句的最后一字要押韵，必然是平声)，音韵上的地位也不及出现对句位置上的“三平调”重要。所以，古人往往并不太在意，“三仄调”在格律诗中出现很多，是被允许的。下面韦应物的《淮上喜会梁州故人》第三句也是如此。

淮上喜会梁州故人

[唐]韦应物①

江汉曾为客，相逢每醉还。

浮云一别后，流水十年间。

欢笑情如旧，萧疏鬓已斑。

何因不归去，淮上有秋山。

① 韦应物(737—792)，长安人。早年以三卫郎为玄宗近侍，豪纵不羁，横行乡里。安史之乱，流落失职，始立志读书。后任洛阳丞，滁州、江州、苏州刺史等职。世称“韦苏州”。

这首诗写久别重逢的感慨，情真意挚。首联忆往，每次相逢必然欢饮，不醉不归，简简单单的一句，便道出曾经的默契与亲密。颔联惜别，往事如“浮云”，岁月如“流水”，“浮云”、“流水”对举，细腻生动，将十年的时光寓于一句，道出无尽的沧桑与无奈。黄庭坚《寄黄几复》：“桃李春风一杯酒，江湖夜雨十年灯。”与此句写法相同，踵事增华，又多了几分哀婉与凄凉。颈联写重逢，出句写喜，对句写悲，悲喜交加，正是人之常情，也是前两联情感的自然延续，尤显厚重深刻。最后以问答收尾，看起来不着边际，正是表现了一种寄情山水的超然姿态。

这首诗的平仄相当有趣，主要特点有三个。其一，每句都以平声字开头。第一句、第四句、第五句、第八句的第一个字都作了调整，这样，全诗八句第一个字就都是平声。平声字格律铿锵，字调较长，提起全句能起到一种令人振奋的效果。其二，第三句第三字“一”是入声，形成“三仄调”，上面说过，“三仄调”是律诗允许的，不同于“三平调”。其三，第七句使用了“平平仄平仄”的变格，将“平平平仄仄”改为“平平仄平仄”，在古人诗作中多有出现。熟读此诗，可以体会律诗的变化。

仄起式有个变体，就是首句改为“仄仄仄平平”，其余不变，即：

(仄)仄仄平平，平平仄仄平。

(平)平平仄仄，(仄)仄仄平平。

(仄)仄平平仄，平平仄仄平。

(平)平平仄仄，(仄)仄仄平平。

看起来首句似乎发生了很大的变动，破坏了“对”的原则，其实，只是将第三个字和第五个字的平仄换位，第二字和第四字依然是平仄相对。这种变体的特点就是首句可以入韵，所以称为“仄起首句入韵式”。

我们还可以发现，首句经过这样的变动后，句式与第四句相同。因为首句要入韵，自然是平字脚的，律句只有四种形式，而平字脚只有两种形式——第二句和第四句。既要使用平字脚，又要与第二句相对而不相同，自然就和第四句相同了。

诗例：

送杜少府之任蜀州①

[唐]王　勃②

城阙辅三秦③，风烟望五津④。
与君离别意，同是宦游人。
海内存知己，天涯若比邻。
无为在歧路，儿女共沾巾。

① 少府，县尉的通称，负责一县的治安。杜少府，其名不详。蜀州，在今四川崇庆县。

② 王勃(650—676)，字子安，绛州龙门(今山西河津县)人。少时聪

慧过人，十四岁应举及第，但仕途多舛，屡遭贬斥。二十七岁于探亲途中溺水而卒。其文章《滕王阁序》，极为后人传诵。诗与杨炯、卢照邻、骆宾王齐名，史称“初唐四杰”。

③ 三秦，项羽灭秦后，将长安一带分为雍、塞、翟三国，史称“三秦”。

④ 五津，四川岷江上的五个渡口，分别为白华津、万里津、江首津、涉头津和江南津。

这是一首送别诗，哀而不伤，情意无限，历来为人称道。首联以景开头，句式是倒装，城阙指长安城，三秦夹辅长安城；而遥望五津，则是风烟弥漫。五津正在行人入蜀之路上，这一联，点明了送别的地点，渲染了送别时苍茫迷蒙的气氛。颔联开始，即转入写情，与君离别，使我想起，我们同是宦游之人。王勃宦居长安，虽比对方条件要好得多，但也都是离家在外，同有漂泊游子之感。既然人生漂泊不定，到哪里又有什么关系呢？只要我们心意相通，即使远隔天涯，也如同隔壁相邻，就没有必要在分手的时候，悲伤流泪了吧。后三联辞意贯穿，一气呵成，实为大手笔。

这首诗首联对仗工整，颔联没有对仗。律诗以颔联、颈联对仗为基本格式，但首联若使用对仗，颔联也可以不必对仗。诗的第一句、第三句、第四句都在第一字上作了调整，在可平可仄的范围内。第三句和第四句还形成了“仄平平仄仄，平仄仄平平”这种工整的平仄相对的形式，这种形式也是诗人们经常应用的。第七句“无为在歧路”使用了“平平仄平仄”的变格，将“平平平仄仄”改为“平平仄平仄”，在古人诗作中多有出现，可参考前面李白《渡荆门送别》和韦应物《淮上喜会梁州故人》。

月夜忆舍弟

[唐]杜　甫

戍鼓断人行①，秋边一雁声。
露从今夜白，月是故乡明。
有弟皆分散，无家问死生。
寄书长不达，况乃未休兵。

① 戍鼓，戍楼上的禁鼓，戍鼓响起，则开始宵禁，所以说“戍鼓断人行”。

这是一首感时怀远之作。首联点出了秋夜，入夜才会响起禁鼓。鼓声、雁声，给人一种清冷的感觉。而“秋边”用字及其巧妙，秋的边际在哪里，是看不到的，只能感觉到，但是用在诗里，“秋”写出了雁声之悲，“边”写出了雁声之远，这种将时间与空间融合的写法，正是诗歌的特有的优势。有人解为“秋天的边地”，或改作“边秋”，则意味顿无。颔联写景，全写主观之景，主观之景实际上全是在抒情。客观的说，露是否今夜始白，难以考证，诗人不必恰在白露之夜作诗，而月亮也自然不必是故乡更明。但是作者偏偏要这样说，而且还用“是”字加强肯定的语气，可见心中情感的强烈。前两联蓄势已足，后两联转入直接叙事抒情，将心中的苦处娓娓道来，语言平实自然，写出了乱世生死离别的悲哀。

全诗格律相当齐整，仅第三句第一字“露”使用仄声，在可平可仄的范围内。

[二]平起式

平起式的基本格式为：

㊣平平仄仄，㊀仄仄平平。
㊀仄平平仄，平平仄仄平。
㊣平平仄仄，㊀仄仄平平。
㊀仄平平仄，平平仄仄平。

这一格式，也是后四句与前四句全同。与仄起式相比，则是首联与颔联交换了位置，颈联与尾联交换了位置。所以说，记住两个联就把握了律诗的基本格式和变化，比起单独记忆四个基本句式再去组合搭配的方法要好得多。

诗例：

山居秋暝①

[唐]王　维②

空山新雨后，天气晚来秋。
明月松间照，清泉石上流。
竹喧归浣女，莲动下渔舟。
随意春芳歇③，王孙自可留。

① 暝，夜晚。

② 王维（701—761），字摩诘，太原祁（今山西祁县）人。开元九年（721）进士，历任监察御史、中书舍人，官至尚书右丞，世称“王右丞”。喜隐居参禅，寄兴山水，是唐代山水田园诗派代表诗人，与孟浩然并称“王孟”。

③ 随意：虽然，尽管。

这首诗描写了雨后山中的景色，清新自然，是王维山水田园诗作的代表。颔联写风景，“明月松间照，清泉石上流”，宛如一幅图画，和谐优美。颈联写人物，洗衣的姑娘、划船的渔人都没有直接描写，而是通过竹林中的声音和莲叶的摆动来展现，这样的写法，将人与自然融为一体，别有一番风味。《楚辞·招隐士》中说：“王孙兮归来，山中兮不可以久留。”这首诗尾联取其典故，反用其义：虽然花朵已开始凋谢，但是王孙也尽可以继续留在山中，享受这一份悠然与惬意。

诗作在格律上相当严整，第二句第一字“天”、第五句第一字“竹”、第六句第一字“莲”、第七句第一字“随”，有所调整，但都在可平可仄的范围之内。颔联、颈联对仗，是律诗的基本格式，这首诗中都使用规整的工对。

辋川闲居赠裴秀才迪①

[唐]王 维

寒山转苍翠，秋水日潺湲。
倚杖柴门外②，临风听暮蝉。
渡头余落日，墟里上孤烟。
复值接舆醉③，狂歌五柳前④。

① 辋川，水名，在陕西蓝田县城西南终南山下。裴迪，唐代诗人，官至蜀州刺史及尚书省郎，与王维交好，诗风相近。

② 柴门，用树枝编扎的门。

③ 接舆，春秋楚国的隐士陆通，字接舆，装狂遁世。

④ 五柳，晋代诗人陶渊明，自号“五柳先生”。

王维经常隐居蓝田辋川，寄兴山水，与朋友赋诗相酬，这首诗就是写给好友裴迪的。诗中描写了辋川深秋傍晚的景色，抒发了作者舒畅闲适的心情。此诗首联对仗工整，山色“苍翠”对水声“潺湲”，有声有色，错落有致。首联对仗，颔联可以不必对仗，此诗颔联使用不工整的流水对，“倚杖”对“临风”，“柴门”对“暮蝉”，而句式则不相同，在可对可不对的情况下，这样调整，更为灵动传神。按照律诗对仗的要求，不管首联和颔联如何，颈联一定要对仗，并且尽量使用工对。此诗颈联虽不及其名句“大漠孤烟直，长河落日圆”境界开阔，也有异曲同工之妙，展示出山中的幽静和怡然。尾联“接舆”和“五柳”都是以古人自托，接舆是在这里是代指裴迪，而王维自比晋代大诗人陶渊明。全诗景物人物，交映成趣，物我一体，情景交融。

此诗格律不甚齐整，我们观察一下，首句使用“平平仄平仄”的变格，是古人常用的格式。第二、五、六句第一字都有所调整，在可平可仄的范围内，且第五、六句形成了新的“仄平平仄仄，平仄仄平平”的对句。第四句第三字“听”为平声，虽然不合基本格律，但在“一三五不论”的范围内，是被允许的。值得注意的是，第七句第三字“接”是入声字，就形成了“仄仄仄平仄”的格式，虽然全句只有一个平声字，但这种格式不是“孤平”（“孤平”详见第二章第六节“近体诗的禁忌”），“孤平”指的是一种特定情况，只有在“平平仄仄平”这一句式中，除了韵脚字之外，只有一个平声字时，才叫做“孤平”。熟悉这首诗，在对仗和平仄上都能令我们对律诗的变化有所把握。

过故人庄

[唐]孟浩然①

故人具鸡黍②，邀我至田家。
绿树村边合，青山郭外斜③。
开轩面场圃④，把酒话桑麻。
待到重阳日，还来就菊花。

① 孟浩然(689—740)，本名浩，字浩然。襄阳(今湖北襄阳)人，世称孟襄阳。早岁隐居鹿门山，四十岁时赴长安应试未中，以布衣终老。诗作清朗自然，与另一位山水田园诗人王维合称为“王孟”。

② 黍，黄米饭。

③ 郭，古代城墙，内墙叫做城，外墙叫做郭。此处可指村外。

④ 轩，窗户。场(cháng)，打谷场。圃，苗圃，菜园。

这是孟浩然歌颂田园生活的名作，广为后人传诵。首句写缘起，特意写出鸡肉和黄米饭，俨然一顿让人无法抗拒的丰盛大餐，使人读来兴味盎然。颔联写景，绿树、青山，色调明快，“合”与“斜”相对，错落有致。颈联言酒桌的热烈，句句不离田园景物，写出了作者的赞美和喜爱之情。欢饮畅叙，尽兴而归，重阳节我还要来看菊花，热情洋溢，余韵悠然，不禁令人生出几许对重阳节的期盼和遐思。

这首诗第一、二句都调整了第一个字的平仄，在可平可仄的范围内。更有意思的是，第一句和第五句，基本格式为“平平平仄仄”，这首诗都使用了“平平仄平仄”的变格。第二章“拗救”节中的“特拗”，对于这一变格有具体说明。这首诗，可以作为我们熟悉这一常用变格的最佳诗例。

赋得古原草送别

[唐]白居易①

离离原上草，一岁一枯荣。
野火烧不尽，春风吹又生。
远芳侵古道，晴翠接荒城。
又送王孙去，萋萋满别情。

① 白居易(772—846)，字乐天，晚号香山居士，下邽(今陕西渭南县)人。德宗贞元十六年(800)进士，初为谏官，后被贬江州司马。曾任苏、杭等州刺史，官至太子宾客、刑部侍郎。白居易在诗歌方面成就卓越，他倡导新乐府，关心百姓疾苦，追求通俗易懂的风格，长诗《长恨歌》、《琵琶行》等广为后世传诵，与李白、杜甫并称“唐代三大诗人”。

这是白居易少年时期的一首应试之作，后世广为流传。按科考规矩，凡指定、限定的诗题，题目前必须加“赋得”二字。这首诗所赋之物为“古原草”，为“送别”而作。应试之作，在格律和章法上都相当严谨。本诗使用了规范的拗救：在“仄仄平平仄”这一律句中的第四字若用仄声，必须要对句来救，救的方法就是对句第三字改为平声(可参看第二章第七节“拗救”中的“对句相救”)。本诗第三句第四字“不”用了仄声，第四句第三字用平声“吹”，救了上句的“不”字。另外，第五句“远”字用了仄声，这是第一字，本就可平可仄，无关紧要，但第六句，诗人又以“晴”字救“远”，平仄相对，可见其格律的严谨。

此诗的颔联、颈联对仗，是律诗的基本对仗形式。颔联使用流水对，流畅自然，从时间上展示了野草的生生不息；颈联使用工对，相当严整，从空间上表现了野草的绵延不绝。同时，野草的生生不息、绵延不绝，也象征着诗人和友朋之间情意深重，依依难舍，这也正是赋草与送别的内在联系。

平起式有个变体，首句改为“平平仄仄平”，其余不变，同仄起式的变体一样，首句可以入韵，所以叫做“平起首句入韵式”，即：

（平）平仄仄平，（仄）仄仄平平。
（仄）仄平平仄，平平仄仄平。
（平）平平仄仄，（仄）仄仄平平。
（仄）仄平平仄，平平仄仄平。

经过这样的调整，第一句也和第四句的格式相同了。

诗例：

晚　晴

［唐］李商隐①

深居俯夹城②，春去夏犹清。
天意怜幽草，人间重晚晴。
并添高阁迥③，微注小窗明④。
越鸟巢干后⑤，归飞体更轻。

① 李商隐(813—858)，字义山，号玉溪生，又号樊南生、樊南子，怀州河内(今河南沁阳市)人。早年受令狐楚赏识，后入赘王茂元家，卷入牛李党争，郁郁不得志，长期辗转幕府，客死异乡。李商隐诗作成就甚高，

与杜牧合称“小李杜”，与温庭筠合称为“温李”。

② 夹城，城门外的曲城。

③ 并，双倍。迥，高远。

④ 微注，夕阳的斜晖微弱地照进来。

⑤ 越鸟，南方的鸟。古诗：“胡马依北风，越鸟巢南枝。”此诗中没有特别的含义，因李商隐在桂林，故称其鸟为“越鸟”。

此诗写傍晚雨后的景色和感受。李商隐遭受排挤，离开长安，跟随郑亚到桂林做幕府，心情得以舒缓，此诗正与当时心境相关。首联点出时间地点，又有寄托，虽深居，但楼高，可俯视夹城；春天虽逝去，而初夏尤显清爽。这种失意之中的得意，正是全诗的主旨。颔联最为人们传诵，表现了一种积极超脱的心态，只有经历过风雨，才能真正体验到这种感受。颈联描写晚晴的景色，细腻柔美，阁楼本已很高，而雨后的晴朗又使人感觉仿佛增高了一倍；夕阳的斜晖渗入小窗，明丽而温馨。尾联借飞鸟言志，鸟巢被晒干，则有所栖身，所以心情轻松，自然体态轻盈。整首诗温婉有致，含蓄深沉，正是李商隐特有的风格。

这首诗第五句第一字“并”、第六句第一字“微”有所调整，使得第五六句形成“仄平平仄仄，平仄仄平平”的整齐相对的形式，这种形式是诗人们对“平平平仄仄，仄仄仄平平”一联经常性的调整。

五言律诗，以首句不入韵为常例，较为常见，本章举例也以这种格式为主，我们写作时，可以多参考这种格式。

第二节　五言绝句

绝句的长度是律诗的一半，平仄率相当于截取律诗的前半部分，粘、对都与律诗相同。而对仗方面，没有固定的要求。所以，熟悉了上一节五言律诗的格式之后，学习五言绝句就非常容易了。

五言绝句的基本格式也有仄起式和平起式两种。

[一]仄起式

五言绝句的仄起式为：

Ⓩ仄平平仄，平平仄仄平。

Ⓟ平平仄仄，Ⓩ仄仄平平。

这一格式，相当于截取五言律诗仄起式的前半部分。

诗例：

南行别弟

[唐]韦承庆①

淡淡长江水，悠悠远客情。

落花相与恨，到地一无声。

① 韦承庆(639—705)，字延休，郑州阳武(今河南原阳县)人。服侍继母，以孝闻于世，举进士，屡次升迁，武后长安年间(701—704)任凤阁侍郎平章事(即宰相)，中宗神龙元年(705)因依附张易之，被罢相，贬谪岭南，后召回。

这首诗写于作者贬谪途中，触景生情，即景即情，浑然交融。首句对仗工整，以“淡淡”二字修饰长江之水，似乎不合常理，其实这是在渲染作者的心境，“淡淡长江水”，也正是“悠悠远客情”，两句看似对举，实为一体。尾联更显清绝，“落花”写景，“恨”写情，虽言落花与恨相伴，其实落花即是恨，恨即是落花。“到地一无声”，戛然而止，无声之处，意味绵长。

全诗格律齐整，只有第三句第一字“落”有所调整，也是诗人经常变化之处。

劳劳亭①

[唐]李　白

天下伤心处，劳劳送客亭。
春风知别苦，不遣柳条青。

① 劳劳亭，古送别之所，故址在今江苏南京市南。梁元帝诗《送西归内人》：“昔时慊慊愁里去，今日劳劳长别人。”亭因此得名。宋改名为临沧观。

这是一首即兴抒情的小品。没有具体的送行场面，当是作者游至此亭，偶得诗句。首联写劳劳亭为天下伤心之处，“天下”二字，极言送别之苦。尾联则更进一层，连春风也不能忍受送别之苦，故意不让柳条变青。古人送别有折柳风俗，柳条未青，则无法攀折。柳条未青，本是季节未到，诗人却联想到春风有情，真是别开生面。而这，也正是诗人思维的不同寻常之处。因为立意特别，所以诗句更显精警，耐人寻味。

全诗格律齐整，仅首句第一字“天”有所调整。需要注意的是，判定仄起式还是平起式要以诗的节奏点为据，简单的说，对于五言诗，要以第二个字为据，不能单看第一个字的平仄，因为“一三五不论”，特别是第一个字，因为离韵脚较远，变化是很经常的。此诗第一个字为平声，但属于仄起式。

绝句二首

[唐]杜　甫

（一）

迟日江山丽，春风花草香。
泥融飞燕子，沙暖睡鸳鸯。

（二）

江碧鸟逾白，山青花欲燃。
今春看又过，何日是归年？

杜甫客居成都，意欲东归，但路途遥远，战乱频繁，难以成行。古人云：“以乐景写哀，哀景写乐，数倍增其哀乐。”这两首诗可以作为例证。第一首全用对仗，且为工对，展现了春天到来，万物欣欣向荣的景象。春日渐长，故称“迟日”，《诗经·豳风·七月》中有“春日迟迟”。泥土融化，燕子筑巢；沙滩温暖，鸳鸯依偎，其乐融融。第二首诗首联也是对仗，江水碧绿，鸟愈显其白；山色青翠，花如火一般红艳，利用颜色的描写将春天的生机渲染到极致。尾联笔锋一转，点明题旨，风景再好，总归是他乡，这么美好的春光，却不能在家乡度过，心中更觉凄凉。由此反观两首诗，花草自然生长，燕子、鸳鸯其乐融融，而诗人自己，却漂泊无依，有家难回，对比起来，更加深了心中的寂寞和惆怅。

这两首诗格律上并不是十分严整，但不越规矩，正可以作为“一三五不论，二四六分明”的例子。每首诗第二句都改变了第三字的平仄，形成了“平平平仄平”的句式，虽然全句只有一个仄声字，正在第四字节奏点上，也符合律诗规范。且第二首“山青花欲燃”的“花”字用平声，可以看作是救了出句“江碧鸟逾白”的“鸟”字。“逾”字古代属于虞韵，读平声(yú)。另“今春看又过”的“看”字，在唐代有平、去两读(现代也有两读，但意义有别，现代读平声表“看护”义，唐代还没出现这一义项)，唐诗中多次出现，一般都读平声，如李益诗《从军北征》：“天山雪后海风寒，横笛遍吹行路难。碛里征人三十万，一时回向月中看。”“看”作为韵脚，与“寒”、“难”押韵，读平声。

问刘十九①

[唐]白居易

绿蚁新醅酒②，红泥小火炉。
晚来天欲雪，能饮一杯无？

① 刘十九，唐人习惯以对方在族内的排行称呼别人，刘十九，名刘禹铜，是刘禹锡的堂兄。

② 绿蚁，酒面上的浮沫，色微绿，细小如蚁，故称“绿蚁”。醅(pēi)，没有过滤的酒。

这首诗明白晓畅，生动有趣，生活气息浓厚，又不失高雅的气质，深受宋代士大夫的喜爱。首联使用对仗，“绿”与“红”相对，色调明快；“酒”与“炉”相对，舒适温暖。全诗以问句收尾，语调轻松，似问实劝，令人难以抗拒。可见，即使是最普通的生活细节，也蕴含着丰富的诗意，拥有一颗诗人的心，不仅能写出优美的诗句，更能体验如诗般的生活。

本诗三四句均变通第一字的平仄，形成“仄平平仄仄，平仄仄平平”的句式，这可以说是对“平平平仄仄，仄仄仄平平”这一联在可平可仄的范围内所作的新的调整，既显生动，又不失对，保持工整。

乐游原①

［唐］李商隐

向晚意不适，驱车登古原。
夕阳无限好，只是近黄昏。

① 乐游原，在长安城南，地势较高，可以一览长安全景。

诗的首联叙述缘由，因为心情不适，虽然天色将晚，也要去乐游原上排遣忧愁，气氛低沉冷清。尾联笔锋突转，振奋高亢。“只是”在唐代是“正是”的意思，不是后来的“但是”、“不过是”的意思，所以这一联是说：“原来太阳最美的时候，正是黄昏时分啊！”本来作者去登古原是为了排遣忧愁，没曾想还得到了意外的收获，看到了最美的太阳，心情立刻为之改观。而最美的太阳出现在黄昏时分，这一意象，也蕴含着一种积极的人生态度，与他的另一首诗《晚晴》中的“天意怜幽草，人间重晚晴”有异曲同工之妙。

“夕阳无限好，只是近黄昏”是后代广为流传的名句，很多人把“只是”理解为“但是”，为诗句赋予了新的意味。单独使用这一诗句，这样的理解是无可厚非的，可谓老瓶装新酒，古为今用。但是要注意的是，如果把它放在整首诗中，回到当时的语境，再这样理解就不准确了，全诗的格调也会随之降低。从这一点，我们也能看出好诗的奇妙之处。

这首诗的格律也很有特点，第一句全是仄声字，看起来似乎不合格律，其实是在拗救的范围内的。为什么会出现这种局面呢？按律，第一句应为“仄仄平平仄”，有两个平声字，因为“一三五不论”，所以第三字可以使用仄声，而第四字用了仄声，可以通过对句第三字来救，这样，三、四字都使用了仄声，就形成了五字全仄的局面。这种五字全仄的局面只能出现在“仄仄平平仄”的句式中，在唐诗中并不多见，但也有一些，比如杜甫《送远》：“草木岁月晚，关河霜雪清。”可以说，这样的句子虽不违反诗律，但并不符合律诗平仄交错变化的精神，如果不是出于内容的需要或是具有足够的功力，能够把握字音的节奏，是不必尝试的。

相应的，仄起式的变体“仄起首句入韵式”，就是将首句改为：“仄仄仄平平。”即：

(仄)仄仄平平，平平仄仄平。

(平)平平仄仄，(仄)仄仄平平。

经过调整之后，第一句与第四句格式相同。

诗例：

行　宫①

[唐]元　稹②

寥落古行宫，宫花寂寞红。
白头宫女在，闲坐说玄宗。

① 行宫，京城之外供皇帝出行时居住的宫室。本诗的行宫指洛阳上阳宫，白居易有诗《上阳白发人》，称上阳的宫女“玄宗末岁初选入，入时十

六今六十”。

② 元稹(779—831)，字微之，河南洛阳人。少年明经，但仕途坎坷。有小说《莺莺传》，广为流传，后被改编为戏曲《西厢记》。与白居易交从甚密，赋诗唱和，并倡导新乐府运动，在当时颇有影响，世称“元白”。

此诗首句点题，以“寥落”、“古”来修饰行宫，无论从意境还是声韵上都令人感到压抑、低沉。次句言“宫花”，依然盛开，依然鲜艳，一抹亮色，却是孤独、寂寞，花红更反衬出人事的凄凉。

此诗尾联历来为世人称道，盛衰之叹尽在其中。宫女，往往都和青春美丽联系在一起，而诗中却以“白头”修饰，沧桑之感油然而生，比起前两句“寥落”、“寂寞”的渲染更有力量。白头宫女，难以忘怀的依然是玄宗旧事，因为那既是她的青春，也是她一生中最灿烂的时光。而玄宗朝，也正是唐王朝最辉煌的时期，中唐后，国势日衰，人们向往昔日的繁盛，常常追忆感怀玄宗旧事，所以此诗能引起人们心底的共鸣。

诗的三四句均变通第一字的平仄，形成了工整的“仄平平仄仄，平仄仄平平”句式，与上面白居易的《问刘十九》相同。

塞下曲

[唐]卢　纶①

月黑雁飞高，单于夜遁逃②。
欲将轻骑逐，大雪满弓刀。

① 卢纶，生卒年不详，字允言，河中蒲(今山西永济县)人。大历初应举，屡试不第。后由宰相元载举荐得官，官至检校户部郎中。“大历十才子”之一。

② 单(chán)于，古代匈奴君主的称号，此处代指游牧民族的上层首领。

这首诗生动地展现了边塞生活的一个片段。首联写缘起，月黑时恐怕是看不到大雁的，但是俗语有“月黑风高”，风高自然大雁就飞得高。所以，“雁飞高”，既动态十足，避免了单调，又渲染了天气的恶劣，所以敌人会选择在这样一个晚上逃跑，以为战士们不会发现。尾联写战士们得知消息，立即行动，为了赶时间，只跨上轻骑，而刀已经出鞘，准备随时杀敌。“大雪满弓刀”，豪气十足，突出了战士们的飒爽英姿。

这首诗格律整齐，仅第三句第一字“欲”有所调整。第三句第四字“骑”作名词讲，读去声(jì)，合乎格律。

[二]平起式

五言绝句平起式的基本格式为：

㊣平平仄仄，㊀仄仄平平。

㊀仄平平仄，平平仄仄平。

这一格式，相当于五言律诗平起式的前半部分，也相当于五言绝句仄起式的首尾两联对调。

诗例：

山　中

[唐]王　勃

长江悲已滞，万里念将归。

况属高风晚，山山黄叶飞。

这首诗写于诗人客居蜀中的第三年，表达了其归乡的迫切之情，是一首融情于景的佳作。首联对仗，“长江”、“万里”对举，境界开阔。长江都因为我的悲伤而停滞，不使用这种极度夸张不合情理之语，不足以表达诗人感情的深重。表达了迫切的愿望之后，尾联转回到现实的无奈，正处于深秋时节，漫山黄叶飘飞，这种凄清孤寂之景也正是作者心境的写照。以景结尾，而景中含情，这样的方式运用得好，可以提升全诗的境界和容量，余韵无穷。

诗的格律齐整，唯第四句第三字改用平声，也在“一三五不论”的范围内。因前两字“山山”为叠字，第三字用“黄”字拉长了音节，为结句增加了回环萦绕的效果。

曲池荷

[唐]卢照邻①

浮香绕曲岸，圆影覆华池。
常恐秋风早，飘零君不知。

① 卢照邻(约637—689)，字升之，幽州范阳(今河北省涿州市)人。少通经史，博学能文。做过邓王府典签、益州新都尉等下级官吏。后染风疾，因服丹药中毒，风疾加重，不忍折磨，自投颍水而死。善诗，为“初唐四杰”之一。

这是一首咏物诗。诗的首联对仗，漂浮的香气环绕着的池岸，圆月的光影覆盖着池塘。诗人并没有直接描写荷花的形态，而是以浮香圆影，烘托出一个清静幽深、孤芳自赏的氛围。烘托氛围，是为了抒发诗人的情怀，于是尾联便借荷花之口表达诗人怀才不遇的幽怨和希求被人赏识的愿望。借物咏怀，正是咏物诗的精神所在。

这首诗的第一句第三字用了仄声，形成了“平平仄仄仄”的“三仄调”。“三仄调”不像“三平调”那样被看作近体诗的大忌，在古人诗作中出现很多，是被允许的。详见上节五言律诗中王湾《次北固山下》的解说。

宿建德江①

[唐]孟浩然

移舟泊烟渚②，日暮客愁新。
野旷天低树，江清月近人。

① 建德，位于浙江省西部。建德江，指新安江流经建德的一段。新安江发源于徽州(今黄山市)，是钱塘江的正源。

② 烟渚(zhǔ)，雾气弥漫的小洲。

这是一首抒发旅途羁思的小诗。孟浩然诗风清雅飘逸，在这首诗中得到了充分地体现。首句写停舟靠岸，一个“烟”字，就将读者带入了恍惚朦胧的意境中，定下了全诗的基调。第二句写愁，不言深，不言苦，却用了一个“新”字，一则与“暮”字相对，文意起伏有致；二则保持了全诗清丽的风格，不至于陷入凝重。尾联用对仗写景，原野空旷，江水清澈，天不再孤高，月不再遥远，四围的景物都向诗人靠拢，沉默寂静，共度悠悠长夜。此情此景，正衬出那一抹淡淡的新愁。

这首诗第一句变“平平平仄仄”为“平平仄平仄”的特殊格式，在古人诗句中很常用，详见上节五言律诗《渡荆门送别》和《过故人庄》等诗中的解说。

听　筝

[唐]李　端①

鸣筝金粟柱②，素手玉房前③。

欲得周郎顾④，时时误拂弦。

① 李端，生卒年不详，字正已，赵州(今河北赵县)人。大历五年(770)登进士第，曾任杭州司马，后辞官隐居湖南衡山，自号衡岳幽人。“大历十才子”之一。

② 金粟柱，“柱”为筝上固定琴弦的短轴，“金粟”指柱上饰有金星的花纹。

③ 玉房，指玉制的筝枕。房，筝上的枕，架弦以便发声。

④ 周郎，指三国周瑜，传说周瑜熟谙音律，若人弹奏有误，即使酒过三巡，也必定能听出，当时人言：“曲有误，周郎顾。”

这首诗描写一位弹琴的少女，颇有趣味。首联极言筝的华美，以金、玉为饰，而女子的“素手”，正和金玉相衬，描摹精细，勾画出一幅绮丽的图像。只读头两句，会误以为这是一首单纯描摹人物的艳诗，但并非如此。尾联利用周瑜的典故，生动地表现出女子顽皮可爱的形象，人物不再只是图画，性格也跃然纸上。本来弹琴的人都害怕弹错，被人耻笑，而这位女子恰恰相反，她故意弹错，只为了引起心上人的注意，回头看她一眼。这种心理的刻画可谓精妙，别有一番新意。

本诗格律的特点是，完全符合五言绝句的基本形式，可平可仄处也谨守不越，像这样的一字不差，在近体诗中也是极为少见的。

相应的，平起式的变体“平起首句入韵式”，就是将首句改为“平平仄仄平”。即：

平平仄仄平，㊋仄仄平平。

㊋仄平平仄，平平仄仄平。

经过调整之后，首句也和第四句格式相同。

诗例：

汾上惊秋①

[唐]苏　颋②

北风吹白云，万里渡河汾。

心绪逢摇落，秋声不可闻。

① 汾(fén)，汾水，发源山西省宁武县，由河津县流入黄河。

② 苏颋(tǐng)(670—727)，字廷硕，京兆武功(今属陕西)人。玄宗开元时任宰相，与宋璟合作，共理政事，朝廷重要文件多出其手。苏颋以文章著名，因其袭封许国公，和燕国公张说并称“燕许大手笔”。

苏颋一直官居要职，但是中间有两年他失宠外迁，对于他个人来说，实在难以承受。这首诗可能写于出京赴任途中，极言其凄惨悲怆。诗的首联，用白描的手法渲染出一派清冷的气象，寒意扑面而来。尾联写心境，“摇落”一词本对应于草木，宋玉《九辩》：“悲哉秋之为气也，萧瑟兮草木摇落而变衰。”在这里，作者将其对应于心绪，也相当于将心绪比作草木，更显凄凉。心绪摇落还不完，又加之萧瑟的秋声，情何以堪？就这样层层递进，臻于至极。这首诗语言简洁凝练，几乎没有修饰语，给人以清峻的感觉。

这首诗第一句使用了拗救，第二章“律诗的禁忌”和“拗救”两节中我们讲了“孤平”的禁忌和“孤平拗救”，即在“平平仄仄平”的句式中，第一字是不能轻易变动的，若第一字改为仄声，必须要救，否则“仄平仄仄平”，就成了孤平。救得方法是把第三字改为平声，形成“仄平平仄平”的形式，就避免了孤平。这首诗的第一句就是如此。

和五言律诗一样，五言绝句也以基本格式，即首句不入韵为常见形式，我们写作时，可以多参考这种形式。

第三节　七言律诗

七言律句的基本格式，就是在五言律句的前面加上两个音节，平仄与五言律句的前两个音节相反，比如五言律句“仄仄平平仄”，前面加上两个音节“平平”，就形成了七言律句“平平仄仄平平仄”。这样，就在每句七字的情况下，形成了新的平仄交错的和谐韵律。只要熟悉了五言律诗的基本格式，七言律诗自然可以轻松变化而出。

［一］仄起式

因为七言律句是在五言律句前面加上两个平仄相反的音节，所以七言律诗的仄起式，对应的是五言律诗的平起式，我们可以参照五言律诗的平起式来学习这一格式。五言律诗平起式的基本格式是：

㊣平平仄仄，㊀仄仄平平。

(仄)仄平平仄，平平仄仄平。

(平)平平仄仄，(仄)仄仄平平。

(仄)仄平平仄，平平仄仄平。

相应的，七言律诗仄起式的基本格式为：

(仄)仄(平)平平仄仄，(平)平(仄)仄仄平平。

(平)平(仄)仄平平仄，(仄)仄平平仄仄平。

(仄)仄(平)平平仄仄，(平)平(仄)仄仄平平。

(平)平(仄)仄平平仄，(仄)仄平平仄仄平。

在五言的“平平仄仄平”律句中，为避免孤平，第一字不能随意变动，相应的，七言的“仄仄平平仄仄平”律句中，为避免孤平，第三字也不能随意变动。

诗例：

闻官军收河南河北①

[唐]杜　甫

剑外忽传收蓟北②，初闻涕泪满衣裳。
却看妻子愁何在，漫卷诗书喜欲狂。
白日放歌须纵酒，青春作伴好还乡。
即从巴峡穿巫峡③，便下襄阳向洛阳④。

① 河南河北，泛指黄河以南以北的地区。

② 剑外，剑门关以外，今四川剑南一带。

③ 巴峡，在今重庆市东的嘉陵江上游，由石洞峡、铜锣峡、明月峡组成。巫峡，长江三峡之一，在今四川巫山县东。

④ 襄阳，今湖北襄樊。

安史之乱平息，杜甫听到这一好消息，喜不自禁，写下了这首平生第一快诗，句句洋溢着狂喜之情。首联写初闻捷报，喜极而泣。一般写流泪，会写“泪满襟”，而此处则是“满衣裳”，通过夸张的手法表达了激动的心情，更显得轻松活泼。颔联通过两个细节，生动地刻画了这种喜悦之情。“却看妻子”，转回头去观察妻子儿女，看他们是否也一样激动。分享喜悦，会得到更大的满足，这是人之常情。“漫卷诗书”，胡乱翻书，已接近手舞足蹈之态了。颈联写庆祝，要痛快地唱歌喝酒，要回到故乡。以“白日”、“青春”领起，色调明朗。一“放”一“纵”，仍是狂喜之态。“须”与“好”对举，都表示肯定和强调，不容置疑。说完还乡，尾联便开始筹划。尾联使用流水对，将相距遥远的四个地名串在一起，突出了一个快字，依然是狂喜之情。“巴峡”“巫峡”重复“峡”字，“襄阳”“洛阳”重复“阳”字，“峡”、“阳”两两相对，对仗工整，辞气顺畅，又合乎平仄，这种手笔常人实在难以为之。熟读此诗，可细味杜甫诗律之精，用字之妙。

这首诗平仄整齐，调整全在出句上，第一句第三字“忽”、第三句第一字“却”和第三字“妻”、第五句第三字“放”、第七句第三字“巫”，都在可平可仄的范围内。对句则完全符合基本格式。第三句“却看妻子愁何在”，“看”读平声(kān)，详见上节“五言绝句”中《绝句二首》的说明，下面李商隐《无题》末句“青鸟殷勤为探看”的“看”也是如此。

五言律诗平起式的变体是将首句改为“平平仄仄平”，相应的，七言律诗仄起式的变体就是将首句改为“仄仄平平仄仄平”，即：

（仄）仄平平仄仄平，（平）平（仄）仄仄平平。
（平）平（仄）仄平平仄，（仄）仄平平仄仄平。
（仄）仄（平）平平仄仄，（平）平（仄）仄仄平平。
（平）平（仄）仄平平仄，（仄）仄平平仄仄平。

七言律诗，以首句入韵的变体为常用格式，远比首句不入韵的基本格式更为常见，下面主要列举这一体的诗例。

诗例：

登 高

[唐]杜 甫

风急天高猿啸哀，渚清沙白鸟飞回①。
无边落木萧萧下，不尽长江滚滚来。
万里悲秋常作客，百年多病独登台。
艰难苦恨繁霜鬓，潦倒新停浊酒杯。

① 渚(zhǔ)，水中的小洲。回，回旋，盘旋。

这是杜甫的一首写景抒情的名作，四联全用对仗，在律诗中非常少见。首联节奏急促，一句三景，气势磅礴。“风急天高”与“渚清沙白”，不仅两句对仗，而且句内也对仗，形成一种回环嵌套的效果。颔联转为一句一景，但节奏上仍非常紧促，因为使用了两对拟声的重叠字，“萧萧”与“滚滚”，给人以身临其境之感。而以“无边”与“不尽”修饰，也令人感到压迫难耐。

颈联转入感怀，上句写漂泊他乡的悲思，下句写老病孤独的愁苦，以“万里”言远，“百年”言老，虽言悲愁，境界亦显开阔。尾联出句连用“艰难苦恨”四字，节奏又趋紧促。艰难苦恨致使白发渐多，但也无可奈何，于是尾句再趋缓，以酒醉潦倒，停杯作结，耐人寻味。这首诗句句工稳，节奏缓急有度，境界开阔，写景抒情都深沉有力，极为后人推崇，明代胡应麟将其推为“古今七律第一”。

全诗格律齐整，第一句第一字“风”、第二句第一字“渚”和第三字“沙”、第六句第一字“百”与第三字“多”、第八句第一字“潦”有所调整，都在可平可仄的范围内。

登柳州城楼寄漳汀封连四州刺史①

[唐]柳宗元②

城上高楼接大荒，海天愁思正茫茫。
惊风乱点芙蓉水，密雨斜侵薜荔墙③。
岭树重遮千里目，江流曲似九回肠。
共来百越文身地④，犹自音书滞一乡。

① 柳州、漳州、汀州、封州、连州在唐代都属边远之地，柳州在今广西，漳州、汀州在今福建，封州、连州在今广东。刺史，州的行政长官。四州刺史分别为韩泰、韩晔、陈谦、刘禹锡，都是与柳宗元一同参与过王叔文政治改革的重要成员。

② 柳宗元(773—819)，字子厚，河东(今山西省永济市)人，德宗贞元九年(793)进士，参与王叔文政治改革，失败后，贬永州司马，十年后

改官柳州刺史，客死柳州。以文章著名，为唐宋八大家之一。

③ 薜荔(bìlì)，又称木莲，一种蔓生植物。

④ 百越，又称百粤，指南方边远的少数民族地区。文身，即纹身，古代南方少数民族有纹身的习俗。

这是一首即景抒怀诗。首联写荒凉，高楼、大荒、海天，都极言境界之高远，而在辽阔高远的境界中，则是茫茫的愁思。颔联写险怪，不是一般的风雨，是“惊风”和“密雨”，再加之“乱点”和“斜侵”，给人以猝不及防、难以承受的感觉。而芙蓉和薜荔，不一定是实景，它们在古代象征着美好的品格，屈原《离骚》：“制芰荷以为衣兮，集芙蓉以为裳。”“揽木根以结茝兮，贯薜荔之落蕊。”所以这种感受正象征着诗人的遭遇，应了上句的“愁思正茫茫”。颈联写偏僻，远眺则山岭上的树木重重遮挡，俯视江流曲折如九转回肠，思君不得见，令人神伤。诗句用语巧妙，“九回肠”，虽是虚写比喻路途之险，但同时又可凿实，写出了诗人愁肠百转。尾联写书信难至，我们本是“共来”百越，不但不能相见，连书信都难以传递，只能滞留一乡，字里行间，真是无限的凄楚和悲凉。

这首诗格律严整，第一句第一字“城”、第二句第一字“海”与第三字“愁”、第七句第一字“共”、第八句第一字“犹”，有所调整，都在可平可仄的范围内。而第七、八句之间又形成了平仄相对的整齐格式。第二句“海天愁思正茫茫”中，“思”读去声(sì)，合乎格律。“思”字在古代有平去两读，动词思念义读平声，名词思绪义读去声。

无　题

[唐]李商隐

相见时难别亦难，东风无力百花残。

春蚕到死丝方尽，蜡炬成灰泪始干。

晓镜但愁云鬓改，夜吟应觉月光寒。

蓬山此去无多路①，青鸟殷勤为探看②。

① 蓬山，即蓬莱山，传说中的海上仙山，此处代指情人的住处。

② 青鸟，传说中西王母的使者，为有情人传递消息。

这是一首爱情诗，抒写离愁别绪。首句以议论开头，常为后世引用，对句以景写情，东风无力，百花凋残，可见分别时的伤感。颔联以春蚕吐丝，蜡烛燃烧为喻，写情意深切，至死不渝，用语精警，令人触目惊心。“丝”与“思”谐音，譬喻巧妙。这一联在现代社会赋予了新的含义，常用来比喻那些孜孜不倦、勤恳奉献的高尚形象。颈联由比喻转到写实，清晨照镜看到白发增多，是因为思念；夜晚读书感觉月光寒冷，是因为孤独。情人住在蓬莱仙山，无路可通，但愿青鸟能够代我殷勤探看。尾联看似表达了一种希望，其实希望是飘渺的，终究还是绝望，只能“此恨绵绵无绝期”了。

这首诗格律整齐，第一句第一字“相”、第二句第三字“无”、第五句第三字“但”、第六句第三字“应”、第八句第一字“青”有所调整，都在可平可仄的范围内。第五句和第六句还形成整齐的平仄相对的格式。末字“看”读平声(kān)。

书　愤

[宋]陆　游①

早岁哪知世事艰，中原北望气如山。

楼船夜雪瓜州渡②，铁马秋风大散关③。

塞上长城空自许④，镜中衰鬓已先斑。

出师一表真名世，千载谁堪伯仲间。

① 陆游(1125—1210)，字务观，号放翁。越州山阴(今浙江绍兴)人。孝宗以同进士出身授官，因关心百姓疾苦，赈济灾民，直言敢谏，多次遭到贬谪。主张北伐，曾入范成大幕府镇蜀，有杀敌作战、抗击金兵的经历。

② 楼船，一种大型战船，船高首宽，外观似楼，故称为楼船。瓜州渡，在今镇江，是南宋的边防重镇。

③ 大散关，在陕西宝鸡县西南，为宋金交界处。

④ 塞上长城，指南朝宋名将檀道济，战功显赫，后被文帝所杀，刑前怒曰："乃复坏汝万里之长城。"

这是陆游晚年抒情言志的名作，慷慨悲愤。首联写少年时的豪情壮志，"气如山"，写出了杀敌报国、收复中原的热情。颔联写一度的辉煌经历，宋军曾在瓜洲成功抗击金军，而陆游也曾率军北上强渡渭水，与金军在大散关交战。这一联每句连用三个名词短语，不用任何动词连接，但语义自足。"楼船夜雪"、"铁马秋风"，意象雄浑，音韵铿锵，读来令人振奋。颈联转入当前的现实，豪情壮志都已成空，有心无力，年华虚度，上下句使用反义的对仗，更凸显无尽的悲凉与愤慨。这一联也应了首句，世事艰难，理想难以实现。尾联用诸葛亮的典故，以问句作结，诸葛亮主张北伐，统一中原，有《出师表》，虽壮志未酬，仍流芳百世，千载之下，谁又能与其比肩呢？一则自勉，表达了对英雄的追慕之情；二则表达了对朝中显贵委曲求全的鄙视。

这首诗第二、三、四、五句都完全符合格律的基本形式，值得称道的是第三、四句，能写出那么雄浑的意向，又将地名嵌套进去，还能完全符合格律，实在难得。第六句第三字“衰”、第七句第一字“出”、第八句第一字“千”的调整，都在可平可仄的范围内。

值得注意的是，第一句第三字“哪”使用了仄声，第一句就变成了“仄仄仄平仄仄平”，这就是“孤平”，是律诗的大忌。但是诗人没有使用拗救。也许因为无法可救，或者因为诗人才高自负，以全诗的工稳，故意不把这处拗句放在心上。尽管有这样的例子，但仍属于极个别情况，对于“孤平”，我们作诗时是必须要尽量避免的。

［二］平起式

七言律诗的平起式对应于五言律诗的仄起式，相当于在五言律诗仄起式的每一句前面加上两个音节，与原五言律诗每句的前两个音节平仄相反，即：

㊥平㊦仄平平仄，㊦仄平平仄仄平。

㊦仄㊥平平仄仄，㊥平㊦仄仄平平。

㊥平㊦仄平平仄，㊦仄平平仄仄平。

㊀仄㊁平平仄仄，㊁平㊀仄仄平平。

与七言律诗的仄起式比较，平起式相当于首联与颔联互换，颈联与尾联互换。

诗例：

客　至

[唐]杜　甫

舍南舍北皆春水，但见群鸥日日来。

花径不曾缘客扫，蓬门今始为君开。

盘飧市远无兼味①，樽酒家贫只旧醅②。

肯与邻翁相对饮，隔篱呼取尽馀杯。

① 飧(sūn)，食品。兼味，两种口味，“兼”是“双”的意思。

② 醅(pēi)，没有过滤的酒。

这是一首充满生活气息的闲适小诗。首联以写景开头“舍南舍北皆春水”，写出草堂环境优美宜人。“但见群鸥日日来”，看似闲笔，漫不经心，其实言外之意，只见群鸥来，则客人罕至，表明诗人交游甚少，为下文客至作下铺垫。颔联写出了客人将至，主人的喜悦之情，热情而不落谄谀。颈联是客套话，我们联系现实生活，就会发现都是再熟悉不过的了：我家里穷，而且住的偏僻，离市场太远，没有什么好酒好菜，请客人多多担待。虽这样说，实际上酒菜未必就差。诗人能随意将这些生活中的平常细节写进诗中，而且写得趣味盎然，可见拥有一颗诗人的心，即使去写最枯燥的事情也能从创作中体验到乐趣。尾联更进一层，干脆我们把邻居老汉也叫来一起喝，岂不更加热闹？不用出门去请，只需“隔篱呼取”，生动形象，写出了乡村生活的简单与淳朴。

这首诗格律整齐，第一句第一字“舍”、第三句第一字“花”与第三字“不”、第四句第三字“今”、第六句第一字“樽”、第八句第一字“隔”与第三字“呼”，平仄有所调整，都在可平可仄的范围内。

登快阁①

[宋]黄庭坚②

痴儿了却公家事，快阁东西倚晚晴。
落木千山天远大，澄江一道月分明。
朱弦已为佳人绝③，青眼聊因美酒横④。
万里归船弄长笛，此心吾与白鸥盟⑤。

① 快阁，在今江西泰和县，赣江边上。

② 黄庭坚(1045—1105)，字鲁直，号山谷道人，洪州分宁(今江西修水)人。宋英宗治平四年(1067)进士。哲宗召为校书郎，兼《神宗实录》检讨官，擢起居舍人，后遭构陷贬谪。黄庭坚讲究诗法，开创了江西诗派。

③ 朱弦，《吕氏春秋·本味》：“钟子期死，伯牙破琴绝弦，终身不复鼓琴，以为世无足复为鼓琴者。”佳人，本义为美人，此处代指知己、知音。

④ 青眼，《晋书·阮籍传》：“籍又能为青白眼，见礼俗之士，以白眼对之。及嵇喜来吊，籍作白眼，喜不怿而退。喜弟康闻之，乃赍酒挟琴造焉，籍大悦，乃见青眼。”

⑤ 此心吾与白鸥盟，《列子·黄帝》：“海上之人有好沤(鸥)鸟者，每旦之海上，从沤鸟游，沤鸟之至者，百住而不止。其父曰：‘吾闻沤鸟皆从汝游，汝取来，吾玩之。’明日之海上，沤鸟舞而不下也。”后人以与鸥鸟

盟誓表示毫无机心。

黄庭坚讲究诗法，精于炼字，主张学习前人作品，又力求新奇，不落平庸，我们可以从这首诗中看到他的风格特点。诗的第一句便用典，魏晋人喜清谈，厌恶公务俗事，称那些忙于公务的人为“痴”，而黄庭坚以“痴儿”自指，便有了几分幽默自嘲的色彩。以痴儿办完公事这样一句平淡的话叙述缘起，在诗作中也是很少见的，可见其标新立异之处。李商隐有“天意怜幽草，人间重晚晴。”而黄庭坚此处正用晚晴之美好，以一个“倚”字表达出那种舒适宜人的感觉。诗的颔联会让我们想起杜甫的“无边落木萧萧下”和谢朓的“澄江静如练”，杜诗以“无边”修饰落木，而黄诗的“千山”，也是无边之境，但色调变得清爽明亮，继之以“天远大”，则一扫萧瑟之气。谢诗将澄江比作白练，凸显清静，黄诗取其意象，白练“一道”，水到渠成，继之以“月分明”，更感玲珑剔透。这两句诗，可以看出黄庭坚化用前人诗句，创造全新意境的精妙之处。

颔联转入抒情，用了两个典故，表达了自己孤芳自赏、醉心诗酒的心境。尾联即景即情，又用了白鸥的典故，写出了诗人对自由生活的向往。我们结合注释品味这几句诗，可以感受到，典故用得好，能起到生动有趣，言简意丰的效果。但用典毕竟是把外部的东西加入诗中，需要注意：首先，应该符合诗的整体风格和感情基调。其次，应该能够让人理解，或者容易找到典故的出处，就是说不能只为了显示学问，用太偏僻生涩的典故。用典的最高境界是浑然一体，不着痕迹，这首诗的末句正是如此。“白鸥”这一意象，本来就给人以潇洒飘逸、心无杂念的感觉，即使不知道典故，也能体会到诗人的主旨与情感。

这首诗格律严整，前五句和基本格式一字不差，第六句第一字“青”、第八句第一字“此”与第三字“吾”有所调整，都在可平可仄的范围内。我们知道，五言律诗“平平平仄仄”句式有一个常用的变格为“平平仄平仄”，而七言律诗也可以有相对应的变格，即本诗第七句，第五字“弄”为仄声，第六字“长”为平声，形成了“仄仄平平仄平仄”的形式，这一变格也很常用，我们可以熟悉并加以应用。

七言律诗平起式的变体“平起首句入韵式”，就是将首句改为“平平仄仄仄平平”，即：

(平)平(仄)仄仄平平，(仄)仄平平仄仄平。
(仄)仄(平)平平仄仄，(平)平(仄)仄仄平平。
(平)平(仄)仄平平仄，(仄)仄平平仄仄平。
(仄)仄(平)平平仄仄，(平)平(仄)仄仄平平。

经过调整之后，首句也和第四句格式相同。

诗例：

江　村

[唐]杜甫

清江一曲抱村流，长夏江村事事幽。
自去自来堂上燕，相亲相近水中鸥。
老妻画纸为棋局，稚子敲针作钓钩。
多病所须唯药物，微躯此外更何求。

这是杜甫的一首抒写闲适生活的小诗，诗句节奏轻快，充满趣味，语言通俗，不需要讲解。我们可以从中体会杜甫的诗意与诗艺。诗意就是诗人的眼光，用诗人的眼光去看待生活，才能写出好诗，才能写出“老妻画纸为棋局，稚子敲针作钓钩”这样饶有趣味的细节。诗艺就是诗歌的技艺，不仅要熟悉诗律，还要能驾驭诗律，古人认为，律诗中用叠字最难，一则有篇幅限制，需要语言简练，涵义丰富，二则有格律的规定。杜甫偏爱用叠字，我们在其他诗中也领略过，比如《登高》：“无边落木萧萧下，不尽长江滚滚来。”《客至》：“舍南舍北皆春水，但见群鸥日日来。”这首诗也是，首联便有“长夏江村事事幽”。颔联更是有趣，“自去自来”与“相亲相近”相对仗，生动形象，别具一格。而且，叠字出现在一、三字上，正是可平可仄的范围内。经过调整，颔联形成了“仄仄仄平平仄仄，平平平仄仄平平”的新的两句相对的整齐形式。可见，杜甫在叠字中体验到了驾驭诗律的创作快感。

此外，这首诗第二句第一字“长”、第五句第一字“老”、第七句第一字“多”与第三字“所”有所调整，都在可平可仄的范围内。

钱塘湖春行①

[唐]白居易

孤山寺北贾亭西②，水面初平云脚底。
几处早莺争暖树，谁家新燕啄春泥。
乱花渐欲迷人眼，浅草方能没马蹄。
最爱湖东行不足，绿杨阴里白沙堤③。

① 钱塘湖，即杭州西湖。

② 孤山，在西湖的里、外湖之间，因与其他山不相接连，所以称孤山。孤山寺，南朝陈文帝初年建，名承福寺，宋改名广化寺。贾亭，贞元年间，杭州刺史贾全所筑，又称贾公亭。

③ 白沙堤，今称白堤，在西湖东畔。

这是一首纪游诗，诗的最大特点是，正如题目所言“春行”，全诗处处洋溢着初春的气息，透露着诗人面对春天到来、万物复苏的欣喜之情。首句用两个地名点出了诗人的方位，整句话虽没有景色描写，但有山有亭，意境就出来了。第二句写湖水白云，直抒所见，云幕低垂，湖水初涨，正是早春时节的景象。颔联与颈联，一句一景，描绘生动从容。“早莺”、“新燕”还是突出了早春的时令，其实黄莺未必是在抢占温暖的树枝，而作者想到早春尚有几分寒意，看到黄莺在树上吱吱喳喳，所以这样写，诗句顿时就活泼了起来。“乱花渐欲迷人眼”，妙在“渐欲”二字，欲迷而未迷，就多了几分周折，多了几分情调。“浅草方能没马蹄”，也令诗人感到惊奇，原来这样是最舒适，两句依然不离早春时令。

诗的尾联节奏更加舒缓，两句一景。如果你把这两句诗有节奏地缓缓读出，想象着面前有不知情的听众，你就会感觉到它的奇妙：“最爱—湖东—行—不足”，以整整一句吊起听众的胃口：我最喜欢的、在西湖东边的、来来回回总是看不够的，是什么呢？然后，“绿杨—阴里”既作为修饰、渲染其美，又继续吊着听众的胃口：绿杨阴里有什么呢？直到最后三个字，“白沙堤”，才终于道出了答案。这种情形，正如白居易的另一句诗所描绘的“千呼万唤始出来”，充分体现了把握节奏的趣味和妙处。

这首诗格律整齐，第三句第三字“早”、第四句第三字“新”同时调整，使得三四句仍保持平仄完全相对。第五句第一字“乱”在可平可仄的范围内。第八句第一字“绿”与第三字“阴”调整，形成“仄平平仄仄平平”的句式，也是诗人们经常使用的。

新城道中二首(之一)①

[宋]苏　轼②

东风知我欲山行，吹断檐间积雨声。
岭上晴云披絮帽，树头初日挂铜钲③。
野桃含笑竹篱短，溪柳自摇沙水清。
西崦人家应最乐④，煮芹烧笋饷春耕。

① 新城，在今浙江省富阳县，宋代是杭州的一个属县。

② 苏轼(1037—1101)，字子瞻，号东坡居士，眉州眉山(今四川眉山)人。仁宗嘉祐二年(1057)进士。因反对王安石新法屡遭贬谪，任密州、徐州、黄州等地方官。哲宗元祐元年(1086)还朝，为中书舍人，后又被劾奏讥斥先朝，远贬惠州、儋州。苏轼一生颠沛，性格豁达，诗、词、文俱佳，是宋代最伟大的文学家。

③ 钲(zhēng)，古代乐器，似钟形，底部圆口，上有柄可执，行军时使用。

④ 崦(yǎn)，山。

这首诗也写出行，自在奔放，语调诙谐，不拘一格。如此活泼轻松的律诗，在古代文人的作品中实属罕见。首联写雨停，故能出行。雨停若平常叙述，只需两字，甚至不必写出，只用其他描写来暗示即可。苏轼则不然，他要用整整两句话来郑重其事的说：是因为东风知道我要出行，才特意把雨吹停的。颈联用比喻，句式奇特，把“晴云”比作“絮帽”，并非晴云披着絮帽，也非晴云给山岭披上絮帽，而是岭上漂浮着晴云，如同披着絮帽一样。因为比喻本身并不特别，甚至太平常，显而易见，若是按正常写法，“岭上披絮帽”，人们一读便知是云，把“晴云”插在句中，又没有连接词，反而显得突兀。“初日”即“铜钲”，也是如此。但是，作者特意写出“晴云”、“初日”，也蕴含着他的巧妙之处，一则作者所追求的新奇效果，不在于比喻本身，而正是这种不常见的奇特句式；二则作者的主旨就是要表达对“晴云”、“初日”的喜爱，所以不嫌重复。

颈联也颇为有趣，表面每句两景并不关联，实际上是有关系的：桃花含笑，在笑什么呢？原来是笑话竹篱太矮。溪柳自己在摇晃，怎么证明是自己摇晃而不是被风吹动的呢？因为旁边水面平静，没有波纹。这如同玩笑般的话语，不必追究其真实性，只要玩味那其中蕴含的情调就可以了。末联以西崦人家作结，道出了全诗主旨，即歌颂春日农村一派欣欣向荣的景象。熟读全诗，不免会感叹东坡先生信手拈来、挥洒自如之妙。

这首诗的格律也有特点，第一句第一字“东”、第四句第三字“初”、第七句第一字“西”、第八句第一字“煮”与第三字“烧”，有所调整，都是平常。需要注意的是第五、六句。第六句基本格式为“仄仄平平仄仄平”，为避免孤平，第三字是不能轻易变动的，若变动，必须第五字来救。本诗第三字“自”为仄声，便有了孤平的危险，所以第五字“沙”用平声，救第三字

"自"，这就叫做"孤平拗救"。有人说，第一字"溪"也用了平声，即使第五字不用平声，除了韵脚字也已经有两个平声字了，不能算做"孤平"了吧，其实不然，因为第一字距离韵脚太远，是不能救孤平的，"孤平拗救"只有一种方法，就是通过第五字来救。第六句形成了"平仄仄平平仄平"的格式，我们再看第五句，也调整了第一三五字的平仄，形成了"仄平平仄仄平仄"的格式，与第六句完全相对，这两个看似凌乱的句式在"一三五不论"的范围内，又达到了新的工整的平衡，实在令人拍案。可以说，只有对诗律精熟的条件下，才能写出这样又拗又工的句子。"带着镣铐跳舞"，也能跳出不一样的精彩。

第四节　七言绝句

［一］仄起式

绝句的平仄律相当于截取律诗的前半部分。所以，七言绝句仄起式的基本格式为：

(仄)仄(平)平平仄仄，(平)平(仄)仄仄平平。

(平)平(仄)仄平平仄，(仄)仄平平仄仄平。

诗例：

绝　句

［唐］杜　甫

两个黄鹂鸣翠柳，一行白鹭上青天。

窗含西岭千秋雪，门泊东吴万里船。

安史之乱平定后，杜甫由梓州回到成都草堂，写下了这首绝句。诗篇色调明快，语言清丽。全诗两联皆用工对，但自然流畅，丝毫不显板滞。首联写动景，“鸣”对“上”，既有声音，又有形象，鸣得自在，上得轻松。更为绝妙的是，不光两句相对，每句内也有对偶，“黄鹂”对“翠柳”，“白鹭”对“青天”，四个颜色词，勾染出了一幅生机盎然的画面。尾联写静态，背山面水，相映相成，诗的节奏也随之舒缓下来。“千秋”对“万里”，时空上的跨越性，拓宽了诗的境界。而千秋之雪，含于窗中；万里客船，泊在门前，这样巨大跨度的时空竟然都在此时此地自然交汇，给诗歌赋予了隽永的意味。

对于这首诗，前人多寻究其微言大义，有人说“门泊东吴万里船”表达了杜甫的思乡之情，战乱平复，渴望回到长安，以东吴代指长安，极言路途之远。有人说“窗含西岭千秋雪”则表现了诗人壮志难酬的忧愤。其实，探讨这些是没有必要的。这首诗之所以能流传后世，家喻户晓，精华都在于诗句本身的艺术性，正是画面的精美和时空的隽永，使其具有了永恒的魅力。

全诗格律工整，第二句第一字“一”，第三句第三字“西”，第四句第一字“门”有所调整，都在可平可仄的范围内。

赠刘景文①

[宋]苏　轼

荷尽已无擎雨盖②，菊残犹有傲霜枝。

一年好景君须记，最是橙黄橘绿时。

① 刘景文，名季孙，字景文，祥符(今河南开封)人。曾任两浙兵马都监，在杭州时与苏轼交好，因苏轼荐知隰州。博通史传，喜爱异书古文

石刻，仕宦所得禄赐尽付藏书之费。

② 擎雨盖，形容荷叶。擎，向上举起。

这首诗是苏轼为勉励好友而作的诗，全诗以自然形象为喻，富有哲理。首联对仗，虽然菊花也已残败，但并不像荷花那样无所作为，菊花依然迎风傲立，不惧霜寒，以荷衬菊，展现了冬日里积极乐观的精神。尾联更进一层，在冬日里，不光有乐观的精神，还有朝气蓬勃的生命，橙子黄了，橘子还绿，其实这才是一年中最好的光景啊。言外之意，虽然青春不再，但好时光并未结束，还是可以大有作为的。全诗节奏明快，流畅生动，一个“最”字，显出歌谣的韵味。

在五言诗的“平平平仄仄，仄仄仄平平”一联中，诗人常调整第一字的平仄，形成“仄平平仄仄，平仄仄平平”的新形式，如上节元稹的《行宫》：“白头宫女在，闲坐说玄宗。”七言诗中，诗人可以做进一步的调整，如本诗的首联，每句调整第一三字，形成了“平仄仄平平仄仄，仄平平仄仄平平”的新形式。这不是一个强制性的格律要求，只是在“一三五不论”的范围内，能够达到一个新的句内和句间平衡。

相应的，仄起式的变体“仄起首句入韵式”就是把第一句改为“(仄)仄平平仄仄平”，与第四句相同，即：

(仄)仄平平仄仄平，(平)平(仄)仄仄平平。

(平)平(仄)仄平平仄，(仄)仄平平仄仄平。

七言绝句也和七言律诗一样，首句入韵式远比首句不入韵的基本形式更为常见。

诗例：

从军行①

[唐]王昌龄②

青海长云暗雪山③，孤城遥望玉门关④。

黄沙百战穿金甲⑤，不破楼兰终不还⑥。

① 从军行，乐府古题，多描写军旅生活。唐人多以此为题写作。王昌龄有《从军行》七首，这是其中第四首。

② 王昌龄(698—757)，字少伯，京兆万年(今陕西西安)人。开元十五年(727)进士，一生官位不高，屡遭贬谪。因做过龙标尉，世称“王龙标”。安史之乱中，被濠州刺史杀害。王昌龄诗以七绝著称。

③ 青海，即青海湖，在今青海西宁市西。雪山，当指祁连山脉，山峰上有积雪终年不化。

④ 玉门关，故址在今甘肃敦煌西北小方盘城，为通往西域的交通门户。

⑤ 穿，磨破。金甲，金属制成的铠甲。

⑥ 楼兰，汉代西域国名，此处借指敌人。

这首诗写边塞将士们杀敌报国的决心，充满阳刚之气。“青海长云暗雪山”，三个意象接踵而来，中间没有连接和过渡，仅一句话，便将边地的广阔荒漠呈现在读者面前。而在这广阔荒漠中间，座落着一个“孤城”，诗云“春风不度玉门关”，孤城只能“遥望”玉门关，可见环境更加险恶。上联写城，下联写城中的人。在黄沙中作战，连铠甲都已经磨穿。前三句极言战事的艰苦，做足了铺垫，在这样艰苦的环境中，战士们丝毫没有退缩，不赶走敌人，绝不回还。以如此豪言壮语结尾，铿锵有力，振奋人心。

这首诗格律整齐，第一句第一字“青”、第二句第三字“遥”，都在可平可仄的范围内。第四句第五字“终”有所变动，也属于“一三五不论”的范围，但值得注意的是，第四句是全诗的中心，“终”又第四句中最重要的字，不可或缺，使用这样一个音韵铿锵的平声字，既充分表现出那种斩钉截铁的语气，又延长了第四句的节奏，提升了其在全诗中的地位。

别董大①

[唐]高　适②

千里黄云白日曛③，北风吹雁雪纷纷。
莫愁前路无知己，天下谁人不识君。

① 董大，前人多认为是开元、天宝时期著名乐师董庭兰。

② 高适（702—765），字达夫，一字仲武，渤海蓨（今河北沧县）人，早年孤贫，有游侠之风，曾做封丘尉，不久辞官。后入河西节度使哥舒翰幕任掌书记，安史之乱后受皇帝赏识，屡次升迁，官至散骑常侍，封渤海县侯。高适为著名的边塞诗人，与岑参并称“高岑”。

③ 曛（xūn），日色昏黄。

高适的诗以慷慨豪迈著称，连送别诗也不能例外，这是首独具一格的送别诗。诗的上联渲染气氛。一般人写大漠都说“黄沙”，而此诗作“黄云”，甚至连日色都显得昏黄，别是一番气象。北风怒号，大雪纷纷，连大雁都难以前进，行人还要各奔前程。此情此景，一般人恐怕要愁肠郁结，空自嗟叹了。高适则不然，这风沙、这白雪、这离别，都丝毫不能影响他的心情。于是，下联笔锋一转，向朋友道出了这一千古名句。饱含关心与信任的话语，乐观洒脱的精神，一扫前面的阴霾，令人奋发。

诗在格律上很有意思，第一句第一字“千”、第二句第一字“北”与第三字“吹”、第三句第一字“莫”与第三字“前”、第四句第一字“天”，都有调整，正好把标准格律中圈出的可平可仄处全都利用了。这样的诗作也不常见，可以作为熟悉格律中可平可仄处的样本。

乌衣巷①

[唐]刘禹锡②

朱雀桥边野草花③，乌衣巷口夕阳斜。
旧时王谢堂前燕，飞入寻常百姓家。

① 乌衣巷，在今南京市东南，秦淮河附近。三国东吴时驻军于此，因军士皆穿黑衣而得名。东晋时大贵族王导、谢安两大家族，也居住在乌衣巷，人称其子弟为“乌衣郎”。

② 刘禹锡(772—842)，字梦得，自称系出中山。与柳宗元同榜进士，一同参与王叔文永贞革新失败，被贬谪边地，转迁多州刺史。晚年回到洛阳，任太子宾客，世称“刘宾客”。

③ 朱雀桥，在今南京市东南，横跨秦淮河。

这是一首怀古诗。上联写景，“野草花”、“夕阳斜”，轻描淡写间便烘托出一派衰败的气象，为什么能起到这样的效果，因为描写的对象是朱雀桥和乌衣巷，想见昔日繁华，对野花蔓草的感受自然更加强烈；仰慕昔日风流，对夕阳斜照的暗示自然更加敏感。下联依然是今昔对比，依然是轻描淡写，道出了名门贵族风流不再，老屋换主，已化作寻常百姓。这一联不直写物是人非，而是以燕归旧巢为喻，含蓄隽永，耐人寻味，深受后人推崇。

诗的妙处在于，只写普通景物，没有一字慨叹，却深刻地表现出那种沧海桑田的兴衰之感。这就是诗论所谓的“不著一字，尽得风流”。

这首诗格律整齐，第一句第一字“朱”、第三句第一字“旧”与第三字“王”、第四句第一字“飞”有所调整，都是可平可仄之处。

秋　夕①

[唐]杜　牧②

银烛秋光冷画屏，轻罗小扇扑流萤。
天阶夜色凉如水，卧看牵牛织女星。

① 秋夕，即七夕。

② 杜牧(803—852)，字牧之，京兆万年(今陕西西安市)人。唐文宗大和二年(828)进士，善兵法，曾注《孙子》。历任黄、池、睦、湖等地刺史，官至中书舍人。诗以七言绝句著称，擅长文赋，其《阿房宫赋》广为后世传诵。

这首诗写年轻宫女的寂寞，含蓄深沉。第一句“秋光”用字精到，烛光摇曳，本就透露着几分凄凉，诗人用秋来修饰，更增添了寒意。第二句描写宫女，行动间透露出几分顽皮，但更多的则是无所事事的孤独和空虚。下联转到室外，室内无聊，便去室外排遣，古诗云“辗转不能寐，披衣起彷徨”，正是此意。可是台阶上夜色如水，依然还是凄冷，宫女却坐下来，静静地看着牵牛织女星，陷入沉思。

这首诗的结尾尤妙，牵牛织女的故事可谓家喻户晓，宫女看着牵牛织女星，都会想到些什么呢？诗人不说了，这背后动人的故事便留给读者去想象了。这就是言已尽而意无穷。

全诗格律极为工整，仅第一句第一字“银”调整为平声。

夜雨寄北

[唐]李商隐

君问归期未有期，巴山夜雨涨秋池①。

何当共剪西窗烛②，却话巴山夜雨时。

① 巴山，也叫大巴山，在今四川省南江县以北，此诗当泛指巴蜀地区。

② 共剪西窗烛，在西窗下共剪烛花。烛芯燃过的地方，结成花形，叫做烛花，剪去烛花，可以使烛光更加明亮。

这是李商隐写给妻子的诗，表达了他对妻子的思念之情，写法别具一格。诗句正如一封家书：“你问我何时回家，我还不能确定。外面雨一直下，巴山夜雨啊，已经积满了池塘，就如同我对你的思念。什么时候才能携手相伴，窗下共剪烛花。到那时，我们肯定会回忆起，这巴山夜雨中的思念之苦吧。”诗人在巴山夜雨中思念妻子，想象在和妻子团聚时，忆起巴山夜雨中的思念。时空交错，虚实相映，将思维的奇妙之处表现了出来。

诗句在形式上也颇有趣味，第一句用了两个“期”字，第二、四句用了两处“巴山夜雨”，都完全合乎格律，且读起来通顺晓畅，丝毫没有滞碍，体现了作者非凡的功力，令人拍案。

[二] 平起式

七言绝句平起式的基本格式为：

(平)平(仄)仄平平仄，(仄)仄平平仄仄平。

(仄)仄(平)平平仄仄，(平)平(仄)仄仄平平。

这种格式，相当于七言律诗平起式的前半部分，也相当于将七言绝句仄起式的首联和尾联对调。

诗例：

大林寺桃花[①]

[唐]白居易

人间四月芳菲尽，山寺桃花始盛开。

长恨春归无觅处，不知转入此中来。

① 大林寺：在庐山大林峰，晋代僧人昙诜所建，是我国著名的佛教寺院。

这是一首记游诗，全写一时所见所感，明白易懂，富有哲理。全诗没有一句描写，上联记事，下联抒发感慨，流畅自然，一气呵成，而惊叹之情溢于言表。诗人《游大林寺序》云：“山高地深，时节绝晚。于时孟夏月，如正二月天，梨桃始花，涧草犹短，人物风候，与平地聚落不同。初到恍然若别造一世界也。”与诗句参看，相映成趣。

这首诗格律工整，仅第二句第一字“山”、第三句第一字“长”、第四句第一字“不”有所调整。

有　约

[宋]赵师秀①

黄梅时节家家雨，青草池塘处处蛙。
有约不来过夜半，闲敲棋子落灯花。

① 赵师秀(1170—1219)，南宋诗人，字紫芝，号灵秀，永嘉(今浙江温州)人。光宗绍熙元年(1190)进士，与徐照(字灵晖)、徐玑(字灵渊)、翁卷(字灵舒)合称“永嘉四灵”，开创了江湖派诗风。

这首诗生活气息浓厚，表现了一种轻松闲适的心情。首联对仗工整，用了叠字对。“家家雨”非常巧妙——现实生活中是没有人这样说话的，因为不合逻辑——但是在诗中就可样写，可见诗歌有其独特的趣味，是超越现实逻辑的。用“家家”来修饰雨，更生动地表现出了雨水的频繁绵密。下联写客人未至，主人无聊，“闲敲棋子落灯花”，生动形象。有人说这句话表现了主人候客不至、焦躁不安的心情，其实未必。若是焦躁，恐怕就没有闲情去关注灯花了。细味全诗，仍然是一种惬意，寂寞无聊是有的，但令主人享受的也正是这份寂寞无聊，所以，才能写出这样清新隽永的小品。

这首诗第三句第三字“不”与第五字“过”上调整，形成了“仄仄仄平仄仄仄”的格式，全句只有一个平声字，仍符合二四六分明的规则，这种句子不属于孤平，因为孤平只针对“平平仄仄平”和“仄仄平平仄仄平”这两类平声脚的句式，所以这句不违反格律。同时，这句也形成了三仄调，我们前面讲过，三仄调在古人诗歌中并不忌讳，只有“三平调”才是近体诗的大忌。但是，一般来说，第五字距离句末节奏点较近，不宜变动，所以尽管这并不违反规则，也应尽量避免。

平起式的变体“平起首句入韵式”，就是将首句改为“㊥平㊀仄仄平平”，与第四句相同，即：

㊥平㊀仄仄平平，㊀仄平平仄仄平。

㊀仄㊥平平仄仄，㊥平㊀仄仄平平。

诗例：

山中留客

[唐]张　旭①

山光物态弄春晖，莫为轻阴便拟归。

纵使晴明无雨色，入云深处亦沾衣。

① 张旭，生卒年不详，字伯高，吴郡(今江苏苏州市)人。初仕为常熟尉，后官至金吾长史，人称“张长史”。张旭为人洒脱不羁，才华横溢，善草书，世称“草圣”，因喜酒后呼叫狂走，落笔疾书，又称“张颠”。

这首诗题为“山中留客”，句句都是留客之意，明白如话，读来颇有兴味。首句概说山中景色之美，一个“弄”字，引人遐想。但仅仅点到为止，第二句立刻进入主题：不要因为那一点点阴云就打算回去。一般人留客是劝勉鼓励，而张旭则不然，他从反向来说：就算不下雨，要想“入云深处”，真正领略山中美景，照样会沾湿衣服的。这句话既道出了山中的妙处，生活在山中的人都熟知这一点，如王维《山中》诗：“山路元无雨，空翠湿人衣。”又打消了客人的顾虑，既然本来就会湿，还担心什么呢？而且，“入云深处”的景色，对于客人，又产生了新的诱惑。诗句自然流畅，趣味盎然。品味此诗，可以感受诗歌题材和写法的不拘一格。

全诗格律齐整，第四句调整了一、三字，形成了“仄平平仄仄平平”的格式。

闻王昌龄左迁龙标遥有此寄①

[唐]李　白

杨花落尽子规啼②，闻道龙标过五溪③。

我寄愁心与明月，随风直到夜郎西④。

① 左迁，贬谪。龙标，在今湖南黔阳县，唐代属于边远地区。天宝年间，王昌龄被贬龙标尉，李白与王昌龄交好，他得知消息后写下了这首诗。

② 子规，即杜鹃，啼声哀婉。

③ 五溪，指辰溪、酉溪、巫溪、武溪、沅溪，在今湖南西部。

④ 夜郎，唐代在今湖南沅陵等地设过夜郎县，在龙标附近。

王昌龄在秋天被贬谪，当时李白正在东南漫游，得知消息已经是第二年暮春时分了。所以此诗首句便是“杨花落尽子规啼”，杨花已落，而杜鹃常在暮春啼鸣。既交代了时间，又表达了伤感的情绪。第二句表示了自己的惊愕和不解，听说龙标比五溪还要远，言外之意，这次贬谪实在太重了。下联借明月清风表示了对朋友的关心和慰藉，虽然你远在边地，但你并不孤单，我已将愁心交付给明月，乘风去寻你了。

“我寄愁心与明月，随风直到夜郎西。”是典型的李白风格的句子，俊朗飘逸，境界开阔，想落天外，收放自如，令人难以模仿。

这首诗格律齐整，第三句使用了“仄仄平平仄平仄”的变格，这一变格相当于五言的“平平仄平仄”，李白经常使用，如五言律诗《渡荆门送别》中。

赠花卿[①]

［唐］杜　甫

锦城丝管日纷纷[②]，半入江风半入云。
此曲只应天上有，人间能得几回闻。

① 花卿，名花敬定，成都尹崔光远的部将。

② 锦城，指成都，成都又名锦官城。

这首诗表面看上去是赞美乐曲的优美，是首应景酬赠之作，实际上诗中暗含讽喻规谏之意。花卿因为平定叛乱，立下战功，就倚功自傲，整日饮宴，歌舞享乐。杜甫写作此诗，暗示花卿奢侈太过，有僭越之嫌，规劝其好自为之。首句“锦城丝管日纷纷”，一个“日”字，点出了歌舞享宴的无度无时。“半入江风半入云”，赞美乐曲的美妙，且气势非同寻常。下联以“此曲只应天上有”，点出花卿的歌舞排场远远超出了他的身份。

虽然此诗是为讽谏而作，但因为词句优美，语言凝练，常被后人引用。久而久之，“此曲只应天上有”就变成了人们赞美恭维的俗语，丧失了其原本的意义。

这首诗第一句第一字“锦”与第三字“丝”有所调整，形成

“仄平平仄仄平平”的句式。第三句第三字“只”与第四句第三字“能”均有所调整，形成“仄仄仄平平仄仄，平平平仄仄平平”的对句。

泊秦淮

[唐]杜　牧

烟笼寒水月笼沙，夜泊秦淮近酒家。

商女不知亡国恨①，隔江犹唱后庭花②。

① 商女，歌女。

② 后庭花，南朝陈国的末代皇帝陈叔宝，荒淫无度，政治腐败，他整日欢饮作乐，还自作曲词，写出《玉树后庭花》。后来叔宝亡国，《玉树后庭花》就成了亡国之音的代表。

这首诗首句描写秦淮美景，烟雾笼罩，月光朦胧，透露着一丝寒意，又有几分迷离虚幻，定下了全诗的基调。第二句“近酒家”，说明秦淮一带酒家生意兴隆，人们饮酒作乐，生活奢靡。下联点明题旨，此时已是晚唐，唐帝国政治腐败，藩镇割据，内忧外患，风雨飘摇。杜牧说歌女不懂亡国之恨，还要歌唱《后庭花》这种靡靡之音，实际上是讽刺帝国的官僚们不思进取，醉生梦死。

宋代林升有诗《题临安邸》：“山外青山楼外楼，西湖歌舞几时休。暖风熏得游人醉，直把杭州作汴州。”与杜牧这首诗有异曲同工之处，可以作为其注解。但是两相比较，就会看出，林诗辞气直露，在含蓄蕴藉的艺术表现力上远不及杜诗。

“笼”字作动词笼罩讲，在唐代读平声(lóng)，所以，第一句是合乎格律的。诗的三、四句都变换了一、三字的平仄，形成“平仄仄平平仄仄，仄平平仄仄平平”的对句。

书湖阴先生壁①

[宋]王安石②

茅檐长扫净无苔，花木成畦手自栽。
一水护田将绿绕，两山排闼送青来③。

① 湖阴先生，名杨德逢，王安石居住在金陵(今南京市)紫金山下的邻居。

② 王安石(1021—1086)，字介甫，晚号半山，北宋临川(今江西省东乡县)人。封荆国公，世称“王荆公”。神宗时任宰相，推行新法，即历史上著名的“王安石变法”。以文章著称，文风犀利，长于说理，是“唐宋八大家”之一。

③ 排闼(tà)，推门。排，推。闼，门。

王安石的这首小诗清新优美，富有情趣，不仅湖阴先生满意，也深为后世读者喜爱。上联写湖阴先生院子的清洁与舒适，赞美主人勤劳朴素的品格。下联最为精绝，若按正常的描写，则是绿水环绕良田，开门即见青山，水和山是冷静而严肃的。但是，在这首诗中，水和山变得生动可爱起来，水来护田，山来串门，而将“绿”、“青”这两个生机勃勃的颜色词置于其后，作为水和山送给主人的礼物，更表现出诗人超凡的想象力，和对主人宅院的爱慕之情。

这首诗第一句第三字“长”，第二句第一字“花”，第三句第三字“护”有所调整，都在可平可仄的范围内。第四句第一字

"两"与第三字"排"调整，成为"仄平平仄仄平平"的格式。

第五节　拗　体　诗

拗体诗是指不完全合乎格律的律诗。因为其具有格律诗的大部分特征，可以看作格律诗，但是在某些方面又违反了格律，所以称为"拗体"。拗体主要有三平调、失粘、失对三种情况。当内容表达需要时，写作拗体、甚至不合格律的古体都不无不可，但一般情况下，特别是初学者，还应尽量避免。因为毕竟格律是经过无数前人实践总结出来的，是诗歌韵律的精华。初学者诗艺不精，很难自己对句子韵律作出恰当的判断，如果不遵守格律加以训练，逐渐培养语感，也难以写出好的拗体诗或古体诗。下面举几首经典的拗体诗例，读者可以从中观察诗人的手法，并加深对格律的理解和判断。

[一] 三平调

"三平调"是指句末三个字连续使用平声的情况。

诗例：

鸟鸣涧

[唐]王　维

人闲桂花落，夜静春山空。
月出惊山鸟，时鸣春涧中。

这首诗上联以"闲""静"二字点明主旨，全诗也正突出了这种“闲静”的氛围。寂静的空山中，桂花飘落，明月初升，飞鸟不时的鸣唱，都那么清晰动人，更加衬托出山谷中的幽静。后人有诗“蝉噪林愈静，鸟鸣山更幽。”也正表达了这种意趣，但辞意显豁，说得太直白，反不如这首诗平静淡雅，舒适自然。

表面上看，这首诗只是对山涧景物的描写，没有议论和抒情，但实际上都是在写诗人的心境，只有心境闲适、空灵，摆脱了俗事的烦扰，才能安享空山的寂静，感受到桂花的飘落，写出“月出惊山鸟”这种颇有趣味的意象。诗人已将自己的内心和外在的景物融为一体，这正是王维诗中的禅意，所以他被称为“诗佛”。

这首诗是五言平起式，粘和对都符合格律，首句变“平平平仄仄”为“平平仄平仄”，也是诗人们常用的一个变格。但第二句中“春山空”成为“三平调”，却是律诗写作的大忌。虽然“三平调”是近体诗写作的大忌，但在古体诗中，却是一种常用格式。诗人们想在风格上追求古朴，有时会有意为之。

破山寺后禅院①

[唐]常　建②

清晨入古寺，初日照高林。
曲径通幽处，禅房花木深。
山光悦鸟性，潭影空人心。
万籁此俱寂，惟闻钟磬音③。

① 破山寺，兴福寺，建于南齐，破山即今江苏常熟市西北虞山。

② 常建(708—765?)，长安人，唐玄宗开元十五年(727)进士，与王昌龄同榜，常交游。仕途不得志，故隐居漫游，寄兴山水。

③ 磬(qìng)，古代石制打击乐器，也有用玉、铜制成，形如曲尺，可悬挂。

这首诗写寺院的幽静与脱俗，颔联、颈联佳句，脍炙人口。首联使用流水对，点明时间地点，“初日照高林”，一个“高”字，暗含清雅脱俗之意。首联对仗，颔联可以不对，此诗颔联使用散句，随诗人足迹所至，自然流动，而禅房之幽深跃然纸上。另一方面，“曲径通幽”四字，“曲”、“通”相对相成，含有耐人寻味的哲理。颈联写心境，山光优美，潭影空绝，都是参禅之意。前三联都是目见，尾联写耳闻，点明主旨，寺院幽静高深，绝无尘世之喧嚣。

诗句有意在平仄上作出调整，第一句第三字“入”为仄声，全句“平平仄仄仄”，为“三仄调”，是诗律允许的。第七句第三字“此”使用仄声，在“一三五不论”的范围内，第八句第三字“钟”使用平声，救了“此”字，两句“仄仄仄平仄，平平平仄平”，依然相对。第七句第四字“俱”，在平水韵中属于虞韵，读平声(jū)，合乎格律。

值得注意的是第六句，因为第三字“空”是平声，“空人心”就形成了“三平调”，此诗的特别之处在于同时调整了第五句，第三字“悦”用仄声，“悦鸟性”就形成了三仄调，两句“平平仄仄仄，仄仄平平平”，依然整齐相对。以“三仄调”救“三平调”，也可以作为一种特殊的拗救形式。

［二］失粘

“失粘”是指不符合律诗“粘”的要求，即下联出句和上联对句的第二字(七言诗第四字)平仄不同。失粘会导致前后联句式重复，缺少变化。

诗例：

蜀道后期

[唐]张　说①

客心争日月，来往预期程。
秋风不相待，先至洛阳城。

① 张说(667—730)，唐代文学家。字道济，一字说之，洛阳人。历仕武后、高宗、玄宗三朝，前后三次为相，卒谥号文贞。因其封燕国公，文章与苏颋(许国公)齐名，并称“燕许大手笔”。

这是一首叙事抒情诗。离家在外的人归心似箭，将往返的时间都计划好了，但终究还是延误了，是因为蜀道难行还是事务繁琐，作者没有说明，只把那种急迫懊恼的心情表达了出来。诗的高明之处在于作者不直言自己的感情，反而去责怪秋风：原计划入秋返回，秋天到了，家人肯定在日日期盼。唉，秋风啊秋风，你为什么这么无情，不等等我，就先到了洛阳城呢？隐约含蓄，正是诗的韵味所在。

诗的上联第二句第二字“往”为仄声，下联第一句第二字“风”为平声，两字平仄不同，这就叫做“失粘”。我们观察全诗的平仄，为：

仄平平仄仄，平仄仄平平。
平平仄平仄，平仄仄平平。

可以发现，两联都是使用“平平平仄仄，仄仄仄平平”这个基本句式(下联出句“平平仄平仄”是“平平平仄仄”的一个常用变格)。所以说，失粘的结果就是导致律诗的上下联之间句式重复，失去交错的变化。

滁州西涧[1]

[唐]韦应物

独怜幽草涧边生，上有黄鹂深树鸣。

春潮带雨晚来急，野渡无人舟自横。

① 滁州，今安徽滁县，据说西涧是指县城西面的上马河。

这首诗写滁州西涧的景色。以“独怜”起笔，表达了对涧边风景的喜爱。幽草、深树，给人以清静幽深的感觉。黄鹂的鸣叫，使得这景色更加鲜活，但因在深树之中，丝毫不破坏宁静的气氛。尾联写自然之趣，春潮伴随着春雨涨起来了，相当急迫，但渡口那无人照管的小舟却依旧平静，泰然自若。这一动一静，构成了颇有意味的对比，含蓄隽永，可以引起人们多层次的联想。

这首词上联第二句第四字“鹂”为平声，下联第一句第四字“雨”是仄声，平仄不同，叫做“失粘”。我们观察全诗的平仄：

仄平平仄仄平平，仄仄平平平仄平。

平平仄仄仄平仄，仄仄平平平仄平。

这首诗在“一三五不论“的范围内有多处调整，其对应的基本句式为：

平平仄仄仄平平，仄仄平平仄仄平。

平平仄仄平平仄，仄仄平平仄仄平。

因为首句入韵，所以和第三句有所不同，但两句节奏点上的平仄是相同的，第二句和第四句也相同，前后两联句式重复。

中唐以前，虽然大多数近体诗作都合乎“粘”的规则，但也有一些“失粘”的情况，在那时，“粘”只是被人们接受并习惯运用，并不作为一条严格的规定。从中我们也可以看出，格律的形成是诗人们在创作中不断积累的，并不是某人发明并强制规定的。所以说，在形式的美感上，格律具有其不可取代的优越性。

[三] 失对

失对是指不符合格律诗“对”的要求，即一联的出句与对句平仄并不完全相对(这里的完全相对指节奏点上，一、三、五字可以不论)。这种情况，一般是联中某一句不完全符合律句平仄造成的。

诗例：

黄鹤楼送孟浩然之广陵①

[唐]李　白

故人西辞黄鹤楼，烟花三月下扬州。

孤帆远影碧空尽，唯见长江天际流。

① 黄鹤楼，在今湖北武汉蛇山的黄鹤矶头，始建于三国时期，历代屡毁屡建。传说仙人驾黄鹤过此，故名。广陵，即诗中所说的扬州，今江苏省扬州市。

这首诗描写送别情景。烟花三月，写春色正好，可这样的春色，不能和故人共度，难免遗憾。景是好景，却引发出惆怅之情，正是诗人笔法的高明之处。下片写故人离去，已无踪影，诗人仍驻足观望，可见情意真挚。而那浩瀚无垠的景象，也正象征着诗人心中的空虚和失落。

诗的前两句平仄为："仄平平平平仄平，平平平仄仄平平。"第二字平仄相同，没有相对，这就是"失对"。这是因为首句不合律句格式造成的，首句第二字应仄而平。

黄鹤楼

[唐]崔　颢①

昔人已乘黄鹤去，此地空余黄鹤楼。
黄鹤一去不复返，白云千载空悠悠。
晴川历历汉阳树，芳草萋萋鹦鹉洲②。
日暮乡关何处是，烟波江上使人愁。

① 崔颢(hào)(？—754)，汴州(今河南开封)人，天宝中官司勋员外郎。以诗作《黄鹤楼》闻名，李白曾模拟作《登金陵凤凰台》、《鹦鹉洲》。

② 鹦鹉洲，古时在汉阳西南长江中，明朝末年沉没。

这首诗写登黄鹤楼的所见所感，自然流畅，浑融。前三句三用"黄鹤"，是诗人笔法的出奇之处，气势一脉贯穿。前两联每联出句与对句皆为对比，以传说和现实，也即古今对比，写出了黄鹤楼的沧桑与孤寂。颈联写登楼远望之景，境界开阔，给人一种浩渺无边的感觉。这一联对仗工整，但上下句却有不同，"历历"描写的是汉阳的树，"萋萋"描写的是芳草，错落有致，富于变化。芳草往往象征离愁，又加之远望之意，自然引出诗人的思乡之情，于是尾联写江水茫茫、思乡难归的忧愁。

我们可以分析全诗的平仄，为：

仄平仄平平仄平，仄仄平平平仄平。
平仄仄仄仄仄仄，仄平平仄平平平。
平平仄仄仄平仄，平仄平平平仄平。
仄仄平平平仄仄，平平平仄仄平平。

乍看起来，前四句格律相当混乱，看不出“粘”、“对”，还有“三平调”，就像一首古体诗。但后四句又合乎格律。所以这首诗也被称作“半入律的古风”。其实我们仔细分析前四句，可以看出，第二、四句也是符合格律的(第四句除去“三平调”的话)，第二句对应的基本格式是“仄仄平平仄仄平”，与第六句相同；第四句对应的基本格式是“平平仄仄仄平平”，与第八句相同。因为“失粘”的本质是两联格式重复，而这两联格式并不重复。所以问题在于第一、三句“失对”。第一句第四字“乘”应仄而平，第六字“鹤”应平而仄，第三句第四字“去”应平而仄，只要这三处加以调整的话，全诗就合乎格律了。所以说，这首诗还不到半首古风，称为拗体就可以了。

第四章　词谱鉴赏

词谱是词的格式要求，每种词牌都有特定的词谱。写词又称填词，就是按照词谱的要求填入文字，所以写词必然要熟悉词谱。这一部分，先录出词谱形式，加以说明；然后选取前人的名作，简要分析，使读者在阅读欣赏的过程中，熟悉作品，进而熟悉不同词牌的格式要求和写作方法。

词谱中可平可仄处于字外加“○”表示，韵脚字下加“△”表示，若词谱中押不同的韵，则在“△”的右下角以阿拉伯数字标明，如“$\triangle_1$”、“$\triangle_2$”等。词例中入声字依然以“·”标出。

南歌子

词谱：

(仄)仄平平仄，平平仄仄平$_{\triangle}$。(平)平(仄)仄仄平平$_{\triangle}$，(仄)仄(平)平(仄)仄仄平平$_{\triangle}$。

《南歌子》，调名出自汉代张衡《南都赋》“坐南歌兮起郑舞”。又名《南柯子》、《风蝶令》，唐教坊曲。单调，二十六字，押平声韵。词谱全合律句平仄，前两句平仄为一联，常用对仗。第四句共九字，可分成上二下七、上四下五或上六下三。宋人多同一格式再填一片，增为双调。

词例：

南歌子

[宋]张泌①

柳色遮楼暗，桐花落砌香②。画堂开处晚风凉③，高卷水晶帘额衬斜阳。

① 张泌，生卒年不详，字子澄，南唐后主时官监察御史，至内史舍人。后随后主归宋，官虞部郎中。

② 砌，台阶。

③ 画堂，有彩绘的殿堂，泛指华丽的堂舍。

这首词全词写景，意象丰富，自然流畅，和谐丰满。没有直接抒情，但从“暗”、“落”、“晚风凉”、“衬斜阳”这样的字眼中，渗透出淡淡的难以排遣的春愁。

这首词前两句平仄和对仗，都相当工整精致。第三句第一、三字可平可仄，也是律句的格式。值得注意的是第四句是九字句，可以分为上六下三。“高卷水晶帘额”中，二、四、六字为节奏点，一、三、五字的平仄都可以调整，词中调整了第一字“高”和第三字“水”；而“衬斜阳”三字位于句末，只能是“仄平平”，不能变动。词中超过七字的长句一般都可以划分为两部分，同律诗一样，越接近句尾节奏点，平仄要求越严格。

南歌子

[宋]吕本中①

驿路侵斜月，溪桥度晚霜。短篱残菊一枝黄，正是乱山深处过重阳。

旅枕原无梦，寒更每自长。只言江左好风光，不道中原归思转凄凉。

①吕本中(1084—1145)，字居仁，号紫薇。南宋初年官至中书舍人，因赞成抗金，触犯秦桧罢职。

这首词结尾一句道出主旨："中原归思转凄凉"，客游思乡，是人之常情，而有家难回，则倍增凄凉。词作于宋王朝南渡、中原沦陷之时，"不道"两字和上句"只言"形成对比，体现出词人的失落与无奈。全词写景抒情，都围绕"凄凉"二字，尤其注重炼字。第一句"侵"、第二句"度"、第三句"一枝黄"，形象生动。而第四句更为精警，重阳本是团聚的节日，却在旅途山中度过，又加以"乱"、"深"，更显荒凉，此中滋味，情何以堪？

这首词就是双调，上下片格式相同。双调通常上下片有所分工，本词上片写景，下片抒情，井然不乱。每片前两句平仄工整，均使用对仗，下片对仗较宽。每片末句都可分为上二下七，上二字均为仄声，下七字为律句平仄，下七字的"平平仄仄仄平平"，正与前一句相同。可以看出，若把长句子分开，词的格律也都很有规律。最后一句"思"字作名词讲古读去声(sì)。

忆江南

词谱：

平(仄)仄，(仄)仄仄平平△。(仄)仄(平)平平仄仄，(平)平(仄)仄仄平平△。(仄)仄仄平平△。

《忆江南》，据传始自唐代李德裕，为亡妓谢秋娘所撰，本名《谢秋娘》，后因白居易作《忆江南》三首，改为此名。又名《望江南》、《梦江南》、《江南好》。单调，二十七字，押平声韵。词谱除首句外，全合律句平仄，可平可仄处亦同。第三、四句平仄相当于律诗的一联，也常用对仗。如白居易词“日出江花红胜火，春来江水绿如蓝。”宋人常依同一格式再填一片，增为双调。

词例：

忆江南

[唐]白居易

江南好，风景旧曾谙①。日出江花红胜火，春来江水绿如蓝②。能不忆江南？

① 谙，熟悉。

② 蓝，指蓝草，青绿色，可以用来制作染料。

白居易曾任杭州、苏州刺史，在江南生活过多年。他告别苏州，回到洛阳十二年后，写下三首《忆江南》，这是其中的第一首，也是最著名的一首。短短二十七个字，既鲜艳夺目，又朴实醇厚。开篇便是“江南好”，结尾又言“能不忆江南”，看似质拙，可不如此，又何以抒发作者心中的爱慕之情？词的三四句对仗，“红胜火”、“绿如蓝”，单从色泽上描写春日江南的美景，明快亮丽，朝气蓬勃，达到了令人过目难忘的效果。

梦江南

[唐]皇甫松[1]

兰烬落[2]，屏上暗红蕉。闲梦江南梅熟日，夜船吹笛雨萧萧。人语驿边桥。

① 皇甫松，生卒年不详，字子奇，号檀栾子，睦州新安(今浙江淳安)人。工部侍郎皇甫湜之子，宰相牛僧孺之甥，一生未入仕。

② 兰，代指蜡烛。因烛光似兰，所以蜡烛也称兰烛。

这首词也是怀念江南之作，但与白居易的词是截然不同的风格，白词明快高亢，而皇甫松这首诗，则幽怨含蓄，适合浅吟低唱。兰烛烧残，画屏上的美人蕉模糊黯淡。诗人辗转反侧，寂寞难眠。而入梦之后，则是江南的闲适生活，这正是诗人所怀念的：闲卧画船，静听笛声伴着雨声，驿站边的小桥上不时传来隐约的话语，里面又有多少动人的故事。

这首词三、四句没有使用对仗，以散句相承，一气贯之。可见，词律中对于对仗没有强制性的规定。但是，平仄必须要严守，词本是入乐歌唱，声律上的和谐优美尤其重要。

望江南

[宋]吴文英[1]

三月暮，花落更情浓。人去秋千闲挂月，马停杨柳倦嘶风。堤畔画船空。

恹恹醉，长日小帘栊[2]。宿燕夜归银烛外[3]，流莺声在绿阴中。无处觅残红。

① 吴文英(约 1212—1272)，字君特，号梦窗，四明(今浙江宁波)人。未曾中第，终身游幕，命途坎坷。以词作著称于世，曲折幽深，被称为“词中李商隐”。

② 栊，窗棂木。古人常“帘栊”连用，表屋舍。

③ 宿燕，归巢的燕子。

这是一首双调的《望江南》。双调更适合铺叙。上片是回忆，虽然写花落、人去、马停、船空，但细细品味，词人给我们描绘的这幅图画中，渗透出的却是“更情浓”，是浓浓的欢乐气息。这正是词人的高明之处，不实写人物的活动，却以活动的场景——秋千、杨柳、画船的恬静满足，暗示出人物的愉悦心情。“闲挂月”、“倦嘶风”，尤显生动有趣。

下片写当前，孤寂迷离，与上片形成了鲜明的对比。大好光景，却独处帘栊之内，恹恹欲睡。银烛长明，归巢的燕子犹豫徘徊，流莺虽婉转啼鸣，却隐没于绿荫之中，漂泊无定，这些意象都烘托着凄凉的寒意。“宿燕夜归银烛外”，化用了温庭筠的诗句“银烛有光妨宿燕，画屏无睡待牵牛”，温诗温婉有致，化用在此处，却别是一番幽情孤绪。结句“无处觅残红”，呼应上片，曾经“花落更情浓”，如今意欲珍惜，可落花已无处寻觅，余韵不绝，哀婉动人。

我们看这三首词每片的第一句，“江南好”和“恹恹醉”是“平平仄”，“兰烬落”和“三月暮”是“平仄仄”，可见，句中第二个字的平仄是可以自由调整的，但一个字必须以平声领起，第三个必须以仄声收尾，是不能变动的。全句声韵的关键在前后两字上，这是词中三字句的一个特色。

捣练子

词谱：

平仄仄，仄平平△，㊀仄平平仄仄平△。㊁仄仄平平仄仄，仄平平仄仄平平△。

《捣练子》，又名《深院月》。“捣练”，或说“捣衣”，历来都与征戍联系在一起，如李白《子夜吴歌》：“长安一片月，万户捣衣声。秋风吹不尽，总是玉关情。何日平胡虏，良人罢远征。”《捣练子》词牌，正取其离人怀远之意。单调，二十七字，押平声韵。这个词谱相当于七言绝句平起入韵式，将第一句去掉第一字后，再分为两个三字句。而后两句在一、三字上加以调整，我们读诗时也经常看到这种调整。

词例：

捣练子

[五代]李煜①

深院静，小庭空。断续寒砧断续风②。无奈夜长人不寐，数声和月到帘栊。

① 李煜(937—978)，字重光，初名从嘉，号钟隐。南唐后主。宋灭南唐后，将其俘至汴京，后为宋太宗毒死。李煜词情深境远，在唐末五代词中有极高的成就，被誉为“千古词帝”。

② 砧(zhēn)，捣衣石。

这首小令写离愁，全词只写离人夜听寒砧捣练的一幕情景，纯用白描的手法，语言清隽，耐人回味。篇首用对句，渲染出一种孤寂清冷的气氛。“断续寒砧断续风”尤显清绝，捣衣声遥远，只有断断续续的风将其传递过来，描写细腻生动。而“寒”字的修饰和风的意象，都加深了清冷的感受。本来已听到捣衣声了，在叙述长夜不寐之后，仍继续描写，数声捣衣声伴着月色进入房中，曲折迂回，反复吟唱，将相思的寂寞淋漓尽致地表现出来。

这首词前两句平仄、对仗都很整齐，短小的句式使得绘景抒情更显紧凑。第三句中，词人以两个“断续”填入两处“仄仄”的位置，自然而然地将全句分成两部分，而“寒砧”与“风”对举，不使用动词的连接与说明，仅同样的“断续”就将二者的关系巧妙地体现出来了。这种句式言浅意深，韵味丰富，值得细细回味。后两句格式是“平仄仄平平仄仄，仄平平仄仄平平”，填词时要注意每句第一、三字的特别之处。

渔歌子

词谱：

(仄)仄平平仄仄平△，(平)平(仄)仄仄平平△。平(仄)仄，仄平平△，(平)平(仄)仄仄平平△。

渔歌子，又名《渔父》，唐教坊曲。单调，二十七字，押平声韵。第三、四句“平仄仄，仄平平”相对，可用对仗。其余七言句全是律句格式。这个词牌，乍看起来像是仅仅把一个七言绝句的第三句改成了两个三字句，实际上还有一些不同：首先，词的第四句，也就是后一个三字句，是要押韵的。此外，词的末句平仄与第二句相同，这也不同于七言绝句。

词例：

渔歌子

[唐]张志和①

西塞山前白鹭飞②，桃花流水鳜鱼肥③。青箬笠，绿蓑衣，斜风细雨不须归。

① 张志和，生卒年不详，本名龟龄，字子同，金华(今属浙江)人。隐居不仕，自号“烟波钓徒”。

② 西塞山，在今浙江省湖州市西。

③ 鳜鱼，又称“桂鱼”、“鲈桂”，体态肥大，肉质鲜美。

这是一首为人熟知的小令，笔调清新，色泽明快。全词和谐优美，给人一种仿佛置身于世外桃源的感觉。

词的第四句“衣”字入韵，古音与“飞”“肥”“归”同韵部。最后一句“斜风细雨不须归”与第二句“桃花流水鳜鱼肥”平仄格式相同。

忆王孙

词谱：

㊣平㊀仄仄平平△，㊀仄平平㊀仄平△，㊀仄平平㊀仄平△。仄平平△，㊀仄平平㊀仄平△。

《忆王孙》，又名《豆叶黄》、《阑干万里心》。单调，三十一字，句句押韵，押平声韵。第四句为三字句“仄平平”，其余四句均为七字句，平仄全合律句格式。第二句、第三句、第五句平仄格式全同。

词例：

忆王孙

[宋]李重元①

萋萋芳草忆王孙，柳外楼高空断魂。杜宇声声不忍闻②，欲黄昏，雨打梨花深闭门。

① 李重元，宋徽宗时人，生平不详，工词，现存《忆王孙》四首。

② 杜宇，即杜鹃。传说蜀帝杜宇死后化为杜鹃，啼声哀婉。

这首词写思妇盼望归人，生动细腻。首句用典点题，出自《楚辞 · 招隐士》：“王孙游兮不归，春草生兮萋萋。”白居易《赋得古原草送别》：“又送王孙去，萋萋满别情。”也用此典。楼高阻断了远望的视线，杜鹃声声低鸣，都令思妇伤心断魂。而日暮黄昏，雨打梨花，心情倍增萧瑟，故深闭房门，独自伤心。全词句句写景，句句都加入人物的主观感受，凄婉含蓄。

词中使用律句，除粘对外，对格式的要求往往也和律诗相似，一般情况也不允许犯孤平，所以在“仄仄平平仄仄平”这个律句中，第三字是不能不论的。而第五字，则可以不论，本词中多改平声，如“柳外楼高空断魂”、“雨打梨花深闭门”，歌唱起来更为悠扬。

调笑令

词谱：

平仄$_{\triangle 1}$，平仄$_{\triangle 1}$（叠句），仄⃝仄仄平平仄$_{\triangle 1}$。平⃝平仄⃝仄仄⃝平$_{\triangle 2}$，仄⃝仄平⃝仄仄平$_{\triangle 2}$。平仄$_{\triangle 3}$，平仄$_{\triangle 3}$（叠句），仄⃝仄⃝仄⃝平平仄$_{\triangle 3}$。

《调笑令》，又名《转应曲》。单调，三十二字。句句押韵，平仄换韵。词中的二字句均为叠句。第六、七句两个叠句须颠倒第五句的后两字。如下面韦应物《调笑令》，第六、七句“迷路”，是颠倒第五句“东望西望路迷”的后两字“路迷”。这个词牌写作难度很大。可能因为其难度较大，所以词人创作时，变化也较多，我们选两首比较独特的词作。

词例：

调笑令

[唐]韦应物

胡马，胡马，远放燕支山下①。跑沙跑雪独嘶②，东望西望路迷。迷路，迷路，边草无穷日暮。

① 燕（yān）支，又作“胭脂”。燕支山，因产燕支草而得名，在今甘肃境内。

② 跑（páo）沙跑（páo）雪，跑即“刨”。

这首词咏马，以马喻人，反映了戍边战士的凄苦。辞意显明，生动形象。第四句叠用“跑”字，第五句叠用“望”字，表现出马儿的辛苦与无助。“跑沙跑雪”与“东望西望”虽不对仗，但句式整齐，读起来颇为精致。结句“边草无穷日暮”，渲染出路茫茫的气氛，令人感到绝望。

这首词第一、二、三句两个“马”字与“下”字押韵(“下”作方位词古读上声，与“马”同声调)。

转应曲

[唐]戴书伦①

边草，边草，边草尽来兵老。山南山北雪晴，千里万里月明。明月，明月，芦笳一声愁绝②。

① 戴叔伦(732—789)，字幼公，润州金坛(今江苏境内)人。大历时，官抚州刺史、容州刺史，政简刑清，发展水利，颇有政绩。

② 芦笳，一种管乐器，兵营巡哨常用。

这首词以边草起兴，是唱和上面韦应物“边草无穷日暮”的，仍写戍边战士。韦词以马为喻，而这首词则是写景抒情。以边草、高山、积雪表现边塞的荒凉，而征人思归之情则寄托在千里明月上，词句优美，意义显明。值得注意的是他的写作技巧，第四句、五句“山南山北”、“千里万里”与韦词的结构完全相同，而“雪晴”与“月明”工整对仗，使得这两句比韦词更加精致。另一个不同于韦词之处则是篇首“边草”连续叠用三次，给人以一种荒草漫延无边之势，更显精绝。

如梦令

词谱：

(平)仄(仄)平平仄△，(平)仄(仄)平平仄△。(仄)仄仄平平，(平)仄(仄)平平仄△。平仄△，平仄△，(平)仄(仄)平平仄△。

《如梦令》，又名《忆仙姿》、《宴桃源》，五代时后唐庄宗李存勖自作，后因李存勖词中有“如梦”句改名为《如梦令》。单调，三十三字，除第三句平声脚不入韵，其余都入韵，押仄声韵，可上去通押。第五、六句为叠句。

词例：

忆仙姿

［五代］李存勖①

曾宴桃源深洞，一曲舞鸾歌凤。长记别伊时，和泪出门相送。如梦，如梦，残月落花烟重。

① 李存勖(885—926)，五代后唐庄宗，小字“亚子”，原为突厥沙陀族人，赐姓李，晋王李克用长子，勇武善战。公元923年灭梁称帝，后伶人叛乱，中流矢亡。

五代词风浮艳，这首词写离愁别绪，不同平常。前四句叙写当时情景，生动简洁。结尾超越，不实写情，而是通过残月、落花、雾气三种意象，渲染出迷离朦胧的气氛，表达了一种欢情易逝、人生如梦的感叹，最为世人称道。

词以六字句为主，六字句的格式均为“㊥仄㊀平平仄”，看起来没有规律，我们不妨分为上二下四，下四字“㊀平平仄”，是词律中四字句的一个常用格式，这不符合律句的格式，但是在词中有其特别的好处，比如本词，因为句子以仄声押韵收尾，若仄声韵脚字前面用平声字，全句读起来则更加从容悠扬，比较“如梦，如梦”，就可以体会到这一点。后人有将这首词第二句“一曲舞鸾歌凤”改为“一曲清歌舞凤”，结尾两个仄声字，未免过于仓促。

如梦令

[宋]李清照①

昨夜雨疏风骤，浓睡不消残酒。试问卷帘人，却道海棠依旧。知否，知否，应是绿肥红瘦。

① 李清照(1084—?)，号易安居士，齐州章丘(今属山东)人。早年家境优裕，生活闲适，宋南渡时，丈夫赵明诚病死，晚年流寓异乡。词作格调清丽，感情真挚，是我国古代最著名的女词人。

这是一首为人熟知的小词，表达了作者的惜春之情，细腻委婉。全词围绕着帘外的海棠花，叙写了一幕生活细节。因夜里雨大风急，落花难奈，词人独自伤怀，饮酒沉睡。早上醒来后，不忍看花，问卷帘的侍女，侍女却随意回答海棠花依旧。可是，你知道吗，经过一场风雨，应当是绿叶繁茂，红花飘零啊！词的结尾既感叹侍女粗心，又暗含一种心情无人理解的失落之感。

这首词韵脚字“酒”、“否”是上声字，“骤”、“旧”、“瘦”是去声字，上去通押。

江城子

词谱：

㊥平㊀仄仄平平，仄平平，仄平平。㊀仄平平，㊀仄仄平平。㊀仄㊥平平仄仄，平仄仄，仄平平。

（第一句也可使用“㊀仄平平仄仄平”。）

《江城子》，又名《江神子》，早期为单调，三十五字，押平声韵。这个词谱相当整齐，三字句有“平仄仄”和“仄平平”两种，五、七字句全合律句格式，四字句“㊀仄平平”也合律句格式。宋人多同一格式再添一片，增为双调，今天双调更为常见。

词例：

江城子

［宋］欧阳炯①

晚日金陵岸草平②，落霞明，水无情。六代繁华③，暗逐逝波声。空有姑苏台上月④，如西子镜，照江城⑤。

① 欧阳炯（896—971），益州华阳（今四川成都）人，历仕前蜀、后蜀、北宋三朝。能诗词，善长笛，曾为《花间集》作序。

② 金陵，今南京。

③ 六代，指东吴、东晋、宋、齐、梁、陈六朝，均建都金陵。

④ 姑苏台，在苏州西南姑苏山上，春秋时吴王夫差在台上建春宵宫。

⑤ 西子，即西施，春秋越王勾践献给吴王夫差的美女，所以说姑苏台上的月亮如同西施的镜子。江城，也指金陵。

这是一首写景怀古的小令，语言清雅，意境悠远。作者于金陵江边，触景生情，通过繁华如逝水，明月照江城的意象，由六朝至春秋，跨越千载，抒发了一种盛衰更替的沧桑之感。

这首词第一句使用了“仄仄平平仄仄平”的格式。值得注意的是倒数第二句增了一个“如”字（用小号字表示），这叫做“衬字”，衬字多为不表实际意义的虚词，一般是交代或补充的作用，多出现在句首或有停顿的句中，元曲中多有衬字，演唱时读出来，不入曲歌唱。

江城子

乙卯正月二十日夜记梦

［宋］苏　轼

十年生死两茫茫，不思量，自难忘。千里孤坟，无处话凄凉。纵使相逢应不识，尘满面，鬓如霜。

昨夜幽梦忽还乡，小轩窗，正梳妆。相顾无言，惟有泪千行。料得年年肠断处，明月夜，短松冈。

苏轼这首词为悼念亡妻而作，情深意重，感人泪下。苏轼妻子王弗死于十年之前，葬于故乡四川，而苏轼此时正在密州（今山东诸城），故言“千里孤坟”。词的题目为“记梦”，全词现实与梦境结合，上片写实，下片入梦，分合转折，自然真切，生动流畅。

词的开头不作铺垫，直抒胸臆，生死茫茫，定下了全篇的基调。死别十年，远隔千里。所以诗人会想到，自己长年奔波，疲惫衰老，恐怕即使重逢，妻子也认不出自己了吧。重逢在现实中是不可能的，只能在梦里了，下片叙写梦境，“小轩窗，正梳妆”，曾经熟悉的场景，妻子依然是那么温柔美好。但是，“相顾无言，惟有泪千行”，作者的满腔深情，满心悲凉，都在这无声的眼泪中了。结尾又陷入玄想，妻子孤独地在守山冈上，每年都会怀念自己，肝肠寸断吧。其实想象妻子怀念自己，实际上正表达了自己对妻子的怀念和疼爱。全词以凄清之景收尾，余韵不绝。

这首词第二、三句：“不思量，自难忘。”“量”和“忘”字在古代都读平声。所以全词都是押的平声韵，这个词谱是不允许平仄通押的。

长相思

词谱：

(仄)(仄)平△，(仄)(仄)平△，(仄)仄平平(仄)仄平△。(平)平(仄)仄平△。

(仄)(仄)平△，(仄)(仄)平△，(仄)仄平平(仄)仄平△。(平)平(仄)仄平△。

《长相思》，双调，三十六字，句句押韵，每片前两句叠韵。这个词牌非常整齐，全合律句格式。每片前两句，除韵脚字须相同，且为平声外，前两字都可平可仄，词人多用对句，可参考词例。

词例：

长相思

[唐]白居易

汴水流，泗水流，流到瓜洲古渡头。吴山点点愁①。
思悠悠，恨悠悠，恨到归时方始休。月明人倚楼。

① 汴水源出河南，泗水源出山东，两者在安徽泗县合流，入淮河。瓜洲，在今江苏省扬州市南。吴山，泛指江南的山。

这是一首思妇词，上片写景，水流如情思，景中含情，“吴山点点愁”更是直接点明愁思，若说“吴山点点秋”则合乎常理，诗人不言“秋”而言“愁”，一字之差，顿显精妙。下片写情，思与恨如流水悠悠，情中含景。“月明人倚楼”这样的句子，往往用在篇首，白居易用在篇末，戛然而止，则更有余韵。全词言浅意深，很有民歌的风味。

上片开头“汴水流，泗水流”与下片前两句“思悠悠，恨悠悠”，每句后两字相同，重章叠唱，朗朗上口。下面林逋的词也是如此。

长相思

[宋]林　逋①

吴山青，越山青。两岸青山相送迎，谁知离别情？
君泪盈，妾泪盈。罗带同心结未成，江头潮已平。

① 林逋(967—1028)，字君复，钱塘(今浙江杭州)人。隐居西湖孤山，终生不仕，死后赐谥和靖先生。

这首词写送别，比起上面白居易的词作，更富有民歌的色彩。上片写景，青山送迎，可青山怎知我的离别之情，借物无情叹人有情，这种写法古人常用，如韦庄诗《台城》："无情最是台城柳，依旧烟笼十里堤。"下片叙情，泪眼盈盈，相聚匆匆，同心结还未结成，船儿就要启程。潮水平了江岸，船就要启程了，末句虽写景，仍是借山水无情叹世事坎坷，有情人难以相伴。

这首词的三言句，"吴山青"是"平平平"，"越山青"是"仄平平"，"君泪盈"是"平仄平"，"妾泪盈"是"仄仄平"，可见，词谱对三言句的前两字平仄不作要求，只要第三字押平声韵就行了。

相见欢

词谱：

(平)平(仄)仄平平$\triangle_1$，仄平平$\triangle_1$。(仄)仄(平)平(仄)仄仄平平$\triangle_1$。

(平)(平)仄$\triangle_2$，(平)平仄$\triangle_2$，仄平平$\triangle_1$。(平)仄(平)平(仄)仄仄平平$\triangle_1$。

《相见欢》，又名《乌夜啼》、《秋夜月》、《上西楼》，唐教坊曲。双调，三十六字。下片前两句自押仄声韵，其余皆押同一平声韵。上下片末句九言句一般分为上二下七。上二字节奏点为仄声，下七字合律句格式。也可以分为上四下五或上六下三。

词例：

相见欢

[五代]李　煜

林花谢了春红，太匆匆。无奈朝来寒雨晚来风。
胭脂泪，相留醉，几时重？自是人生长恨水长东。

这是首咏物抒情的小令，全词围绕落花展开，抒发了词人的惆怅和感伤。上片写花谢，将“太匆匆”一句置于花谢之后特别强调，突出了词人惋惜的情绪。然后写原因，风雨催花甚急，早晚没有一刻停息，这其中便包含的词人的身世之感，写花亦即写人。下片继续写落花，红花落地伴着雨水，所以称“胭脂泪”，生动形象，“相留醉”写落花留恋沉醉的姿态。几时还能重逢呢？词人没有讲，而是以一句深沉的感叹收尾，“水长东”是无止息的，而将“人生长恨”与之并举，又以“自是”二字加重肯定的语气，词人心中的怅恨也是无穷无尽的了。

这个词牌的韵例特别，下片前两句“胭脂泪，相留醉”，“泪”与“醉”押韵，押去声韵。其余五句“红”、“匆”、“风”、“重”、“东”押平声韵。

相见欢

[五代]李　煜

无言独上西楼，月如钩，寂寞梧桐深院锁清秋。
剪不断，理还乱，是离愁。别是一番滋味在心头。

这首小词写离愁，言辞凄婉，造语精警。上片写景，以“无言独上西楼”六字领起，顿生寒意。月不是圆月，恰恰相反，是“如钩”般的残月，更令人感到凄凉。古人诗词中，“梧桐”往往和秋季相联系，如白居易《长恨歌》：“春风桃李花开日，秋雨梧桐叶落时。”这里词人使用梧桐这一意象，加之“寂寞”二字，一股萧瑟的气息透过纸背。而“深院锁清秋”，以景写情，深院怎能把清秋锁住，深院锁住着正是词人那颗凄冷如清秋般的心啊！我们可以看到，上片这十八个字，字字着力，字字动人。

下片写愁，开头两句对句，形象真切。古人经常使用“愁绪”这个词，把愁比作一缕一缕的细丝，这里用了这个比喻，并且用形象的动作将那种无计可施、难以摆脱的心态刻画得淋漓尽致。最后，以一个漫长深沉的感叹收尾，而词人，依然困在这种难言的滋味里，无法自拔。

这首词上片末句分为上四下五，两部分都合律句格式。下片末句是上六下三，最后三字必须是“仄平平”。下片前两句“断”与“乱”押去声韵，其余五句“楼”、“钩”、“秋”、“愁”、“头”押平声韵。

生查子

词谱：

(平)平(仄)仄平，(仄)仄平平仄△。(仄)仄仄平平，(仄)仄平平仄△。

(平)平(仄)仄平，(仄)仄平平仄△。(仄)仄仄平平。(仄)仄平平仄△。

《生查子》，唐教坊曲。双调，四十字，五言八句，隔句押韵，押仄声韵，可上去通押。平仄全合律句格式，二、四、六、八句格式相同。另有一体，变下片第一句为两个三字句“仄仄平，平仄仄”，仄字脚入韵。

词例：

生查子

[五代]牛希济①

春山烟欲收，天淡稀星小。残月脸边明，别泪临清晓。

语已多，情未了，回首犹重道。记得绿罗裙，处处怜芳草。

① 牛希济，生卒年不详，陇西(今属甘肃)人。历仕前蜀、后唐，以诗词闻名。

这是一首送别词，殷切体贴，别有情致。上片由写清晨景象引出送别，春山、稀星，只是写景，而“残月脸边明”，非常巧妙，既写晨景，又引出离人，生动自然，下句“别泪临清晓”更是情景浑然一体，为上片作结。下片写女子的殷切之意。话别多时，行人即将上路，回首之际，女子还不断叮咛：“记得我的绿罗裙，就如同这萋萋的芳草，当你看到芳草，就能想起我。”将罗裙比作芳草，是有出处的，南朝江总妻《赋庭草》：“雨过草芊芊，连云锁南陌。门前君试看，是妾罗裙色。”词人化用前人典故，更显生动别致。

这首词下片前两句为三字句，第二句“了”字入韵。这首词韵脚字中，“道”在古代是上声字，全词只押上声韵。

生查子

元夕①

[宋]欧阳修②

去年元夜时，花市灯如昼。月上柳梢头，人约黄昏后。

今年元夜时，月与灯依旧。不见去年人，泪湿春衫袖。

① 元夕，即元宵节，也称“元夜”。

② 欧阳修(1007—1072)，字永叔，号醉翁，又号六一居士，吉州吉水(今属江西)人。天圣八年(1030)进士，官至枢密副使、参知政事。神宗朝，迁兵部尚书，以太子少师致仕，卒谥文忠。善诗词、散文，为“唐宋八大家”之一。

这首词通过今昔对比，表达了物是人非的伤感之情。上片回忆，热烈美好，情意绵绵。下片写如今，虽然还是同样的热闹，圆月依然挂上树梢，花市的灯火依然亮如白昼，但是去年的人已经不在，主人公形单影只，触景伤怀，泪湿衣袖。词中有两重对比，第一重是今昔对比，以昔日的美好反衬今日的凄凉；第二重是景物与人物对比，景物如旧，故人不再，触景生情，更突出了那种孤单落寞的心情。唐人崔护《题都城南庄》：“去年今日此门中，人面桃花相映红。人面不知何处去，桃花依旧笑春风。”这首词与其有异曲同工之处。

这首词的韵脚字中，“后”在古代读上声，其余是去声字，上去通押。

点绛唇

词谱：

㊀仄平平，㊉平㊀仄平平仄。仄平平仄，㊀仄平平仄。

㊀仄平平，㊀仄平平仄。平平仄，仄平平仄，㊀仄平平仄。

《点绛唇》，取梁代江淹诗“白雪凝琼貌，明珠点绛唇”为名。双调，四十一字。这个词牌比较复杂，从句式上来看，上下片不同，下片比上片多一句，上片的七言句，下片换成五言句，并增加了一个三言句。从平仄上看，三言句、五言句和七言句都合律句格式。四言句有两种句式，“仄仄平平”也合律句格式，而“仄平平仄”是词中特有的平仄格式，在仄声押韵时很常见。从押韵上看，上片有三处仄声韵，下片有四处仄声韵，可上去通押。下片第四句也可以不入韵。

词例：

点绛唇

[宋]王禹偁①

雨恨云愁，江南依旧称佳丽。水村渔市，一缕孤烟细。

天际征鸿，遥认行如缀②。平生事，此时凝睇，谁会凭栏意？

① 王禹偁(954—1001)，字元之，巨野(今属山东)人。宋太宗太平兴国八年(983)进士。历任翰林学士、知制诰等职，直言敢谏，三遭贬谪。善诗文，词仅存一首。

② 征鸿，远行的大雁。行(háng)，排成一行。缀，连接，指大雁前

后相连。

这首词写江南风光，笔墨恬淡优美，流露出几分怀才不遇的感伤。词的开篇写江南多雨，会令人愁闷，但景色依然秀美。南齐诗人谢眺《入朝曲》：“江南佳丽地，金陵帝王州。”词中即用了这个典故，把江南称为“佳丽”。下两句写景，水村渔市，一缕孤烟，秀美怡人，不着颜色，像一幅淡淡的水墨画。孤烟升入空中，下片继而写天上的大雁，远远看去，大雁如前后相连，排成一行。篇末抒情，此时凝神远望，谁能领会我的志向与心意呢？诗人当时任长洲知县，远大抱负难以实现，当他凭栏远望，看到这生机勃勃，井然有序的景象，难免会对自己的命运产生几分感慨。抒情如同写景，沉静含蓄，隐而不发，正是其高明之处。

这首词上下片倒数第二句“水村渔市”、“此时凝睇”，都是“仄平平仄”的格式。作词时，在“仄平平仄”这一四言句式中，应尽量遵守格律，至多第一字可作调整。

点绛唇

[宋]李清照

寂寞深闺，柔肠一寸愁千缕。惜春春去，几点催花雨。
倚遍阑干，只是无情绪！人何处？连天芳草，望断来时路。

这首词极力渲染词人与丈夫分别后的寂寞心情，写法上颇有曲折。开头便言寂寞，一寸柔肠中便有千缕愁绪，可见愁闷之深重，难以排遣。可是接下来，词人不言离愁，却说惜春，还怨那几点催花的雨，便有了几分欲道还休的味道。

下片继续写寂寞，倚遍了阑干都没有情绪。终于，词人道出了“人何处?”但是接下来，情绪又收住，不怨行人不归，只怨芳草连天，无边无际，已经望不到行人归来的路了，无奈之情溢于言表。与李白《菩萨蛮》：“何处是归程，长亭更短亭。”有异曲同工之妙。

这首词下片第四句没有入韵，格式是“平平平仄”，第一字有所调整。韵脚字中，“缕”、“雨”是上声，“去”、“绪”、“处”、“路”是去声，上去通押。

浣溪沙

词谱：

(仄)仄(平)平(仄)仄平△，(平)平(仄)仄仄平平△。(平)平(仄)仄仄平平△。

(仄)仄(平)平平仄仄，(平)平(仄)仄仄平平△。(平)平(仄)仄仄平平△。

浣溪沙，双调，四十二字。除下片第一句外，句句入韵，押平声韵。句式整齐，全合律句格式。下片头两句平仄相当于律诗的一联，往往使用对仗。

词例：

浣溪沙

[宋]晏　殊①

一曲新词酒一杯，去年天气旧亭台。夕阳西下几时回？

无可奈何花落去，似曾相识雁归来。小园香径独徘徊。

① 晏殊(991—1055)，字同叔，抚州临川(今属江西)人。少以神童召试，赐同进士出身，官至同平章事兼枢密使。

这是一首抚今追昔，感怀光阴流逝的小词，语言优美，风格淡雅。头两句便将今昔联系在一起，新词新酒，但是亭台依旧，天气正似去年，而话外隐含之意则是去年的故人却不在。“夕阳西下几时回”，既感叹好景不能长留，又暗含对欢会重来的期望之情，因为夕阳西下，终究还会回来。

下片开头承接上片，更进一层。“无可奈何花落去，似曾相识燕归来。”这一对句自然天成，将一种颇有哲理意味的思考寓托于景物的描写中，超越了一时一地的感受。这一对句，晏殊原本写在一首七言律诗中，因为非常喜欢，又写进这首词里。而用在这首词中，更是恰到好处，与全篇浑然一体。最后，以独自徘徊收尾，“小园香径”虽美，只能独自徘徊，隐隐流露出几丝寂寞、几分惋惜。

这首词对于词谱中“平平仄仄仄平平”句式，全调整为“仄平平仄仄平平”，而“仄仄平平平仄仄”句式也调整为“平仄仄平平仄仄”，很有意思。

浣溪沙

[宋]秦　观①

漠漠清寒上小楼，晓阴无赖似穷秋。淡烟流水画屏幽。

自在飞花轻若梦，无边丝雨细如愁。宝帘闲挂小银钩。

① 秦观(1049—1100)，字太虚，后改字少游，江苏高邮人。宋神宗元丰八年(1085)进士，哲宗时任秘书省正字及国史院编修。“苏门四学士”之

一，以词著称。

这首词写闺愁，描写细腻，又不落于浮艳，轻灵飘逸。上片渲染一种幽深清冷的气氛，这样阴冷的景色自然会影响心情，而正是心情愁闷才更觉景色清冷。所以会有“晓阴无赖”的感受，本是初春，却言似秋。下片前两句对仗工整，造语别致。人们使用比喻，往往把抽象的事物比作实际的事物，而这里恰恰相反，把“花”比作“梦”，把“雨”比作“愁”，是把实际的事物比作抽象的事物。可是，这样的比喻却丝毫不令人费解，更显自然贴切，清新隽永，是这首词最为独到之处。末句以主人公一个不经意的动作结尾，闲挂珠帘于银钩之上，耐人寻味，余韵悠然。

摊破浣溪沙

词谱：

(仄)仄(平)平(仄)仄平△，(平)平(仄)仄仄平平△。(仄)仄(平)平平仄仄，仄平平△。

(仄)仄(平)平平仄仄，(平)平(仄)仄仄平平△。(仄)仄(平)平平仄仄，仄平平△。

摊破浣溪沙，本名《山花子》，双调，四十八字，上下片除首句外，格式全同。宋人认为它是在浣溪沙的每片后面添上三个字，是《浣溪沙》的变体，所以称为《摊破浣溪沙》，实际上这个词牌起源较早，五代时就有敦煌曲子词流传于民间。每片前两句与《浣溪沙》格式相同，第三句收仄声尾，不入韵，第四句三字必须为“仄平平”，押韵。

词例：

山花子

[五代]李 璟①

菡萏香销翠叶残②，西风愁起绿波间。还与韶光共憔悴，不堪看。
细雨梦回鸡塞远③，小楼吹彻玉笙寒。多少泪珠何限恨，倚阑干。

① 李璟(916—961)，初名景通，字伯玉。南唐中主。周世宗柴荣进犯，被迫称臣，割江北地与周，迁都洪州(今南昌)，以太子煜留守金陵，抑郁而死。

② 菡萏(hàn dàn)，即荷花。

③ 鸡塞，指鸡鹿塞，在今内蒙古境内。此泛指边塞。

这首词写思妇怀远，加之词人的国仇家恨，情深意切。词中最为生动之处在于其将抒情的词语嵌入景物描写，以情写景，情景交织，如“西风愁起绿波间”，一个“愁”字，细腻生动，令人过目难忘。“还与韶光共憔悴”，美好的青春伴随着美好的时光一起消逝，哀婉动人。下片前两句对仗工整，“细雨梦回鸡塞远”，迷离恍惚，写思妇对征夫的思念。“小楼吹彻玉笙寒”这句话在语序上有所调整，若按正常顺序，应是“玉笙吹彻小楼寒”，吹奏玉笙，寒意充斥小楼，彻就是遍及的意思。这样调整后，突出“小楼”的意象，情绪与文字上更显曲折隽永。

词中每片末句三字，和前句话联系紧密，是一种补充或描述的关系，这样读起来，才会有紧凑迂回的效果。要注意的是，上片末句“看”字古读平声(kān)，不读去声，所以全词押平声韵，并不是平仄通押。

菩萨蛮

词谱：

(平)平(仄)仄平平仄$\triangle_1$，(平)平(仄)仄平平仄$\triangle_1$。(平)仄仄平平$\triangle_2$，(平)平(仄)仄平$\triangle_2$。

(平)平平仄仄$\triangle_3$，(仄)仄平平仄$\triangle_3$。(平)仄仄平平$\triangle_4$，(平)平(仄)仄平$\triangle_4$。

《菩萨蛮》，又名《子夜歌》、《重叠金》，唐教坊曲。双调，四十四字。句句押韵，两句一换韵，上下片各两仄声韵，两平声韵，仄声韵可上去通押。这种两句换韵，平仄交替的押韵形式，在词律中很少见。全词平仄大都合乎律句格式，值得注意的是每片第三句常以平声起，有所变化。

词例：

菩萨蛮

[唐]李　白

平林漠漠烟如织，寒山一带伤心碧。暝色入高楼，有人楼上愁。

玉阶空伫立，宿鸟归飞急①。何处是归程，长亭更短亭。

① 宿鸟，归巢的鸟儿。

这首词相传为李白所作，南宋黄昇《绝妙词选》推为“百代词典之祖”，但也有人怀疑其为晚唐人伪托。词句开头写景，渲染了一种凄冷迷蒙的气氛。平林漠漠，暮烟浓密，烟雾之中，寒山一抹。“伤心”，有种解释为蜀方言里表示“非常”的意思，很有道理，但是取其本意，也未尝不可，作者既然用了"伤心"这个词，就是为了更打动读者，这种以情饰景的方法，自然生动，直击读者内心。接着以暮色为媒，由远及近，写到词中的主人公，高楼上的思妇。

下片紧承上片，妇人伫立于台阶之上，一个"空"字，写出了伫立的长久与徒劳。返巢的鸟儿都飞得如此急迫，我那远方的行人为何还不归来？妇人不怨行人忘归，只怨归程茫茫，无数长亭连着短亭。以问答收尾，言虽尽，心中的思念仍没有着落，幽怨的气息兀自萦绕，挥散不去。

这首词的韵脚字分别为"织"、"碧"（入声）；"楼"、"愁"（平声）；"立"、"急"（入声）；"程"、"亭"（平声），这种两句换韵的形式在词谱中相当特别。

菩萨蛮

书江西造口壁①

［宋］辛弃疾②

郁孤台下清江水③，中间多少行人泪。西北望长安，可怜无数山。青山遮不住，毕竟东流去。江晚正愁余，山深闻鹧鸪④。

① 造口，一名皂口，镇名，在今江西万安县西南。

② 辛弃疾（1140—1207），字幼安，号稼轩，历城（今山东济南）人。二十多岁参加抗金义军，南渡后任江西提点刑狱，以及湖南、江西、福建安抚使等职，因屡次上书主张北伐，被免职，闲居二十余年。后韩侂胄力主北伐，出任浙东安抚使和镇江知府，不久又被弹劾，郁郁而终。

③ 郁孤台，古台名，在今江西赣县西南贺兰山上。清江，赣江与袁江合流处旧称清江。

④ 鹧鸪，鸟名，叫声特殊，有人拟音为“行不得也哥哥”。

南宋初年，金兵曾大举南侵，隆佑太后逃亡至造口，避开金兵，才免于被俘。五十年后，辛弃疾出任江西提点刑狱、驻节赣州，途经造口，触景生情，写作此词，表达了其爱国的热情和壮志难酬的苦闷，词中多有隐喻寄托。

清江水中，多少行人泪，造语奇警，令人震撼，表达了词人对南宋屡遭金兵侵略的悲愤，又暗示当年隆佑太后逃亡造口的耻辱之事。西北遥望长安，期盼收复中原，可惜中间有无数高山，重重阻隔。李白有诗：“总为浮云能蔽日，长安不见使人愁。”辛词取李白不见长安之意，但浮云换成了高山，势力更坚固。这高山，隐指当时执政者的屈辱求和，及其对主战派的压制。

下片笔锋一转，青山无法阻挡浩荡的江水，江水势必要滚滚东流。而这江水正象征着正义的力量，词句气势浑厚，显示了作者对收复中原的信心。可是想到当时的局势和自己的境遇，忧愁又禁不住涌上心头。夜幕降临，青山深处传来鹧鸪凄厉的啼鸣。情绪虽一波三折，起伏不定，但全是真情的自然流露。不加掩饰，正是其感人至深之处。

这首词的韵脚字分别为“水”、“泪”（上去通押），“安”、“山”（平声），“住”、“去”（去声），“余”“鸪”（平声）。

卜算子

词谱：

(仄)仄仄平平，(仄)仄平平仄△。(仄)仄平平仄仄平，(仄)仄平平仄△。

㊀仄仄平平，㊀仄平平仄。㊀仄平平仄仄平，㊀仄平平仄。

《卜算子》，相传骆宾王写诗好以数字命名，人称“卜算子”，词名本此。也有人认为词名义取“卖卜算命之人”。双调，四十四字。隔句押韵，押仄声韵。上下片格式全同，五七言句全合律句格式，不入韵的句式全用平声脚。

词例：

卜算子

黄州定慧院寓居作①

[宋]苏　轼

缺月挂疏桐，漏断人初静。谁见幽人独往来？缥缈孤鸿影。

惊起却回头，有恨无人省。捡尽寒枝不肯栖，寂寞沙洲冷。

① 黄州定慧院，在今湖北黄冈。苏轼因“乌台诗案”获罪入狱，黄州是他出狱后的贬所。这首词正作于词人惊魂未定、孤独凄惨之际。

这是一首咏物抒情的名作，写孤独寂寞的心境。开头写景，渲染气氛，“缺月”、“疏桐”萧瑟凄清，这两类意象的提示作用可参看李煜《相见欢》。然后以“谁见幽人独往来”（幽人就是指词人自己）一个问句引出描写的对象——孤鸿，并且将鸿与人紧密联系在一起。下片描写孤鸿，抓住两个富有深意的动作——惊起回头、拣尽寒枝，极其简练生动，将孤鸿那种孤独与惶恐的神态刻画得惟妙惟肖。在这样的描写中，词人心中的凄惶与落寞也表露无遗。

这首词第二句韵脚字“静”，古读上声，所以全篇都押上声韵。

卜算子

[宋]王　观①

水是眼波横，山是眉峰聚。欲问行人去那边，眉眼盈盈处。

才始送春归，又送君归去。若到江南赶上春，千万和春住。

① 王观，生卒年不详，字通叟，江苏如皋人。宋仁宗嘉佑二年(1057)进士，官大理寺丞、翰林学士等职。后因词被免官，以“逐客”自居。

这是一首别开生面的送别词，立意新颖，造语精致。上片写送别的情景，“水是眼波横”，比喻眼中有泪光闪动，“山是眉峰聚”，比喻因伤心而皱眉，这两句以山水喻人，表达了送别时的难舍之情。下面两句一问一答，继续使用这个比喻，“眉眼盈盈处”，则是山水宜人之处了。朋友要去到山清水秀的地方，说到这里，心情也随着开朗起来。下片用拟人的手法写春，叮嘱朋友要与春同住，莫负春光，语言明白如话，颇有情致。

一个常见的伤感题材，能写出这样一首趣味盎然的作品，充分展示词人乐观豁达的性情和不拘一格的想象力。

采桑子

词谱：

(平)平(仄)仄平平仄，(仄)仄平平△，(仄)仄平平△，(仄)仄平平(仄)仄平△。

(平)平(仄)仄平平仄，(仄)仄平平△，(仄)仄平平△，(仄)仄平平(仄)仄平△。

《采桑子》，又名《丑奴儿》、《罗敷媚》。双调，四十四字。

上下片格式全同，全词格式整齐，全用律句，每片二、三句平仄相同，首尾两句平仄恰成一联。

词例：

采桑子

[宋]吕本中

恨君不似江楼月，南北东西，南北东西，只有相随无别离。
恨君却似江楼月，暂满还亏，暂满还亏，待得团圆是几时。

这首小词相当别致。描写相思之情，以月为喻，取月亮两方面的特征，利用词上下片相对的特点，将心中的情思巧妙地表达出来。下片首句与上片只差一字，意义却完全相反，很是出人意外。接着读下去，才知其中原委，尽在情理之中。这种写法，曲折起伏，增添了许多情致。全词语言清新通俗，生动贴切，值得玩味。

这首词上下片第二、三句均为叠句，是这个词牌常见的一种写法，下面辛弃疾《丑奴儿》也是如此。这两句也可以不用叠句，适于表达更多的内容。

丑奴儿

[宋]辛弃疾

少年不识愁滋味，爱上层楼，爱上层楼，为赋新词强说愁。
如今识尽愁滋味，欲说还休，欲说还休，却道天凉好个秋。

这是一首抒发感慨的小词，写得既通俗，又别致，意蕴丰富。上下两片通过今昔对比，道出了词人壮志难酬的失落和辛酸。年少时没有忧愁，虽然“强说”了很多愁，毕竟还是积极乐观，还是慷慨豪迈。如今忧愁苦闷，却“欲说还休”，那种消极悲观的心态和无可奈何的凄凉，溢于言表。“却道天凉好个秋”一句，巧妙含蓄，一来“秋”与“愁”语音和字形都相近，易于联想；二来秋日悲凉，也正与词人的心态相吻合。

诉衷情

词谱：

(平)平(仄)仄仄平平△，(仄)仄仄平平△。(平)平仄仄平仄，(仄)仄仄平平△。

平仄仄，仄平平△，仄平平△。(仄)平平仄，(仄)仄平平△，(仄)仄平平△。

《诉衷情》，唐教坊曲名。双调，四十四字。四、五、七言句式多合律句格式。值得注意的是，上片第三句“平平仄仄平仄”句末为平仄脚，更显悠扬。下片前三句平仄要求严格，第四句须用“仄平平仄”的格式。

词例：

诉衷情

[宋]陆　游

当年万里觅封侯，匹马戍梁州①。关河梦断何处？尘暗旧貂裘②。

胡未灭，鬓先秋，泪空流。此生谁料？心在天山，身老沧州③。

① 梁州，今陕西南部汉中地区，陆游曾在汉中川陕宣抚使署任职，镇守西南，主张北伐。

② 关河，关塞河防，指边关险要处。尘暗旧貂裘，用苏秦的典故，

《战国策·秦策》，苏秦游说秦王，“书十上而不行，黑貂之裘敝，黄金百斤尽，资用乏绝，去秦而归。”此处指空有一身抱负难以施展。

③ 天山，在今新疆境内，这里代指边疆。沧州，相传古代隐士所居之地，代指陆游晚年退隐的故乡绍兴。

这是一首抒发悲愤的小词，内容正应了词牌“诉衷情”，情深意切，句句动人。起首回忆当年之慷慨豪迈，“匹马戍梁州”，是何等的气魄。可是接下来笔锋一转，关河梦断，貂裘蒙尘，今昔对比，这种落差，实在让人难以承受。上片节奏稍缓，下片开头突然紧凑，前三句格律铿锵，字字啼血，壮志难酬的悲愤之情溢于言表。这三句承前启后，句式短促，适合直抒胸臆。全词以对句收尾，写出理想与现实的差距，言简意丰，含蓄深沉。

这首词可以与上章第三节中陆游的七律《书愤》互相参看。

词的上片第三句“关河梦断何处”格式为“平平仄仄平仄”，完全合于词谱，句末“何处”二字发问，一平一仄，节奏徐缓，起伏有致，适合抒发这种悲情。下片第四句“此生谁料”格式为“仄平平仄”，完全合于词谱，句末以“谁料”两字一平一仄发问，与“何处”是同样的效果。

忆秦娥

词谱：

平平仄△，(平)平(仄)仄平平仄△。平平仄△，(平)平(仄)仄，仄平平仄△。

(平)平(仄)仄平平仄△，(平)平(仄)仄平平仄△。平平仄△，(平)平(仄)仄，仄平平仄。

《忆秦娥》，又名《秦楼月》，双调，四十六字，押仄声韵。上下片除首句外，其余格式全同，上下片第三句须重复前句的后三字。七言句格式全为“平平仄仄平平仄”。三、四言句亦合律句格式，惟每片末句必须使用“仄平平仄”，值得注意。

词例：

忆秦娥

[唐]李　白

箫声咽，秦娥梦断秦楼月。秦楼月，年年柳色，灞陵伤别①。

乐游原上清秋节②，咸阳古道音尘绝③。音尘绝，西风残照，汉家陵阙。

① 灞陵，在长安城东，汉文帝的陵墓所在地。当地有座桥，古人常在此折柳送别。

② 乐游原，在长安城东南，地势高，可登临远望。清秋节，即农历九月九日重阳节。

③ 咸阳，秦代都城，在长安城东数百里。

这首词相传为李白所作，描写秦娥对远方情人的思念之情。但是这首词不同于一般思妇词，词的下片“咸阳古道”、“汉家陵阙”等意象，使得全词境界开阔，从个人情感上升到历史沧桑之感，将个人的聚散离合与历史的兴衰浮沉交织在一起，浑然一体，所以意境深远。全词由望月怀远写到灞陵送别，由灞陵送别写到重阳节登原远望，继而望见咸阳古道，望见送别之地灞陵只有西风落日、汉家陵阙，一气贯穿，自然浑融。

词的上片第三句“秦楼月”重复第二句的后三字，下片第三句“音尘绝”也是重复第二句的后三字，这种重叠，给人一种回环悠扬的效果，是这个词牌的重要特色。上下片结尾两句“灞陵伤别”和“汉家陵阙”均为“仄平平仄”的格式，值得注意。

清平乐

词谱：

(平)平(仄)仄$_{\triangle_1}$，(仄)仄平平仄$_{\triangle_1}$。(仄)仄(平)平平仄仄$_{\triangle_1}$，(仄)仄(平)平仄仄$_{\triangle_1}$。

(平)平(仄)仄平平$_{\triangle_2}$，(平)平(仄)仄平平$_{\triangle_2}$。(仄)仄(平)平(仄)仄，(平)平(仄)仄平平$_{\triangle_2}$。

《清平乐》，又名《忆萝月》、《醉东风》。双调，四十六字，上片押仄声韵，下片换韵，押平声韵。全词平仄全合律句格式，上片句式富有变化，依次为四言、五言、七言、六言；下片句式整齐，均为六言句。

词例：

清平乐

[宋]黄庭坚

春归何处？寂寞无行路。若有人知春去处，唤取归来同住。

春无踪迹谁知，除非问取黄鹂。百啭无人能解，因风飞过蔷薇。

这是一首伤春感怀的小令，细腻动人，别有韵味。王观《卜算子》：“才始送春归，又送君归去。若到江南赶上春，千万和春住。”这首词上片与其颇为相似，均是将春天拟人化，以和春同住为乐。但是，不同于王观的是，黄庭坚不知道春的去处，于是便多了许多周折，也凭添了许多情趣。词人想象力丰富，没有人知道，词人便去问美丽的黄鹂。黄鹂啼声婉转殷勤，是在告知春的去向吧。可惜却没人听得懂，黄鹂无奈，也借着风飞走了。词句优美生动，婉约有致，流露出淡淡的惋惜之情。

这首词上片第一、三句押相同的韵脚字“处”，非常特别。在格律诗中，是不允许同字押韵的。而词的同一片中，除了叠句之外，也极少出现同字押韵的情况。相同的韵脚字容易令人感到重复笨拙，不宜使用，写作时一定要注意。黄庭坚精通格律，经常作出一些大胆的尝试，这首词里，第三句句末两字“去”与“处”同韵，相当于句末两字都押韵，所以词人敢于再将“处”字置于韵脚，虽重复，又与前一处不同，别有一番文字音韵的乐趣。如果没有绝对的把握，词人也不敢随便以同字押韵的。

清平乐

[宋]辛弃疾

茅檐低小，溪上青青草。醉里吴音相媚好，白发谁家翁媪。

大儿锄豆溪东，中儿正织鸡笼，最喜小儿无赖，溪头卧剥莲蓬。

这首词描写了一幅安详的农村生活场景，语言明白晓畅，和谐生动。上片以写景起兴，点出溪边村舍。然后描写亲切悦耳的方音，引出村舍的主人。屋舍、环境、声音，直到上片的最后，人物才姗姗登场，词的结构自然巧妙，委婉有趣。下片分叙三子，大儿、中儿都在忙碌，只有小儿，天真调皮，躺在溪边剥莲蓬吃。词人不紧不慢，娓娓道来，给人一种轻松愉悦的感受。

阮郎归

词谱：

(仄)平(平)仄仄平平△，(平)平(仄)仄平△。(仄)平(平)仄仄平平△，(平)平仄仄平△。

平仄仄，仄平平△，(平)平(仄)仄平△。(仄)平(平)仄仄平平△，(平)平(仄)仄平△。

阮郎归，又名《醉桃源》、《碧桃春》。双调，四十七字，押平声韵。全词“仄平平仄仄平平，平平仄仄平”两句格式重复三次，唯一三五字的可平可仄不论。据说此曲牌名取自阮肇故事，南朝宋刘义庆《幽明录》载：汉明帝永平五年，刘晨、阮肇共人天台山采谷皮，迷途不得返，几欲饿死。后遇二仙女，华屋美酒，接待甚优，留住半年，得以归乡。归乡却发现村庄和房屋都改变了，没有旧相识，询问后才得知人间已过了七世。

词例：

阮郎归

[宋]欧阳修

南园春早踏青时，风和闻马嘶。青梅如豆柳如眉，日长蝴蝶飞。

花露重，草烟低，人家帘幕垂。秋千慵困解罗衣，画堂双燕栖。

这首词写一个女子的孤独和惆怅，通篇写景，以景写情。早春时节，正适合游园踏青，微风和煦，马儿欢快地嘶鸣，青梅、嫩柳、暖阳，其间翩翩飞舞的蝴蝶，全然一派欣欣向荣的景象。

上片轻快明丽，下片格调则与上片迥异。天色渐晚，气温下降，花朵上的露珠加重，草地也蒙上一层淡淡的烟雾，游人纷纷归家，垂下帘幕。主人公荡过秋千，感到困倦，回到房中，正看见画堂之中有一对燕子歇宿。连燕子也成双成对，只可怜我形单影只，此时此刻，那难以排遣的寂寞已经淋漓尽致地表现出来了。

读完全词，我们再回看上片，更能理解这首词结构的巧妙。虽然通篇写景，但上片写乐，下片写哀，并不重复。而上片的明快，更反衬出下片的怅惘和迷离。正如古人评诗所说："以乐景写哀，哀景写乐，数倍增其哀乐。"这首词的上片实际起到了"以乐景写哀"的效果，值得细细感受。

阮郎归

[宋]晏几道①

旧香残粉似当初，人情恨不如。一春犹有数行书，秋来书更疏。

衾风冷，枕鸳孤，愁肠待酒舒。梦魂纵有也成虚，那堪和梦无。

① 晏几道，生卒年不详，字叔原，号小山，临川(今属江西)人，晏殊之子，世称“小晏”。性情孤高耿介，仕途坎坷，晚年家道中落。以词作婉曲优美闻名。

这首词写失恋的凄苦。以物是人非开头，直奔主题。“旧香残粉”四字，下笔极重，定下了全词绝望的基调。春天时尚有数行书信(“数行”说明情已薄)，到了秋天，则更是寥寥了。这样如闲话般的碎碎念，看似笨拙，却正写出了主人公的痴情和不舍。上片写对方的薄情，下片则写自己的痛苦。衾冷枕寒，愁肠只能等待酒来纾解。可是酒真的能纾解吗？作者没有写，但下句把希望转向梦，显然暗示了酒没有起到期待中的效果。酒的作用或许正如下句所言的梦魂一样，只是一时的安慰而已。纵使一时能安慰，过后也是虚无，更何况那能安慰一时的好梦也不见得有呢？

这首词里句句透着绝望，没有一丝光亮，让人感到压抑，但其细腻的描写真实而生动，耐得住品味。失去的难以挽回，或许只有在这样绝望地体验过之后，才能完全放下，投入新的开始吧。

词牌下片前两句“平仄仄，仄平平”，格式严整，常用对仗，我们看这两首词：“花露重，草烟低”、“衾风冷，枕鸳孤”，都极为精彩。

西江月

词谱：

ⓩ仄ⓟ平ⓩ仄，ⓟ平ⓩ仄平平△。ⓟ平ⓩ仄仄平平△，ⓩ仄平平ⓩ仄△。

ⓩ仄ⓟ平ⓩ仄，ⓟ平ⓩ仄平平△。ⓟ平ⓩ仄仄平平△，ⓩ仄平平ⓩ仄△。

《西江月》，唐教坊曲，李白《苏台览古》：“只今唯有西江月，曾照吴王宫里人。”因之为名。双调，五十字。平仄多合律句格式，上片首句第五字多用平声。上下片首句不入韵，第二句、第三句押平声韵，第四句押原韵的仄声韵，这种平仄通押的形式在词谱中非常少见。

词例：

西江月

[宋]张孝祥①

问讯湖边春色，重来又是三年。东风吹我过湖船，杨柳丝丝拂面。

世路如今已惯，此心到处悠然。寒光亭下水如天，飞起沙鸥一片。

① 张孝祥(1132—1169)，字安国，历阳乌江(今安徽和县)人。绍兴二十四年(1154)进士第一，曾官中书舍人、建康留守，为人正直慷慨，因赞助北伐免官。后知荆南兼湖北路安抚使，有政绩，亦被罢免。

这首词是词人自建康返宣城途中所作，三年中经历了两次罢官，难免失意落魄，但是，词人并不消沉。这首小词，每片前两句抒情，后两句写景，将身世之感泯于山水之乐，最终达到怡然自得、忘情山水的境界。词句语言优美自然，意境清远。

这首词韵脚字为“年”、“船”、“面”(去声)、“然”、“天”、“片”(去声)，平去通押。注意，虽然是平仄通押，但平声和仄声都有特定的位置，只能在每片尾句押去声韵，并不是随意的通押。下片前两句“世路如今已惯，此心到处悠然”，使用流水对，因为世路已经习惯，所以所到之处心境都是悠然，自然简练。此处“惯”字虽然可与“然”、“天”、“片”平去通押，但是词谱每片的第一句是不要求入韵的，入韵是一种偶然情况，当然也不违反词谱的规定。

西江月

夜行黄沙道中

[宋]辛弃疾

明月别枝惊鹊，清风半夜鸣蝉。稻花香里说丰年，听取蛙声一片。

七八个星天外，两三点雨山前。旧时茅店社林边，路转溪桥忽见。

这首词写月夜行路所见所闻，清新自然，充满田园气息，抒发了词人的愉快心情。词中既有景象，如明月、惊鹊；又有声音，如鸣蝉、蛙声；又有气味，如稻花香；还有感觉，如清风、雨点。丰富多彩，错落有致，将乡村夜晚的特色生动地描述出来。下片前两句“七八个星天外，两三点雨山前。”对仗工整，巧妙地使用了数量词，别具一格。言外之意是：有星星，则天并未全阴，雨来的很突然。但这样雨必定是阵雨，可以找地方歇歇脚，暂避一会儿。于是，就想起了曾经见过的社林边上的茅屋，转过溪桥立刻就出现了，虽多了些曲折，仍是惬意、欢喜。

这首词押韵为“蝉”、“年”、“片”（去声）、“前”、“边”、“见”（去声 xiàn），平仄通押，每片末句押去声韵。

浪淘沙

词谱：

(仄)仄仄平平△，(仄)仄平平△，(平)平(仄)仄仄平平△。(仄)仄(平)平平仄仄，(仄)仄平平△。

(仄)仄仄平平△，(仄)仄平平△，(平)平(仄)仄仄平平△。(仄)仄(平)平平仄仄，(仄)仄平平△。

《浪淘沙》，又名《卖花声》、《浪淘沙令》，唐教坊曲，始为七言绝句体，如刘禹锡《浪淘沙》：“九曲黄河万里沙，浪淘风簸自天涯。如今直上银河去，同到牵牛织女家。”后演为双调小令。双调，五十四字，押平声韵。上下片格式全同，平仄全合律句格式，易于写作。

词例：

浪淘沙

[五代]李　煜

帘外雨潺潺，春意阑珊，罗衾不耐五更寒。梦里不知身是客，一晌贪欢。

独自莫凭栏，无限江山，别时容易见时难。流水落花春去也，天上人间。

这首词抒发了词人的故国之哀，作为亡国之君，从皇帝变为囚徒，悲凉的感受难以排遣。晚春的清晨，词人在美梦中冻醒，回到现实，听着窗外潺潺的雨声，孤独寒冷。起身出门，凭栏远望，却更加怀念那望不到的故国江山。春天伴随着流水落花离去了，而这春天正象征着词人那一去不返的美好时光。词的特别之处在于句句都描写词人的内心感受，悲情贯穿全篇，真实感人。“梦里不知身是客”、“别时容易见时难”、“流水落花春去也”这些句子，简练生动，后世广为流传。

词谱中全为律句形式，平仄可调整处也与律诗相同，如这首词首句调整第一字“帘”为平声，第二句调整第一字“春”为平声，等等。

浪淘沙令

[宋]王安石

伊吕两衰翁①，历遍穷通，一为钓叟一耕佣。若使当时身不遇，老了英雄。

汤武偶相逢②，风虎云龙，兴王只在笑谈中。直至如今千载后，谁与争功？

① 伊吕，指伊尹、吕尚。伊尹是有莘氏陪嫁给成汤的奴隶（即下文所说的“耕佣”），被成汤赏识，委以重任，协助成汤建立商朝。吕尚，又称姜尚，即姜太公姜子牙。在渭水边垂钓（即下文所说“钓叟”），遇见周文王，被任命为相，辅佐周武王建立周朝。

② 汤武，即指成汤（又称商汤）和周武。他们因任用伊吕两衰翁，得到高人辅佐，如风中之虎，云中之龙，成就王业。

这是一首颇有新意的词作。词的题材通常是写景叙事、思人怀古、歌咏抒情，很少有只针对一个客观的话题发表议论的。这首词将通常用文章形式表达的话题巧妙地用词的形式展示出来，通篇议论，通过商汤、周武任用伊尹、姜尚的历史故事，从不同的角度论述了机遇对于能臣和明君同等的重要性。不仅流畅生动，韵律和谐，更是明白晓畅，简洁周详。王安石善古文，尤长于说理，他将古文写作引入词的创作，拓宽了词的题材，是一种别开生面的尝试。

词的上片前面说“伊吕”，后面说“一为钓叟一耕佣”，并非一一对应，是吕尚对应钓叟，伊尹对应耕佣，之所以这样写，是格律的需要，因为首句第二字必须用仄声，第三句末两字必须用平声，所以顺序只能如此了。

鹧鸪天

词谱：

㊀仄平平㊀仄平，㊥平㊀仄仄平平。㊥平㊀仄平平仄，㊀

仄平平(仄)仄平△。

平仄仄，仄平平△，(平)平(仄)仄仄平平△，(平)平(仄)仄平平仄，(仄)仄平平(仄)仄平△。

《鹧鸪天》，又名《思佳客》，双调，五十五字，押平声韵。上下片除首句外，格式全同。上片相当于七言绝句仄起首句入韵式，下片将首句改为“平仄仄，仄平平”两个相对的三言句，上片后两句和下片前两句通常使用对仗。

词例：

鹧鸪天

[宋]辛弃疾

陌上柔桑破嫩芽，东邻蚕种已生些①。平冈细草鸣黄犊，斜日寒林点暮鸦。

山远近，路横斜，青旗沽酒有人家。城中桃李愁风雨，春在溪头荠菜花。

① 些(sā)，句末语气词，兼押韵。

这首词写春日农村景象。开篇以“陌上柔桑”起笔，化用著名古诗《陌上桑》的题目入词，给人一种既熟悉又典雅的感觉。自古以来，蚕桑都是农村重要的生产方式，所以由桑树发芽写到蚕种初生，自然而然。三、四句对仗工整，而炼字尤其精彩，一个“鸣”字，写出了牛犊心满意足的神态，熬过严冬，终于可以吃到新鲜的细草了。一个“点”字，如淡淡着墨，随意点染出一幅安静的画面。下片继续写景，头两句也用对仗，山有远有近，路有横有斜，给人一种错落有致的感觉。最后两句以抒情结尾，城中娇弱的桃李花害怕风吹雨打，而农村则不然，荠菜花开满溪头，生机勃勃，这才是真正自然的春意啊！这两句点明了全词的主旨，表达了词人对农村生活的喜爱，更深一层的隐喻则是：在城里做官虽富贵荣华，但经不起世事风雨，不如在农村闲居舒适自在，无忧无虑。词人将身世之感融入具体意象，使得这两句含蓄深刻，具有了更普遍的意义。

南乡子

词谱：

(仄)仄仄平平△，(仄)仄平平仄仄平△。(仄)仄(平)平平仄仄，平平△，(仄)仄平平仄仄平△。

(仄)仄仄平平△，(仄)仄平平仄仄平△。(仄)仄(平)平平仄仄，平平△，(仄)仄平平仄仄平△。

《南乡子》，又名《好离乡》、《蕉叶怨》，唐教坊曲。体式不一，此处仅举最常见的格式。双调，五十六字，押平声韵。上下片格式全同，以七言句为主，平仄均合律句格式。

词例：

南乡子

送述古①

[宋]苏　轼

回首乱山横，不见居人只见城。谁似临平山上塔②，亭亭，迎客西来送客行。

归路晚风清，一枕初寒梦不成。今夜残灯斜照处，荧荧，秋雨晴时泪不晴。

① 述古，陈襄，字述古，苏轼任杭州通判时的好友，常往来唱和。

② 临平，在杭州城东北。陈襄移官南都(今河南商丘)，苏轼送行至此。

这是一首忆别的小词，情真意切，语言清新生动。起首即写别后归程，回首之间，已看不到朋友的身影，虽未言情，只写目中所见，但依依惜别之情溢于言表。古人常有这样的笔法，如李白《黄鹤楼送孟浩然之广陵》："孤帆远影碧空尽，唯见长江天际流。"这里词人更进一步，借山上高塔表示心中的遗憾，因为高塔居高临下，还能遥望朋友的身影，自己却不能，笔势曲折周到。

下片以"归路"领起，写离思，"清"、"寒"着意刻画自己的孤单清冷，进而"梦不成"，夜长难寐，自是对朋友的思念之情。最后，以抒情收尾，"秋雨晴时泪不晴"，以"晴雨"写泪，下笔奇特，动人心魄，极尽缠绵悱恻之能事。

词中的二言句都使用了叠字，描写前句的意象，音节和谐，过渡自然。上片第二句"不见居人只见城"、末句"迎客西来送客行"及下片末句"秋雨晴时泪不晴"，都采用了前后对比的结构，凝练整齐，且前后同一位置必有叠字，如上片第二句两"见"字、末句两"客"字、下片末句两"晴"字，读起来朗朗上口，颇有歌谣的味道。

木兰花

词谱：

(平)平(仄)仄平平仄△，(仄)仄(平)平平仄仄△。(平)平(仄)仄仄平平，(仄)仄(平)平平仄仄△。

(平)平(仄)仄平平仄△，(仄)仄(平)平平仄仄△。(平)平(仄)仄仄平平，(仄)仄(平)平平仄仄△。

《木兰花》，唐教坊曲，双调，五十六字，押仄声韵，可上去通押。上下片格式全同，均为七言四句，平仄全合律句格式。每片第三、四句平仄相对，看起来，每片都像是一首押仄声韵的绝句。另有词牌名《玉楼春》，词谱与《木兰花》全同，但是从古人关于曲调的记载上看，似乎有所不同，并非一词异名。因词谱相同，现将其一并举例，不再单独列出。

词例：

木兰花

[宋]晏几道

秋千院落重帘幕，彩笔闲来题绣户。墙头丹杏雨余花，门外绿杨风后絮。

朝云信断知何处，应作襄王春梦去①。紫骝认得旧游踪②，嘶过画桥东畔路。

① 朝云，借用“巫山云雨”的典故，宋玉《高唐赋》说巫山神女“旦为朝云，暮为行雨。”襄王春梦，《神女赋》写楚襄王梦会神女事，此处用典。

② 紫骝，紫色的骏马。

这首词写故地重游、旧情难忘的惆怅感伤，婉曲凄美。首句点明故地，秋千院落，帘幕重重，自是佳人所居之地。第二句回忆往昔，吟诗题词，自在快乐，一个“闲”字，写出了曾经的和谐惬意。第三、四句以景物描写象征别后的凄凉，雨后的杏花，风后的飞絮，枯萎凋零，漂泊不定。下片前两句用典，感叹旧情如梦，难以再续。最后写坐下的马儿，依然记得旧时同游的踪迹，嘶叫着跑过画桥东岸的小路。马儿的快乐，让词人更加怀念旧时的亲密，同时，也更感受到如今的孤独。全词句句写情，反复咏叹，含蓄幽怨。

这首词上片第三、四句“墙头丹杏雨余花，门外绿杨风后絮”，是典型的工对，我们可以观察：“墙头”即“墙上”，对“门外”，都是以名词加方位词表地点；“丹”对“绿”，是颜色词相对（丹杏，即红杏）；“杏”和“杨”都是植物，“余”也是“后”的意思，“雨余”对“风后”，都作修饰成分，最后，“花”和“絮”，是全句描写的中心词。词谱中这两句平仄相对，经常使用对仗。

玉楼春

[宋]宋　祁①

东城渐觉风光好，縠皱波纹迎客棹②。绿杨烟外晓寒轻，红杏枝头春意闹。

浮生长恨欢娱少，肯爱千金轻一笑？为君持酒劝斜阳，且向花间留晚照。

① 宋祁(998—1061)，字子京，安州安陆(今属湖北)人。宋仁宗天圣二年(1024)进士，官至工部尚书、翰林学士承旨。

② 縠(hú)，一种有皱纹的纱。棹(zhào)，船桨。

这首词写春日乘船游览，从容洒脱，广为后人传诵。上片写景，以“渐觉风光好”起笔，渐入佳境。第三、四句对仗，“晓寒轻”，写春天的早晨，寒意微不足道，且这寒意尚在“绿杨烟外”，更加虚无缥缈。而对句“红杏枝头春意闹”，“闹”字尤其特别，相对于“轻”的淡漠，显得过于浓烈。正是这过于浓烈的一笔，将春意盎然的景象和词人心中的愉悦之情渲染得淋漓尽致。王国维《人间词话》对此甚为推崇：“着一‘闹’字而境界全出。”当时的人们也对这句赞赏有加，戏称宋祁为“红杏枝头春意闹尚书”。由此可见，一字精妙，对于全句、甚至整篇作品都能发挥出极大的作用。

下片抒情，人生如梦，欢乐匆匆，岂肯为金钱羁绊。词句豪迈洒脱，与李白“人生得意须尽欢”、“千金散尽还复来”等诗句同意。不知不觉已欢饮整日，词人意犹未尽，以劝说斜阳停留花间作结，慷慨多情，含有无尽的留恋之意。

这首词的韵脚字中，“好”、“少”为上声字，其余为去声字，上去通押。有人说，这个词谱就像两首仄韵的古绝句，确实如此。值得注意的是，词中的每句都符合律句格式，从中我们也可以体会到第二章第八节中所说的融合了律诗特色的古体诗的写法。

减字木兰花

词谱：

㊥平㊀仄，㊀仄㊥平平仄仄。㊀仄平平，㊀仄平平仄仄平。

㊥平㊀仄，㊀仄㊥平平仄仄。㊀仄平平，㊀仄平平仄仄平。

《减字木兰花》，双调，四十四字。这个词牌，顾名思义，是在《木兰花》的基础上减少字数而成。从字数来看，只是将《木兰花》每片第一、三句由七言句减为四言句，但是平仄和押韵，却与《木兰花》有很大的不同。从平仄上看，每片第三、四句相比《木兰花》都有所变化。从押韵上看，《减字木兰花》采取了句句押韵，平仄换韵的形式，每片前两句押仄声韵，后两句押平声韵，与《菩萨蛮》相同。

词例：

减字木兰花

[宋]秦　观

天涯旧恨，独自凄凉人不问。欲见回肠，断尽金炉小篆香①。

黛蛾长敛，任是春风吹不展。困倚危楼，过尽长鸿字字愁。

① 篆香，唐宋时将香料做成篆文形状，还有称作“百刻香”的，可以根据香上的刻度计时。

这首词写女子深闺怀远，字字含愁，凝练含蓄。首句“天涯”二字，从空间上写出情人相距之远，“旧恨”二字，从时间上写出分别之久，可见离愁之深。第二句更进一层，女子只能独自凄凉，对方却并不关怀，毫无问讯，这才是最令人伤心之处。接下来六句三韵，从三个方面反复描写离愁之深。篆香曲折盘绕，如同女子的百转回肠。人们通常将伤春与怀远联系在一起，而这里却说即使东风也吹不开紧锁的眉头，即使春意盎然之际，也不能令女子感到一分欢喜，也不能消解一丝离愁。登楼远望，也没有精神，“困倚”二字，极其传神。大雁高飞，往往排成“一”字或“人”字等各种队形，但是在女子眼中，都是一个“愁”字。全词含蓄深沉，文笔优美清丽。

这首词押四个韵，分别为“恨”、“问”（去声），“肠”、“香”（平声），“敛”、“展”（上声），“楼”、“愁”（平声）。四个韵把全词分成了四段，每段表达一层意思，严整清晰。平仄韵交错，起伏跌宕，抑扬有致，适合抒写百转千回的情感。

虞美人

词谱：

(平)平(仄)仄平平仄$\triangle_1$，(仄)仄平平仄$\triangle_1$。(平)平(仄)仄仄平平$\triangle_2$，(仄)仄(平)平(仄)仄仄平平$\triangle_2$。

(平)平(仄)仄平平仄$\triangle_3$，(仄)仄平平仄$\triangle_3$。(平)平(仄)仄仄平平$\triangle_4$，(仄)仄

㊣平仄仄仄平平。
　　　　　　△4

《虞美人》，唐教坊曲，双调，五十六字。句句押韵，平仄换韵，与《菩萨蛮》、《减字木兰花》相同。上下片格式全同。虽然句式长短不一，但第二句与第一句后五字平仄相同，第四句只比第三句多出前面两个仄声音节，婉转有趣，易于记忆。上下片的最后一句九言句可分为上二下七，或上六下三。

词例：

虞美人

[五代]李　煜

春花秋月何时了，往事知多少？小楼昨夜又东风，故国不堪回首月明中。

雕栏玉砌应犹在，只是朱颜改。问君能有几多愁，恰似一江春水向东流。

这是一首脍炙人口的名作，后主李煜抒发故国之思，深沉真切，哀婉动人。在温暖宜人的春色中，词人感受到的不是愉悦，而是加倍的凄凉，唱出“问君能有几多愁，恰似一江春水向东流”的哀歌，动人心魄。李白《金陵酒肆赠别》有“请君试问东流水，别意与之谁短长”的句子，是以水喻愁的先例。相比于前辈的诗句，李煜这句词有更多的发挥，第一是以“春”修饰水，水便增添了几分柔美，愁也增添了几分幽怨；第二是辞意浅显，表述也更婉转周到，这充分体现了词的优势，即句式长短不一的特点。

这首词句句押韵，两句换韵。韵脚字分别为“了”、“少”（上声）；“风”、“中”（平声）；“在”、“改”（上声，“在”字古读上声）；“愁”、“流”（平声）。上下片最后一句都可以分为上二下七，也可以分为上六下三。李煜的词句流畅浑融，可以一气贯穿，是他作品的高明之处。

虞美人

[宋]晏几道

曲阑干外天如水，昨夜还曾倚。初将明月比佳期，长向月圆时候望人归。

罗衣著破前香在，旧意谁教改。一春离恨懒调弦，犹有两行闲泪宝筝前。

这首词写歌女的离愁。上片写望月怀远。“昨夜还曾倚”，看似闲笔，其实不然，昨夜曾倚，今夜又倚，足见盼望之殷切。而接下来便道出缘由，分别之时，将明月比作重逢的佳期，所以每逢月圆，便翘首期盼。这话里，已流露出浓重的哀怨气息了。下片回到室内，顾影自怜。罗衣已经穿破，仍不忍丢弃，因为“前香”犹在，旧情难改。这种倾诉和表白，更增添了几分悲壮的色彩。最后以独坐筝前，黯然神伤作结，而“一春离恨”、“两行闲泪”，描写精致，尤其委婉缠绵。

这首词的韵脚字分别为“水”、“倚”（上声）；“期”、“归”（平声）；“在”、“改”（上声，与李煜词的韵脚字相同）；“弦”、“前”（平声）。上下片的后两句都可以分为上六下三，读起来也是流畅浑融，婉转优美，无一丝滞碍之处。

鹊桥仙

词谱：

(平)平(仄)仄，(平)平(仄)仄，(仄)仄(平)平(仄)仄△。(平)平(仄)仄仄平平，仄(仄)仄、平平(仄)仄△。

(平)平(仄)仄，(平)平(仄)仄，(仄)仄(平)平(仄)仄△。(平)平(仄)仄仄平平，仄(仄)仄、平平(仄)仄△。

《鹊桥仙》，得名于牛郎织女七夕鹊桥相会的传说。双调，五十六字，押仄声韵。上下片格式全同。上下片前两句常用对仗，最后一句七言句要分为上三下四，上三字全为仄声，以引起下文，比较特殊；后四字合律句格式。

词例：

鹊桥仙

[宋]秦　观

纤云弄巧，飞星传恨，银汉迢迢暗渡。金风玉露一相逢，便胜却人间无数。

柔情似水，佳期如梦，忍顾鹊桥归路。两情若是久长时，又岂在朝朝暮暮。

这是一首脍炙人口的名作，咏牛郎织女故事，道出富有哲理的爱情箴言，语言优美，含蓄隽永。上片写相逢，纤云、飞星、金风、玉露，铺叙出重逢时刻的美好情景。下片写离别，佳期如梦般美好，也如梦般短暂，怎忍心转回头走上鹊桥归程？可终究还是要分离。词的精华在于结句，一扫以往言情词作的哀怨忧伤之气，境界开阔，立意高远，表达出一种超越现实阻隔的永恒的爱情观念。牛郎织女，之所以历来为人们所歌颂，正因为他们坚贞不屈、矢志不渝的伟大爱情。

这首词上下片前两句均使用工整的对仗，细腻生动。需要注意的是上下片的最后一句："便胜却"三仄声字连用，提起全句，引出"胜"的对象"人间无数"；"又岂在"三个仄声字连用，提起全句，引出"在"的宾语"朝朝暮暮"。

"两情若是久长时"中，"久长"一词不大合乎语言习惯，我们通常的都说"长久"，古人也是，比如苏轼《水调歌头》有"但愿人长久"。但是在这里，词人一定要写成"久长"，就是因为格律的需要，第五字要用仄声，第六字要用平声。这样虽然不合语言习惯，却不难看懂，因为"久"与"长"是同义并列，调换次序丝毫不影响表义。由此我们也可以体会到调整字句以合乎格律的方法，其实也并不那么复杂。

踏莎行

词谱：

仄⃝仄平平，平⃝平仄⃝仄△，平⃝平仄⃝仄平平仄△。平⃝平仄⃝仄仄平平，平⃝平仄⃝仄平平仄△。

仄⃝仄平平，平⃝平仄⃝仄△，平⃝平仄⃝仄平平仄△。平⃝平仄⃝仄仄平平，平⃝平仄⃝仄平平仄△。

《踏莎行》，"莎(suō)"，指莎草。双调，五十八字，押仄声韵。

上下片格式全同，平仄全合律句格式。上下片前两句惯用对仗。

词例：

踏莎行

[宋]秦　观

雾失楼台，月迷津渡，桃源望断无寻处。可堪孤馆闭春寒，杜鹃声里斜阳暮。

驿寄梅花，鱼传尺素①，砌成此恨无重数。郴江幸自绕郴山②，为谁流下潇湘去？

① 驿寄梅花，指传递书信，出自北魏陆凯《赠范晔》诗："折梅逢驿使，寄与陇头人。江南无所有，聊赠一枝春。"鱼传尺素，也指传递书信，出自古乐府《饮马长城窟行》："客从远方来，遗我双鲤鱼。呼儿烹鲤鱼，中有尺素书。"

② 郴山，今湖南郴州骑田岭。郴江，源出郴山，经耒阳汇入耒水，至衡阳流入潇湘。

这首词作于秦观贬谪郴州之时，表达了词人对故乡的思念和对自身悲凉命运的感叹。开头三句写景，别有新意，景物并非实景，而是借用《桃花源记》的典故，塑造了一幕虚幻缥缈，孤单冷清的情境，雾中迷失了楼台，月下寻不见渡口，已经无法回到那象征着美好生活的世外桃源。这一情境，象征着词人心中的凄凉和绝望。接下来两句，则是实写，依然是孤寂清冷，"孤馆闭春寒"，与李煜《相见欢》"深院锁清秋"有异曲同工之妙，"孤馆"和"深院"怎能把"春寒"和"清秋"关住，真正被关住的是词人那颗寂寞敏感的心。这种以景写情的方式颇为动人。

下片抒情。书信本应传递温暖，可是词人思乡之时，看到那些慰问的书信，却更加伤感，“砌”字形象生动，把一封封书信叠在一起，密合无间，离恨也越来越重，压在心头。最后以问句结尾：郴江本应环绕郴山，可它究竟是为谁，流下潇湘，一去不返？词人借山水不能相守，表达了自己身不由己，远流异乡的痛苦，沉重有力，耐人寻味。

这首词上片前两句“雾失楼台，月迷津渡”、下片前两句“驿寄梅花，鱼传尺素”，都使用工整的对仗。

临江仙

词谱：

(仄)仄(平)平平仄，(平)平(仄)仄平平△。(平)平(仄)仄仄平平△，(平)平平仄仄，(仄)仄仄平平△。

(仄)仄(平)平平仄，(平)平(仄)仄平平△。(平)平(仄)仄仄平平△，(平)平平仄仄，(仄)仄仄平平△。

《临江仙》，双调，五十八字，押平声韵。上下片格式全同。上下片首句须用“仄仄平平平仄”，倒数第二字必须为平声。其余句式均合律句格式。上下片前两句、后两句都可用对仗。

另外，《临江仙》还有一种常见体式，上下片各增一字，于首句末尾添一仄声，则首句为“仄仄平平平仄仄”，也合于律句格式。这样一来，上下片前两句字数不同，就不能使用对仗了。

词例：

临江仙

[宋]晏几道

梦后楼台高锁，酒醒帘幕低垂。去年春恨却来时，落花人独立，微雨燕双飞。

记得小蘋初见，两重心字罗衣。琵琶弦上说相思，当时明月在，曾照彩云归。

这首词抒写相思之情。上片写如今，头两句用对仗，以“楼台高锁”、“帘幕低垂”渲染出阴沉冷清的气氛。而先言“梦后”、“酒醒”，则是从虚幻回到现实，心理上的落差更令人感到压抑。年年伤春，去年必不同，所以特意指出去年春恨再次袭来的时候。“落花人独立，微雨燕双飞”一联，清秀隽永，勾勒出一幅沉静透明的画面，画中只有孤独，人独自站立是孤独，燕成双成对更加深了人的孤独。今年和去年不同，那么去年落花伤春时节，人恐怕不是独自站立了吧，于是下片转入回忆。

下片前三句描写与歌女小蘋初次见面时的情景，“两重心字罗衣”，既实写女子衣装之美，又以两层心字，暗示心心相印之意。最后，以明月为媒贯穿今昔，当时的明月如今还在，那明月，曾映照彩云般的小蘋归去。这种时空交融的情境，更彰显了那段感情的刻骨铭心，难以忘怀。

这首词格式如词谱所示，上下片首句“梦后楼台高锁”、“记得小蘋初见”倒数第二字均为平声，值得注意。

临江仙

[宋]苏　轼

夜饮东坡醒复醉，归来仿佛三更。家童鼻息已雷鸣，敲门都不应，倚杖听江声。

长恨此身非吾有，何时忘却营营。夜来风静縠纹平，小舟从此逝，江海寄余生。

这是一首叙事抒情的小词，平白如话，类似一篇短小的散文。上片叙事，带有几分诙谐和无奈，虽然敲门不应，有家难回，但词人并不急躁愤怒，倒是悠然自得，“倚仗听江声”了。这种细节，体现了词人豁达洒脱的性格。正是这样的夜晚，独自站在江边，才有机会浮想联翩，于是下片开始议论。词人先表达了对世事纷扰的厌倦，继而感受到江风渐止，江水无波，萌生出泛舟江海的出世愿望，自然而然，水到渠成，情景密合无间。

这首词上下片首句都是七言，这种形式宋代后最为常见。上片首句“夜饮东坡醒复醉”是“仄仄平平仄仄仄”的句式，第五字不同于词谱，但不在节奏点上，可以通融。这句话正常的语序应是“东坡夜饮醒复醉”，但只有把“夜饮”前置，才能合乎格律。调整语序以对应格律是诗词写作的基本技巧。

蝶恋花

词谱：

㊀仄㊉平平仄仄，㊀仄平平，㊀仄平平仄。㊀仄㊉平平仄

仄，(平)平(仄)仄平平仄。

(仄)仄平平平仄仄，(仄)仄平平，(仄)仄平平仄。(仄)仄(平)平平仄仄，(平)平(仄)仄平平仄。

《蝶恋花》，又名《鹊踏枝》、《凤栖梧》，全取鸟树相伴难离之义，唐教坊曲。双调，六十字，押仄声韵，可上去通押。上下片格式全同。每片二、三句分别为四、五言句，其余均为七言句。平仄全合律句格式。

词例：

蝶恋花

[宋]晏　殊

槛菊愁烟兰泣露，罗幕清寒，燕子双飞去。明月不谙离别苦，斜光到晓穿朱户。

昨夜西风凋碧树，独上高楼，望尽天涯路。欲寄彩笺无尺素①，山长水阔知何处？

① 彩笺，彩色的纸张，代指书信。尺素，小幅的绢帛，也代指书信。

这首词写离愁，境界开阔、浑融。上片写景，以菊花忧愁，兰花哭泣开头，立意独特。以往写菊花、兰花，往往突出其傲骨凌霜的正面形象，这首词恰好相反。这样的写法给人印象深刻，令人一下子便进入到作者营造的情绪之中。下面以燕子双飞反衬离人的孤独，继而又瞋怨明月不知离别的痛苦，光照通宵，直至清晨，与韦庄《台城》，“无情最是台城柳，依旧烟笼十里堤”同样写法。上片写景，句句是眼前之景，信手拈来，句句都融入词人的感情。

下片由景及人，“昨夜西风凋碧树”，排空而起，境界顿时开阔。一个“凋”字，简单生动，树叶凋零，依然景中含情。这一句看似毫无依傍，其实是和下文相关，正因为树叶凋零，没有遮蔽，视野开阔，所以离人登上高楼，才能一眼“望尽天涯路”。最后，以想寄书信却写不出，而且无处投寄收尾，复杂矛盾的心情引人遐想。

这首词的韵脚字中，“苦”、“户”是上声字，其余都是去声字，上去通押。

蝶恋花

[宋]苏　轼

花褪残红青杏小，燕子飞时，绿水人家绕。枝上柳绵吹又少，天涯何处无芳草？

墙里秋千墙外道，墙外行人，墙里佳人笑。笑渐不闻声渐悄，多情却被无情恼。

这是一首叙事抒情的小词。上片写景，渲染情绪，青杏已经长出，则红花必然凋谢，说明春意阑珊，盛夏将至。第二、三句特别，一个“绕”字，贯穿燕子、绿水，绿水绕人家，燕子也绕人家，优美生动，细致周到。接下来写柳絮吹尽，依然是伤春之意，而以一个问句感叹，芳草无边无际，既回应上句，渲染夏日景象，又借芳草象征意义，写出佳人常遇，行人多情的感慨，引出下文。

下片写一段偶遇的单相思，“墙里秋千墙外道”，这院墙正应了上片“燕子飞时，绿水人家绕”，可见墙中人家的美好。第二、三句以“笑”字贯穿，佳人在墙里笑，行人在墙外听着，未必也笑，但心情必然是愉快惬意。可是，院里笑声渐渐消失，沉静下来，只留下多情的行人独自遗憾，因为墙内毫无察觉的佳人而烦恼。结尾一句“多情却被无情恼”，生动贴切，又简练概括，颇有哲理意味，给人一种惊艳的效果。

这首词韵脚字中，“笑”是去声字，其余都是上声字(“绕”、“道”字古读上声)，上去通押。注意，“悄”表安静义，读上声(qiǎo)，不读平声，这个词牌押仄声韵，是不允许平声字入韵的。

渔家傲

词谱：

(仄)仄(平)平平仄仄△，(平)平(仄)仄平平仄△。(仄)仄(平)平平仄仄△，平(仄)仄△，(平)平(仄)仄平平仄△。

(仄)仄(平)平平仄仄△，(平)平(仄)仄平平仄△。(仄)仄(平)平平仄仄△，平(仄)仄△，(平)平(仄)仄平平仄△。

《渔家傲》，双调，六十二字，句句押韵，押仄声韵，可上去通押。上下片格式相同。全词平仄只有“仄仄平平平仄仄，平平仄仄平平仄”联，以及在联中插入一句“平仄仄”两种形式，简单整齐。

词例：

渔家傲

[宋]范仲淹①

塞下秋来风景异，衡阳雁去无留意。四面边声连角起②。千嶂里，长烟落日孤城闭。

浊酒一杯家万里，燕然未勒归无计③。羌管悠悠霜满地。人不寐，将军白发征夫泪。

① 范仲淹(989—1052)，字希文，苏州吴县(江苏吴县)人。宋真宗大中祥符八年(1015)进士，官至参知政事，策划主持“庆历新政”，力主改革，后屡被贬谪。著名的散文《岳阳楼记》，其中有“先天下之忧而忧，后天下之乐而乐”的名句。

② 边声，边地特有的风声。角，军营的号角。

③ 燕然，山名，在今蒙古国境内。汉代大将军窦宪破北匈奴，曾登此山，“刻石勒功而还”。此处“燕然未勒”，借用窦宪的典故，表示战事没有胜利。

这首词写边塞生活的艰苦。上片写景，沉郁苍凉。首句以“风景异”领起，直言塞外秋天的不同。第二句则委婉，以大雁南飞，无停留之意，反映塞外的寒冷和荒凉，不适宜居住。一直一曲，节奏便显得错落有致。四面八方的风声伴着号角声响起，山岭环绕、大风扬起烟尘，落日鲜红，孤城紧密，这幕景象，透露着浓浓的萧瑟之气。下片转而写情，“浊酒一杯家万里”将饮酒和思乡写在一句，以“一杯”与“万里”对举，笔墨凝练，意味深长，常被后人引用。虽然乡愁甚苦，但是战事没有胜利就不能回家。王昌龄《出塞》：“黄沙百战穿金甲，不破楼兰终不还。”是戍边战士的豪言壮语。而这首词里，全然没有了这种豪迈之气，只剩下无可奈何的悲叹。最后，以羌管幽怨，将士耗尽青春，白发落泪收尾，蕴有无尽悲凉之意。

这首词的韵脚字，“起”、“里”是上声，其余是去声字，上去通押。

破阵子

词谱：

仄仄平平(仄)仄，(平)平(仄)仄平平△。(仄)仄(平)平平仄仄，(仄)仄平平(仄)仄平△。(平)平(仄)仄平△。

仄仄平平(仄)仄，(平)平(仄)仄平平△。(仄)仄(平)平平仄仄，(仄)仄平平(仄)仄平△。(平)平(仄)仄平△。

《破阵子》，又名《十拍子》，唐教坊曲。据说唐太宗李世民制《破阵乐》，舞用二千人，皆穿画布铠甲，手持旗旆，非常壮观。词牌为双调，六十二字，押平声韵。上下片格式全同，平仄均合律句格式。值得注意的是，上下片首句第一字并非可平可仄，必须使用仄声；另外，上下片第三、四句两个七言句并非平仄相对的一联。这个词牌还有一个特点就是适合使用对仗，上下片第一、二句同为六言句、第三、四句同为七言句，都经常使用对仗。

词例：

破阵子

[宋]晏　殊

燕子来时新社①，梨花落后清明。池上碧苔三四点，叶底黄鹂一两声。日长飞絮轻。

巧笑东邻女伴，采桑径里逢迎。疑怪昨宵春梦好，原是今朝斗草赢。笑从双脸生。

① 新社，指社日，古代祭祀土地神的节日，有春、秋两社，此为春社。

这首词写春日生活片段，颇有韵味。上片写景，先以两个对句交代时令，“燕子来时”、“梨花落后”，优美生动，避免了单纯介绍时令的单调无趣。接下来仍然使用工整的对句，“三四点”、“一两声”，以数量词强调其稀少，渲染出一种幽静恬淡的气氛。上片以“日长飞絮轻”作结，便由幽静进入到恍惚了。正在恍惚之际，幽静的气氛被打破了，因为东邻女伴来了，于是下片开始写人。词人看到女子笑逐颜开，听她说道：“怪不得昨晚做了个好梦，原来是今早斗草要赢啊！”最后一句是全词最绝妙的一笔，“笑从双脸生”，自然天成，只要读到这句，一张天真淳朴的笑脸便浮现在眼前。这种句子就是所谓的神来之笔，只可意会，不能言传。

这首词上下片首句第一字“燕”、“巧”均为仄声，格律要求严格。上片第一、二句，第三、四句，下片第三、四句都使用了对仗。

破阵子

为陈同甫赋壮词以寄之①

[宋]辛弃疾

醉里挑灯看剑，梦回吹角连营。八百里分麾下炙，五十弦翻塞外声②。沙场秋点兵。

马作的卢飞快③，弓如霹雳弦惊。了却君王天下事，赢得生前身后名。可怜白发生。

① 陈同甫，即陈亮，字同甫，号龙川，南宋著名的爱国主义词人，与辛弃疾交好。

② 八百里，代指牛，《世说新语·汰侈》："晋王恺有良牛，名'八百里驳'。"麾，战旗。"八百里分麾下炙"，即分牛肉给部下烤食。五十弦，常指瑟，李商隐《锦瑟》："锦瑟无端五十弦。"这里指军营中的各种乐器。

③ 的(dí)卢，良马，据传为三国时期刘备的坐骑。

这是词人寄给好友的词作，抒发了杀敌报国的豪情和壮志难酬的愤懑，慷慨悲壮。上片以"醉"、"梦"引起，由现实进入想象，写沙场点兵的壮阔景象。"八百里"、"五十弦"都是借代的用法，"牛肉"这样的事物直接写很难入词，所以使用借代，而且，这种数量词格式更富有表现力，读起来更加豪迈铿锵。下片前两句并没有另起炉灶，而是紧承上片，文气贯穿。选取战马和弓箭两个典型的意象，生动地描绘出一幅英雄肖像。接下来表明建功立业的愿望，自然而然，一气呵成。但是，结尾的一声感叹，急转直下，回到现实，给全词画上一个深沉的句号。读到这里，就能理解开头的"醉里挑灯看剑"了，那种壮志难酬的悲愤跃然纸上。这首词分为现实和想象两个层次，没有采用上下片对应的结构，而是首尾呼应，中间一气贯穿，具有独特性。

这首词上、下片第一字"醉"和"马"均为仄声，格律要求严格。上片第三、四句，下片第一、二句和第三、四句，全用对仗，显得整齐紧凑而富有气势。

定风波

词谱：

(仄)仄(平)平仄仄平$_{\triangle_1}$，(平)平(仄)仄仄平平$_{\triangle_1}$。(仄)仄(平)平平仄仄$_{\triangle_2}$，平仄$_{\triangle_2}$，(平)平(仄)仄仄平平$_{\triangle_1}$。

(仄)仄(平)平平仄仄$_{\triangle_3}$，平仄$_{\triangle_3}$，(平)平(仄)仄仄平平$_{\triangle_1}$。(仄)仄(平)平平仄仄$_{\triangle_4}$，平仄$_{\triangle_4}$，(平)平(仄)仄仄平平$_{\triangle_1}$。

《定风波》，唐教坊曲，双调，六十二字。这个词牌非常容易记忆。前两句相当于七言律诗仄起式的首联，首句入韵。后面均以三句为一组，格式全同，都是在七言的“仄仄平平平仄仄，平平仄仄仄平平”一联中插入一个“平仄”格式的二言句。这个词牌的押韵也很有特点，全词押平声韵，但每个二言句又都与前面的七言句一起押仄声韵，形成了平仄错叶的格式。

词例：

定风波

三月七日，沙湖道中遇雨，雨具先去，同行皆狼狈，余独不觉，已而遂晴，故作此

[宋]苏　轼

莫听穿林打叶声，何妨吟啸且徐行。竹杖芒鞋轻胜马，谁怕？一蓑烟雨任平生。

料峭春寒吹酒醒，微冷，山头斜照却相迎。回首向来萧瑟处，归去，也无风雨也无晴。

这首词也作于词人谪居黄州时期，但是与前面的《卜算子》是完全不同的境界，两相比较，可以看出词人经历了一系列沉重打击，风雨之后重归淡定的心路历程。

词作借叙述沙湖道中遇雨的经历抒发情感。上片写雨中，词人对突如其来的阵雨采取无视的态度，毫不在意那穿林打叶的雨声，依然故我，一边歌唱一边慢慢前行。虽然只能走路，但竹杖草鞋比马还轻快。“一蓑烟雨任平生”，轻快飘逸，表现出一种决绝的姿态。下片写雨晴，开始还有“料峭春寒”在阵雨之后袭来，但很快，山头的夕阳便出现了。风雨过后，复归温暖平静。傍晚雨后的阳光，体会起来，与李商隐的“天意怜幽草，人间重晚晴”是同样的意味。最后三句点明全词的主旨，也解释了为什么词人能在风雨中表现出毫不在意的决绝态度。因为经历之后再回首，只是“也无风雨也无晴”，那么，身处逆境时的那些担心和恐惧还有什么用呢？这首词颇有哲理，细细品味，能体会到这位饱经沧桑的词人告诉我们的人生智慧。

这首词上片第四句“怕”与第三句“马”押韵，上去通押；下片第二句“冷”与第一句“醒”押韵，同为上声；第五句“去”与第四句“处”押韵，同为去声。利用格式上的特点，在整体的平声韵中嵌入三个仄声韵，结构颇为精巧。

苏幕遮

词谱：

仄平平，平仄仄。(仄)仄平平，(仄)仄平平仄。(仄)仄平平平仄仄。(仄)仄平平，(仄)仄平平仄。

仄平平，平仄仄。(仄)仄平平，(仄)仄平平仄。(仄)仄平平平仄仄。(仄)仄平平，(仄)仄平平仄。

《苏幕遮》，西域舞曲。双调，六十二字，押仄声韵，可上去通押。上下片格式全同，四、五、七言句全合律句平仄。格式整齐，易于写作，每片开头两个三言对句，常用对仗。接下来是四、五言句连用，五言比四言多一仄声韵脚字，隔一七言句后，又是同样格式的四、五言句。

词例：

苏幕遮

[宋]范仲淹

碧云天，黄叶地。秋色连波，波上寒烟翠。山映斜阳天接水。芳草无情，更在斜阳外。

黯乡魂，追旅思。夜夜除非，好梦留人睡。明月楼高休独倚。酒入愁肠，化作相思泪。

这是一首抒写离愁别绪的词作。上片写景，“碧云天”、“黄叶地”，对仗工整，色彩浓丽，短短六个字，就写出了秋天的萧瑟和苍茫。这两句词颇为后人推崇，因元代王实甫在《西厢记》中引用，更是家喻户晓。接下来写水，不言“水”而言“波”，一来更具体，更有动感；二来合乎格律，收平声脚。水、山、天连为一体，映衬着斜阳，展现出一幅完整的秋景。然而无情的芳草，却无边无际，蔓延出这景色之外。这里的芳草，既是写景，又象征着词人的情感。古人诗词中的草，往往具有这种象征意义，如李煜《清平乐》：“离恨恰如春草，更行更远还生。”

上片写秋日的萧瑟，引发了离愁别绪，下片便写情。“夜夜除非，好梦留人睡。”把两句合为一句，强调了那种难以忍受的孤寂和思念。漂泊在外，只有夜里的好梦值得留恋了，留恋好梦，更反衬出现实的悲哀。接着写愁绪难以排遣，登楼不行，醉酒更不行。“酒入愁肠，化作相思泪”，造语精警，动人心魄。

这首词的韵脚字中，“水”、“倚”是上声字，其余都是去声字，上去通押。“思”作名词“思维”“情思”讲，读去声(sì)。

青玉案

词谱：

(平)平(仄)仄平平仄△，仄(仄)仄，平平仄△。仄仄平平平仄仄△，(仄)平平仄，(仄)平平仄，(仄)仄平平仄△。

(平)平(仄)仄平平仄△，(仄)仄平平仄平仄△。仄仄平平平仄仄△，(仄)平平仄，(仄)平平仄，(仄)仄平平仄△。

《青玉案》，又名《横塘路》。汉代张衡《四愁诗》："美人赠我锦绣段，何以报之青玉案。"取为调名。双调，六十七字，押仄声韵，可上去通押。除上片第二、三句，下片第二句外，上下片格式全同。五、七言句大都合律句格式，惟下片第二句要求"仄仄平平仄平仄"，句尾三字"仄平仄"，需要特别注意。四言句用"仄平平仄"的格式，在词谱中较为常见。

词例：

青玉案

[宋]贺 铸①

凌波不过横塘路②，但目送，芳尘去。锦瑟华年谁与度？月台花榭，琐窗珠户，只有春知处。

碧云冉冉蘅皋暮③，彩笔新题断肠句④。试问闲愁都几许？一川烟草，满城飞絮，梅子黄时雨。

① 贺铸（1052—1125），字方回，山阴（今浙江绍兴）人。秉性刚正，一生官职较低。晚年致仕，隐居苏、常二州。

② 凌波，形容女子步态轻盈，语出曹植《洛神赋》："凌波微步，罗袜生尘。"横塘，在今苏州城南。

③ 蘅，杜蘅，一种香草。皋，岸边。蘅皋，即长满香草的河岸。

④ 彩笔，比喻优美的文笔，传说江淹年少时，梦中有人送他五色笔，从此文章精进。

词人偶遇一位女子，产生出朦胧的相思之情，于是写下了这首词。上片叙述，女子没有走过横塘，词人只能目送她离去。心中暗想，她美好的年华与谁共度呢？女子那幽静的住处，恐怕只有春风到过了。这样的描写，给人一种深闺独守、美人迟暮的感觉。这里明为写女子，实际上暗含着词人自己的身世之感。后世人们常常引用“锦瑟年华谁与度”表达对美好情感的渴望。

下片写愁思，以景起兴，“蘅皋暮”也暗含年华虚度、美人迟暮之感。空有优美的文笔，只能写下断肠的词句。最后以问答作结，闲愁到底有多少？就像那“一川烟草”，“满城飞絮”，和“梅子黄时雨”。连续使用三个比喻描写闲愁之多，生动巧妙，别具一格。这首词最以结尾著名，这三句话在当时就广受推崇，以至于作者因此得到一个“贺梅子”的美誉。

这首词上片第二句“但目送”为三个仄声连用，是这个词谱的基本格式。下片第二句“彩笔新题断肠句”，后三字为“仄平仄”，是这个词谱中最为特殊的地方，值得注意。这首词上下片的四言句都使用对句，即“月台花榭，琐窗朱户”和“一川烟草，满城飞絮”，给人一种整齐紧凑的感觉。四言句平仄格式全是“仄平平仄”，读者可以反复吟咏，细心体会。

青玉案

元夕

［宋］辛弃疾

东风夜放花千树，更吹落，星如雨。宝马雕车香满路，凤箫声动，玉壶光转，一夜鱼龙舞。

蛾儿雪柳黄金缕，笑语盈盈暗香去。众里寻他千百度，蓦然回首，那人却在，灯火阑珊处。

这首词写元宵节灯会，寻找意中人的故事。上片渲染元宵节的热闹气氛，“花千树”、“星如雨”都是形容五颜六色的彩灯，贯以春意盎然的东风，更加生动起来。宝马雕车，凤箫玉壶，鱼龙灯舞，形容气氛热烈，极尽豪华铺张之能事。下片先写街上的女子，浓妆艳抹，笑语盈盈，既承接上文繁华热烈，又为下文将要描写的不同凡俗的女子自然过渡。最后终于进入主题，原来，这所有的铺张渲染都只是配角，都是为了衬托那位女子，“众里寻他千百度”仍然寻不到的女子。主人公正在焦急万分之时，猛然回首，才发现他的心上人独自守在“灯火阑珊处”。一个“却”字，惊喜之中更含有一份满足，因为他的心上人不是随波逐流、爱慕虚荣的人，她不落尘俗，拥有独特的品味和情趣。这种鲜明的对比正展示了词人对一种理想人格的爱慕和追求。

这首词上片第二句“更吹落”格式是“仄平仄”，第二字是词谱中可平可仄之处，可以调整。下片第二句“笑语盈盈暗香去”，后三字为“仄平仄”，这是需要严格遵守的。

千秋岁

词谱：

仄平平仄△，平仄平平仄△。平仄仄，平平仄△。(平)平平仄仄，(仄)仄平平仄△。平仄仄，(平)平(仄)仄平平仄△。

仄仄平平仄△，平仄平平仄△。平仄仄，平平仄△。(平)平平仄仄，(仄)仄平平仄△。平仄仄，(平)平(仄)仄平平仄△。

《千秋岁》，双调，七十一字，押仄声韵。上片三十字，下片三十一字。上片首句四字“仄平平仄”，下片首句五字，增一仄声字，为“仄仄平平仄”。其余格式全同。上下片第二句为“平仄平平仄”，比较特殊。

词例：

千秋岁

[宋]秦观

水边沙外，城郭春寒退。花影乱，莺声碎。飘零疏酒盏，离别宽衣带。人不见，碧云暮合空相对。

忆昔西池会①，鹓鹭同飞盖②。携手处，今谁在。日边③清梦断，镜里朱颜改。春去也，飞红万点愁如海。

① 西池，指汴京西郊的金明池。元祐七年，秦观曾参加诏赐馆阁花酒的盛会。

② 鹓，传说中凤凰一类的鸟。鹓和鹭飞行有序，故以“鹓鹭”比喻朝官行列整齐有序。盖，车盖，代指车辆。飞盖，即车辆行驶如飞。

③ 日边，比喻京师附近或帝王左右。

这是一首抒写贬谪悲凉的词作。上片以写景起。春寒退，则春意浓，故有“花影乱，莺声碎”二句，渲染出一派欣欣向荣的气象。这两句化用自唐代杜荀鹤《春宫怨》诗：“风暖鸟声碎，日高花影重。”以去声“乱”字取代平声“重”字，以平声“莺”字取代上声“鸟”字，都是为了符合格律，以组成“平仄仄，平平仄”格式。“乱”与“重”相比，更突出了热闹的气氛。景物不可谓不乐，但心境却是悲凉。在乐景的衬托下，更凸显了心境的悲凉。贬谪飘零，连借酒消愁的心情都没有了，人也日渐消瘦。“离别宽衣带”也是化用前人的名句，《古诗十九首》：“相去日以远，衣带日以缓。”柳永《凤栖梧》：“衣带渐宽终不悔，为伊消得人憔悴。”衣带宽缓，即身形消瘦之表现。下两句“人不见，碧云暮合空相对”，也是化用前人诗句，南朝江淹《休上人怨别》：“日暮碧云合，佳人殊未来。”因为没有朋友来相见，所以形单影只，只能与日暮碧云空相对了。

下面以回忆开头，回忆中的情景是热烈美好的。列席皇帝举办的宴会，车行如飞，写出了当时意气风发。可如今，又有谁在那里意气风发呢？今昔对比，凸显出心境的悲凉。重返帝都的梦已断，美好的容颜也不再。春逝去，只留下“飞红万点愁如海”，结句动人心魄。李煜《浪淘沙》：“流水落花春去也，天上人间。”杜甫《曲江二首》：“一片花飞减却春，风飘万点正愁人。”在秦观这首词中可以看到他们的影子。

细味这首词，我们可以体会到吸收前人诗句为我所用的技巧。

满 江 红

词谱：

(仄)仄平平，平(平)仄，(平)平(仄)仄△。平仄仄，仄平平仄，仄平(平)仄△。(仄)仄(平)平平仄仄，(平)平(仄)仄平平仄△。(仄)(平)(平)，(仄)仄仄平平，平平仄△。

(平)(仄)仄，平仄仄△。平仄仄，平平仄△。仄平平(仄)仄，仄平平仄△。(仄)仄(平)平平仄仄，(平)平(仄)仄平平仄△。(仄)(平)(平)，(仄)仄仄平平，平平仄△。

《满江红》，双调，九十三字，押仄声韵，一般押入声韵。上下片后五句格式相同，比较整齐，前六句以三言句和四言句为主，需要熟悉。上下片七言句常用对仗。

词例：

满江红

[宋]岳　飞

怒发冲冠，凭栏处，潇潇雨歇。抬望眼，仰天长啸，壮怀激烈。三十功名尘与土，八千里路云和月。莫等闲，白了少年头，空悲切。

靖康耻①，犹未雪。臣子恨，何时灭？驾长车踏破、贺兰山缺②。壮志饥餐胡虏肉，笑谈渴饮匈奴血。待从头，收拾旧山河，朝天阙。

①靖康，宋钦宗的年号。靖康二年，金兵攻陷北宋的都城汴京，俘虏宋徽宗、宋钦宗，宋室南渡，北宋灭亡。

②贺兰山，在今宁夏与内蒙交界处，汉时名将卫青曾在此抗击匈奴。词中以“贺兰山”泛指北方边疆。

这是一首为人熟知的爱国主义词作，慷慨激昂，催人奋进。上片抒发感慨，怒发冲冠，突兀而起，不作酝酿、铺垫，直接进入情绪，不如此，不足以宣泄心中的愤懑。“仰天长啸”之后，激励自己，三十岁，功业尚如尘土，微不足道。将要挥师北上，八千里路，还需继续努力。“莫等闲，白了少年头，空悲切。”三句话，简洁质朴，意味深长，常被后人引用，激励自己奋进。下片写对敌人的仇恨和对前景的展望，“壮志饥餐”、“笑谈渴饮”两句，虽是豪言，但字字咬牙切齿，可见词人的仇恨，刻骨铭心，读之令人感动。

这首词押入声韵。上下片两个七言句均使用对仗，整齐铿锵。下片前四句使用扇面对，即前两句与后两句对仗，辞气贯穿，适合表达情感。下片第五、六句，上五下四为词谱正体，也可断为上三下六，即“驾长车，踏破贺兰山缺”。

满庭芳

词谱：

(仄)仄平平，(仄)平平仄，仄(平)平仄平平△。仄平平仄，(平)仄仄平平△。(仄)仄(平)平仄仄，平平仄、仄仄平平△。(平)(平)仄，(平)平(仄)仄，(平)仄仄平平△。

平平△。平仄仄，平平仄仄，(仄)仄平平△。仄(仄)仄平平，(仄)仄平平△。(仄)仄(平)平仄仄，平平仄、仄仄平平△。(平)(平)仄，(平)平(仄)仄，(平)仄仄平平△。

《满庭芳》，又名《锁阳台》，双调，九十五字，押平声韵。这个词牌格式比较复杂，上下片仅后五句（二韵）格式相同。下片首句二字平声，也可以不押韵。下片第四句也可作“仄(仄)平平仄”。

词例：

满庭芳

元丰七年四月一日①，余将去黄移汝②，留别雪堂邻里二三君子[③]。会李仲览自江东来别[④]，遂书以遗之。

[宋]苏轼

归去来兮，吾归何处？万里家在岷峨[⑤]。百年强半，来日苦无多。坐见黄州再闰[⑥]，儿童尽、楚语吴歌。山中友，鸡豚社酒[⑦]，相劝老东坡。

云何。当此去，人生底事[⑧]，来往如梭。待闲看秋风，洛水清波。好在堂前细柳，应念我，莫剪柔柯[⑨]。仍传语，江南父老，时与晒渔蓑。

① 元丰七年，即公元1084年。“元丰”是宋神宗的年号。

② 去黄移汝，离开黄州，移官汝州。黄州，在今湖北黄冈。汝州，在今河南汝州。

③ 雪堂，苏轼在黄州时开垦东坡所建的居所。因建成时适逢大雪，故在墙壁上绘出雪景，名为“东坡雪堂”。

④ 李仲览，《东坡先生祠堂记》载：“杨元素起为富川，闻先生自黄移汝，欲顺大江逆西江适筠见子由，令富川弟子员李翔要先生道富川，《满庭芳》所谓‘会李仲览自江东来’者是。”杨元素，名绘，进士上第，官至御史中丞，当时贬官荆南节度副使。富川，未详，当在荆南境内。杨绘因听说苏轼去汝州前，要先去筠州(今江西高安)看望弟弟苏辙(字子由)，所以派弟子李翔(即李仲览)邀请苏轼顺道至富川一聚。

⑤ 岷峨，岷山和峨眉山，代指苏轼的家乡四川。

⑥再闰，两次闰月。苏轼元丰三年到黄州，元丰七年离开，其间元丰三年闰九月，元丰六年闰六月。

⑦ 豚，猪。社酒，古人在春秋的社日祭祀土神，准备的饮酒称为“社酒”。

⑧ 底事，何事。“底”，疑问代词，何，什么。

⑨ 柔柯，柔弱的枝条。

这首词是苏轼为离别黄州所作，苏轼在任四年，对黄州的感情很深，“东坡”的号也正是因为在黄州开垦东坡所得。这首词全为叙述和抒情，语言平实，如聊家常般娓娓道来。

全词以陶渊明著名的“归去来兮”句开头，发起身世之感慨，陶渊明能归隐田园，作者自己却不能，家在万里之外的四川，而自己又要去汝州。人生百年，已过了近半(当时苏轼四十九岁)，来日虽苦亦不多了。这一句是化用了韩愈《除官赴阙至江州寄鄂岳李大夫》：“年皆过半百，来日苦无多。”在黄州四年，连幼子都已经学会了楚语吴歌。山中的友人，已备好美酒佳肴，还劝我不要走，留在东坡终老。

下片紧接上片，并未转换话题。似是友人的话，又似是自己的感慨。为什么要走？人生究竟为了些什么，要奔走劳苦，来去匆匆如穿梭？只期待有朝一日，能摆脱羁绊，享受自在的生活。“闲看秋风，洛水清波”用了西晋张翰的典故，《晋书·文苑传》：“翰(在洛阳)因见秋风起，乃思吴中菰菜、莼羹、鲈鱼脍，曰：‘人生贵得适志，何能羁宦数千里以要名爵乎！’遂命驾而归。”无奈的感慨过后，作者笔锋一转，以回顾黄州的物与人收尾。我在雪堂前种下的细柳，不要剪断他柔嫩的枝条。请传话给江南的父老，记得时常晒一晒我那蓑衣(没准哪天我还会回来)。下片结尾也正呼应了上片末句“相劝老东坡”，友人留我，我亦不舍，朴素的字句中饱含深情。

满庭芳

[宋]秦观

山抹微云，天黏衰草，画角声断谯门[①]。暂停征棹，聊共引离尊。多少蓬莱旧事，空回首、烟霭纷纷。斜阳外，寒鸦数点，流水绕孤村。

销魂[2]。当此际，香囊暗解，罗带轻分[3]。漫赢得青楼、薄幸名存[4]。此去何时见也？襟袖上、空惹啼痕。伤情处，高城望断，灯火已黄昏。

① 画角，古时一种管乐器，因表面有彩绘，故称"画角"。发声哀厉高亢，多用于军营或帝王出巡报警戒严。谯门，建有瞭望楼的城门。

② 销魂，哀伤。南朝梁江淹《别赋》："黯然销魂者，唯别而已矣。"

③ 香囊，盛香料的小囊，古人常佩戴在身上。罗带，丝织的带子。古人用罗带编成同心结，象征坚贞的爱情。

④ 谩，徒然，枉自。

这首词写离愁。开篇写景，"山抹微云，天黏衰草"一联极工，历来为人称道。淡淡的云仿佛涂抹在山头，无边的衰草仿佛黏合在天际。城门里隐隐传来画角声，昭示着天色渐晚。如此的景象难免会让人感伤，还是暂停下即将远行的船，再多饮几杯离别的酒吧。喝着离别的酒，不禁回想起往事，但也只是"空回首"，迷离恍惚，如"烟霭纷纷"。上片后三句"斜阳外，寒鸦数点，流水绕孤村"化用了隋炀帝的诗句"寒鸦千万点，流水绕孤村"。作者几乎未作调整，但因着词的长短句特色，加之以"斜阳外"三字领起，语势便显得灵动起来。对比两者，我们可以感受到诗、词两种不同体式的特点。上片中，作者由写景到叙述，由叙述到回忆，由回忆又到写景，不断转换，却流畅自然，毫无滞碍，全在于以情贯穿。

下片以"销魂"二字领起，再次点出伤别离的主旨。解下香囊作为赠别纪念，罗带的同心结被轻轻分开，都是离别的行动。“谩赢得青楼、薄幸名存”化用了杜牧《遣怀》诗的名句：“十年一觉扬州梦，赢得青楼薄幸名。”虽未言“十年一梦”，但以一个“谩”字领起，暗含了一事无成的徒劳。“此去何时见也”一句，看似发问，实则是绝望的呐喊。相见无期，只能“空惹啼痕”。最后，又以写景收结，“高城望断，灯火黄昏”，充分渲染出那种迷失、落寞的情绪，如雾般笼罩在心头。

水调歌头

词谱：

(仄)仄(平)平仄，(仄)仄仄平平。(平)平(仄)仄平仄，(仄)仄仄平平。(仄)仄平平(仄)仄，(仄)仄平平(仄)仄，(仄)仄仄平平△。(仄)仄(平)平仄，(仄)仄仄平平△。

(平)(平)(仄)，(平)(平)仄，仄平平△。(平)平(仄)仄平仄，(仄)仄仄平平△。(仄)仄平平(仄)仄，(仄)仄平平(仄)仄，(仄)仄仄平平△。(仄)仄(平)平仄，(仄)仄仄平平△。

《水调歌头》，是唐大曲《水调歌》的歌头。《水调歌》据说是隋炀帝凿汴河时所作。双调，九十五字，押平声韵。除上片前两句，下片前三句外，上下片格式都相同。五言句符合律句格式，六言句有的后两字为“平仄”，下片前两句三言句平仄不拘，可以根据内容调整。上片第三、四句，下片第四、五句可以像上面词谱所列上六下五，也可上四下七，如下面苏轼词下片：“不应有恨，何事长向别时圆。”

词例：

水调歌头

丙辰中秋，欢饮达旦，大醉，作此篇，兼怀子由①

[宋]苏　轼

明月几时有，把酒问青天。不知天上宫阙，今夕是何年。我欲乘风归去，又恐琼楼玉宇，高处不胜寒。起舞弄清影，何似在人间。

转珠阁，低绮户，照无眠。不应有恨，何事长向别时圆？人有悲欢离合，月有阴晴圆缺，此事古难全。但愿人长久，千里共婵娟。

①子由，苏轼的弟弟苏辙，字子由。

这是苏轼的一首抒情怀远之作，笔调清逸，情感真挚，广为后人传诵。上片以问句开头，由实入虚，写仙境凄清，不如人间。这是有感而发，有所寄托。苏轼屡遭贬谪，难免有出世隐居之心，所以有“乘风归去”的想法，但又恐“高处不胜寒”，忍受不了那种孤独寂寞。词中正体现出这种矛盾的心情。

下片转入写实，由写景到抒情，表达了对弟弟的思念之情。诗人先是责备明月“何事长向别时圆”，感慨中秋之夜难以团圆。转而自我安慰，人世有悲欢离合，如同月亮有阴晴圆缺，自古以来，都是难以周全的，这是无可奈何的事。有人无奈之后转向痛苦，有人无奈之后转向豁达。转向痛苦，境界更窄；转向豁达，境界便开阔起来。东坡先生本是豁达之人，无奈之后，豁然开朗，超越了一时一地之悲喜，唱出“但愿人长久，千里共婵娟”这一千古名句。

水调歌头

[宋]黄庭坚

瑶草一何碧①，春入武陵溪②。溪上桃花无数，花上有黄鹂。我欲穿花寻路，直入白云深处，浩气展虹霓。只恐花深里，红露湿人衣。

坐玉石，欹玉枕，拂金徽③。谪仙何处，无人伴我白螺杯④。我为灵芝仙草，不为朱唇丹脸，长啸亦何为？醉舞下山去，明月逐人归。

①瑶草，仙草。一何，叹词，相当于“多么”，如杜甫《石壕吏》：“吏呼一何怒，妇啼一何苦。”

②武陵溪，用陶渊明《桃花源记》的典故，《桃花源记》讲述武陵人缘溪水进入桃花源。

③欹，倚靠。金徽，金饰的琴徽。拂金徽，指代弹琴。

④谪仙，谪居人间的神仙，此处专指李白。传说李白初到长安时，贺知章前去拜访，读了《蜀道难》后惊叹无比，称李白为“谪仙人”。白螺杯，白色螺壳制成的酒杯。

这是一首纪游言志之作，词调清丽，超凡脱俗。上片写景，碧草、青溪、桃花、黄鹂、白云、彩虹，露水，色泽亮丽，语调明快。下片抒情，枕石抚琴，举杯畅饮，豪放不羁。“我为灵芝仙草”三句表明心意，更显清俊超脱：我只求仙，只为修身养性，不为富贵美色，也不为虚名，不必故作姿态，放声长啸。结句以醉舞下山，明月相随收尾，潇洒自在，物我合一。

黄庭坚善于化用前人诗句，上片后四句化用唐人张旭《山中留客》："纵使晴明无雨色，入云深处亦沾衣。"下片后两句化用李白《下终南山过斛斯山人宿置酒》："暮从碧山下，山月伴人归。"巧妙而生动。

黄庭坚精通诗律词律，经常不拘一格，故意写作拗体，这首词在格律上也有所调整，但收放有度。上片第三句不合词谱，前四字出律，但结句两字严守"平仄"。下片开头两个三字句全用仄声，很是随意，第三句"仄平平"，便严守格律。另外，因为下片第四、五句分为上四下七，所以第五句开头两字用"平平"是允许的。

念奴娇

词谱：

（仄）平（平）仄，仄平（仄）、（仄）仄（平）平平仄△。（仄）仄平平，平仄仄、（仄）仄（平）平平仄△。（仄）仄平平，（平）平（仄）仄，仄（仄）△仄平平。（平）平平仄，仄平平仄平仄△。

（平）仄（平）仄平平，（平）平（平）仄，（仄）仄平平仄△。（仄）仄（平）平，平仄仄、（仄）仄（平）平平仄△。（仄）仄平平，（平）平（仄）仄，（仄）仄平平仄△。（平）平平仄，仄平平仄平仄△。

《念奴娇》，又名《百字令》、《酹江月》、《大江东去》，"念奴"为唐代歌妓，曾受唐玄宗推崇，词牌因其得名。双调，一百字。除上片前两句，下片前三句外，上下片格式相同。上片第二、四句和下片第五句三个九言句均分为上三下六，前三字也可以连上句读。下片第二、三句也可以分为上五下四，如苏轼词"小乔初嫁了,雄姿英发”。词中六言句有“㊀仄㊉平平仄”和“仄平平仄平仄”两种形式,句末两字都必须是“平仄”。四言句有律句形式、词中常见的“仄平平仄”,以及“㊉平平仄”。

词例:

念奴娇

赤壁怀古

[宋]苏轼

大江东去,浪淘尽、千古风流人物。故垒西边,人道是、三国周郎赤壁①。乱石穿空,惊涛拍岸,卷起千堆雪。江山如画,一时多少豪杰。

遥想公谨当年,小乔初嫁了,雄姿英发②。羽扇纶巾,谈笑间、樯橹灰飞烟灭③。故国神游,多情应笑我,早生华发。人生如梦,一樽还酹江月④。

①故垒,古老的营垒。周郎,指周瑜,字公瑾。三国时东吴名将,曾率孙刘联军在赤壁大胜曹军。

②小乔,东吴美女,周瑜的妻子。

③纶(guān)巾,丝带编成的头巾,一般为青色。樯橹,代指曹军的战船。樯,桅杆;橹,船桨。

④酹,撒酒祭奠。

这是一首写景怀古的名作,慷慨豪迈。上片写景,前两句“大江东去,浪淘尽、千古风流人物”,纵横千里,跨越古今,境界开阔,气势磅礴,定下了全词的基调。第三、四句稍为缓和,“人道是”三字，似口语随意说出，可是细品起来，其中也包含一层沧桑的意味，“赤壁”，曾经如此显赫的事件，故址也湮没无闻，只是听人说在这里而已。接下来写景，笔调雄奇，乱石刺向空中，惊涛拍打江岸，浪花如雪。江山如画，引发词人的再次感叹。

下片缅怀历史，描述周瑜当年英姿，而那也正是诗人所崇尚、所向往的境界。古今对比，也是理想与现实的对比，诗人难免惋惜悲叹，生出光阴易逝、人生如梦之感。以“酹江月”作结，含蓄深沉。

这首词上片第二句“浪淘尽千古风流人物”，分为上三下六，前三字从意义上是连下读，从形式上也可以连上句读，显得更连贯而有气魄。上片第四句及下片第五句也是如此。

念奴娇

过洞庭

[宋]张孝祥

洞庭青草①，近中秋、更无一点风色。玉界琼田三万顷，着我扁舟一叶。素月分辉，明河共影，表里俱澄澈。怡然心会，妙处难与君说。

应念岭海经年，孤光自照，肝胆皆冰雪。短发萧骚襟袖冷，稳泛沧浪空阔。尽吸西江，细斟北斗，万象为宾客。扣舷独啸，不知今夕何夕。

①洞庭，即洞庭湖，在今湖南省北部。青草，指青草湖，与洞庭湖相连。

这首词写游历洞庭，借景抒怀，笔势雄奇，表现了词人的胸襟与志向。上片写景，下笔便奇，“更无一点风色”，给人一种无比沉静的感受。接下来以“三万顷”对“扁舟一叶”，凸显境界空阔。而明月银河，都将光亮分给湖面，使得湖水“表里俱澄澈”。沉静、空阔、明澈，层次分明。而这种种妙处，只有身临其境方能真正体会，难于言说。

下片抒情。“肝胆皆冰雪”，与上片“表里俱澄澈”遥相呼应，表明词人胸襟坦荡、品质高洁。但是，换来的却是短发稀疏，襟袖单薄，孤身一人泛舟江海的境地，词人难免失落。但词人并不低沉，接下来，他以酒为喻，饮西江，斟北斗，以万物为宾客。这分明是一种姿态，不肯屈服，把世间荣辱尽皆抛开。结尾“不知今夕何夕”，借用苏轼《念奴娇》“起舞徘徊风露下，不知今夕何夕”的句子，表现了物我两忘的境界。

这首词上片第三、四句“玉界琼田三万顷，着我扁舟一叶”，下片第四、五句“短发萧骚襟袖冷，稳泛沧浪空阔”，均为上七下六，正是上面所说的将词谱中九字句的前三字连上读，与苏词比较，可以体会各自的特点。下片第七、八句“细斟北斗，万象为宾客”是词谱的正体，像苏轼词中“小乔初嫁了，雄姿英发”那样断句比较少见。下片第五句“稳泛沧浪空阔”中，“浪”读平声（láng），“沧浪”是叠韵连绵词。

桂枝香

词谱：

平平仄仄△。仄仄仄平平，(仄)(平)平仄△。(仄)仄平平(仄)仄，仄平平仄△。(平)平(仄)仄平平仄，仄平平、(仄)(平)平仄△。仄平平仄，(仄)平(平)仄，仄平平仄△。

仄(仄)仄、平平仄仄△。仄仄仄平平，(仄)(平)平仄△。(仄)仄平平(仄)仄，仄平平仄△。(平)平(仄)仄平平仄，仄平平、(仄)(平)平仄△。仄平平仄，(仄)平(平)仄，仄平平仄△。

《桂枝香》，又名《疏帘淡月》，双调，一百一字。下片开头比上片增加三字顿“仄仄仄”，其余上下片格式全同。除四言句有常见的“仄平平仄”格式，其余均合律句格式。

词例：

桂枝香

［宋］王安石

登临送目。正故国晚秋，天气初肃①。千里澄江似练，翠峰如簇。征帆去棹残阳里，背西风、酒旗斜矗。彩舟云淡，星河鹭起，画图难足。

念往昔、豪华竞逐。叹门外楼头，悲恨相续②。千古凭高对此，谩嗟荣辱③。六朝旧事随流水，但寒烟衰草凝绿。至今商女，时时犹唱，《后庭》遗曲④。

①故国，指金陵（今南京），因其为六朝古都。肃，冷。

②门外楼头，唐杜牧《台城曲》：“门外韩擒虎，楼头张丽华。”写南朝陈国的末代皇帝陈后主荒淫亡国，韩擒虎是隋文帝的大将，率军已到城门外，陈后主依然和宠妃张丽华寻欢作乐。

③谩（mán），白白的。嗟，叹息。

④《后庭》遗曲，指《玉树后庭花》，为陈后主所作，后世成为亡国之音的象征。

这是一首写景怀古的名作，描写金陵秋季的景色，抒发盛衰之感。全词流畅连贯，从容铺排，如同一篇散文，是长调慢词的特色。上片写景，起首“登临送目”四字领起全篇，然后交代时间、地点、天气，很是周全。写景由远及近，“澄江似练”是化用谢朓名句“澄江静如练”，接着自作“翠峰如簇”，与“澄江似练”对仗，极为工整，这也是化用前人诗句并且创新的一种方法。远行的船只驶入残阳的余晖，酒旗迎风倾斜。远处的长江如白练，近处则极为宽阔，闪着星星点点的光，故言“星河”，上面有彩舟，有白鹭。最后，以一句“画图难足”结束上片景物描写。

下片抒怀，先是追忆往昔豪华与悲恨。接下来点明主旨：“千古凭高对此，谩嗟荣辱。”古往今来，多少人在此凭高怀古，也只能是空叹荣辱。为什么说“空叹荣辱”呢？因为往日辉煌如流水般逝去，难以挽回。不但难以挽回，后世还不吸取教训，悲剧历史还一幕幕重演——晚唐时杜牧作诗《泊秦淮》，有“商女不知亡国恨，隔江犹唱后庭花”的句子，讽刺统治者政治腐败，醉生梦死。如今唐亡宋兴，商女依然“时时犹唱《后庭》遗曲”。这个颇有意味的现象，发人深省。词的结尾虽是化用前人诗句，却包含更深刻的主题，这正是王安石这首词的高明之处。

上片第二句“正故国晚秋”，句式是上一下四，“正”字领起“故国晚秋，天气初肃”两句。这种形式在长调慢词中比较常见，如下面的《沁园春》。

水龙吟

词谱：

仄平(仄)仄平平，(仄)平(平)仄平平仄△。(平)平仄仄，(平)平(仄)仄，(仄)平(平)仄△。(仄)仄平平，(仄)平(平)仄，(仄)平平仄△。仄(平)平(仄)仄，(平)平(仄)仄，(平)平仄、平平仄△。

(仄)仄(平)平(仄)仄，(仄)平平、仄平平仄△。(平)平仄仄，(平)平(仄)仄，(仄)平(平)仄△。(仄)仄平平，(仄)平(平)仄，(仄)平平仄△。仄(平)平(仄)仄，(平)平(仄)仄，仄平平仄△。

《水龙吟》，又名《龙吟曲》，双调，一百二字，押仄声韵。上片五十二字，下片五十字。上下片的差别有三点：第一，上片第一句为平声脚，下片第一句为仄声脚，也可入韵。第二，下片第二句第三字有一逗，故第三字必须平声，上片第二句第三字则可平（如辛弃疾《水龙吟·登建康赏心亭》："水随天去秋无际。"）可仄（如陈亮《水龙吟·春恨》"画帘半卷东风软"）。第三，上片末句六字，为"(平)平仄、平平仄"，下片减为四字"仄平平仄"，故下片比上片少两字。

词例：

水龙吟

次韵章质夫[①]杨花词

［宋］苏轼

似花还似非花，也无人惜从教坠。抛家傍路，思量却是，无情有思。萦损柔肠，困酣娇眼，欲开还闭。梦随风万里，寻郎去处，又还被、莺呼起。

不恨此花飞尽，恨西园、落红难缀。晓来雨过，遗踪何在，一池萍碎。春色三分，二分尘土，一分流水。细看来不是，杨花点点，是离人泪。

① 章质夫（1027—1102），名楶（jié），字质夫，北宋诗人。治平二年（1065）进士及第。后在与西夏的交战中屡立战功，成为一代名将。

苏轼这一首《水龙吟》是次韵之作，即韵脚字跟章楶词一样，这里我们全录章楶的《水龙吟·燕忙莺懒芳残》，以供比较："燕忙莺懒芳残，正堤上柳花飘坠。轻飞乱舞，点画青林，全无才思。闲趁游丝，静临深院，日长门闭。傍珠帘散漫，垂垂欲下，依前被、风扶起。兰帐玉人睡觉，怪春衣、雪沾琼缀。绣床渐满，香球无数，才圆却碎。时见蜂儿，仰粘轻粉，鱼吞池水。望章台路杳，金鞍游荡，有盈盈泪。"可见，苏词的韵脚字"坠、思（作名词"情思"讲，读去声）、闭、起、缀、碎、水、泪"与章词全同。同时，我们也能很容易看出，苏词的手法、境界则与章词大不相同。

开篇"似花还似非花"，奠定了全词的基调。杨花（即杨絮）说是花但又不像是花。杨花飞舞飘坠，人们往往并不惋惜。接下来，作者笔锋一转，杨花离开大树，飘落路旁，看似漫不经心，想来却是有情的。韩愈《晚春》诗："杨花榆荚无才思，惟解漫天作雪飞。"章词"轻飞乱舞，点画青林，全无才思"正是袭用韩愈诗意，并继而描写花无情而人有情。苏词则反其意，杨花也是有情思的，人有情花亦有情，花即人，人即花。这样一来，下面写花亦是写人，写人亦是写花，就自然地交融在一起了。“困酣娇眼，欲开还闭”，写出离人的落寞，不愿承受现实，只想回到梦里。可是做梦也不能如意，“梦随风万里，寻郎去处，又还被、莺呼起。”这几句词化用了唐人金昌绪的《春怨》诗：“打起黄莺儿，莫教枝上啼。啼时惊妾梦，不得到辽西。”现实不能如愿，做梦也会被惊扰，这种身不由己的状态跟那随风飘坠的杨花，又有什么不同呢？

下片从杨花写到众花，境界随之开阔。不仅杨花飞尽，而且众花飘零，都难葆青春，难逃宿命。那春色分成了三份，两份化作尘土，一份付诸流水。正如同世事沧桑，美好的时光都将逝去，无迹可寻。人常说苏词豪放，往往不局限于一时一感，能升华到人生的、宇宙的普遍的规律，由此可见一斑。结尾收回，呼应开头，那点点飘洒的，不是杨花，是离人泪，正应了首句“似花还似非花”，也点明了其字面意义之外，还有贯穿全诗的深层含义。

《水龙吟》中有很多四字句，主要是“平平仄仄”和“仄平平仄”两种基本格式。而“仄平平仄”往往在节奏的关键处，可以揣摩学习。如此词中“困酣娇眼”“欲开还闭”“落红难缀”“二分尘土”“一分流水”“是离人泪”。

永遇乐

词谱：

(仄)仄平平，(仄)平平仄，平仄平仄△。(仄)仄平平，(平)平(仄)仄，(仄)仄平平仄。(平)平(仄)仄，平平仄仄，(仄)仄仄平平仄。仄平平，平平(仄)仄，仄平(仄)(仄)平仄。

平平仄仄，平平平仄，(仄)仄(平)平(仄)仄。仄仄平平，(平)平(仄)仄，(仄)仄平平仄。(平)平(仄)仄，(平)平(仄)仄，(仄)仄(平)平(仄)仄。(平)平仄，平平仄仄，(平)平仄仄。

《永遇乐》，始创于柳永，双调，一百四字，押仄声韵。句式很有特点，上下片各十二句，以三句为一段，每段前两句为四言句(除每片末段首句为三言句)，可用对仗，后一句有四、五、六言三种形式，句末押韵。全词多合律句格式，四言句常用“仄平平仄”。需要注意的是上片第三句“平仄平仄”、第九句“仄仄仄平平仄”，比较特殊。

词例：

永遇乐

[宋]李清照

落日熔金，暮云合璧，人在何处？染柳烟浓，吹梅笛怨，春意知几许？元宵佳节，融合天气，次第岂无风雨？来相召，香车宝马，谢他酒朋诗侣。

中州盛日，闺门多暇，记得偏重三五①。铺翠冠儿，捻金雪柳，簇带争济楚②。如今憔悴，风鬟雾鬓，怕见夜间出去。不如向，帘儿底下，听人笑语。

①中州，中原地区，此指词人家乡北宋汴京。三五，指元宵节。

②铺翠，镶嵌着宝石。捻金，以丝线为胎，外加金箔制成的金缕丝线。

雪柳,女子的头饰。济楚,整齐漂亮。

这首词作于李清照晚年,写出了繁华不再的盛衰之感。上片写景,颇有特色,均是先两句描写,再一句议论抒情,错落有致。金色的落日,鲜艳的晚霞,色彩浓丽,可是接下来一句“人在何处”,顿生凄凉之意。古人云:“以乐景写哀,哀景写乐,数倍增其哀乐。”就是这个道理。但是,运用起来很难,需要细心体会。现在天气很好,可是“次第岂无风雨”,过会就不会刮风下雨吗?细腻的心理描写,生动反映出词人经历了变幻莫测的人生遭际后,那种谨小慎微的态度。所以,还是不出门,谢绝酒朋诗侣。

下片追忆昔日的青春繁华,今昔对比,盛衰之感油然而生。叙写如今,尤其动人,因容颜憔悴衰老,怕在元宵节出去,不如躲在窗帘后面,听人笑语。读到这里,才明白,原来这才是“谢他酒朋诗侣”真正难以言说的原因。无可奈何花落去,这种凄惨暗淡的景象,读来着实令人心酸。而真正衰老的不只是容颜,更是词人那随风飘零的心。全词婉曲深致,于平常描写中蕴含深意。

这首词上片第三句“人在何处”为“平仄平仄”,第九句“次第岂无风雨”,为“仄仄仄平平仄”,是词谱的标准形式。四言句“落日熔金,暮云合璧”、“染柳烟浓,吹梅笛怨”都用对仗,“中州盛日,闺门多暇”、“铺翠冠儿,捻金雪柳”也基本对仗。

沁园春

词谱:

(仄)仄平平,仄仄平平,仄仄仄平△。仄(平)平(仄)仄,(平)平(仄)仄,(平)

平㊀仄,㊀仄平平。㊀仄平平,㊥平㊀仄,㊀仄平平㊀仄平。平平仄,仄㊥平㊀仄,㊀仄平平。

平平㊀仄平平。仄㊀仄、平平㊀仄平。仄㊥平㊀仄,㊥平㊀仄,㊥平㊀仄,㊀仄平平。㊀仄平平,㊥平㊀仄,㊀仄平平㊀仄平。平平仄,仄㊥平㊀仄,㊀仄平平。

《沁园春》,又名《寿星明》,双调,一百一十四字,押平声韵。除上片前三句,下片前两句外,上下片格式完全相同。全词以四言句为主,句式整齐,易于议论抒情。上片第四句、下片第三句"仄平平仄仄"都是上一下四,上一字领起下面数句。上下片倒数第二句"仄平平仄仄"也是如此。四言句多合律句格式,一般"仄仄平平"式第一字可作调整,"平平仄仄"式第一、三字均可调整。上片第三句"仄仄仄平"比较特殊。词中四字句多用对仗。

词例:

沁园春

[宋]苏轼

孤馆灯青,野店鸡号,旅枕梦残。渐月华收练,晨霜耿耿①,云山摛锦,朝露漙漙②。世路无穷,劳生有限,似此区区长鲜欢。微吟罢,凭征鞍无语,往事千端。

当时共客长安,似二陆初来俱少年③。有笔头千字,胸中万卷,致君尧舜④,此事何难。用舍由时,行藏在我⑤,袖手何妨闲处看。身长健,但优游卒岁⑥,且斗尊前⑦。

①月华,月光。练,白绢,比喻月光。耿耿,明亮。

②云山，山头云雾缭绕。摛(chī)，展开。漙漙(tuán)，形容露水多，《诗经·郑风·野有蔓草》："野有蔓草，零露漙兮。"

③长安，代指北宋都城汴梁。二陆，指西晋时陆机、陆云兄弟，二陆在西晋都城洛阳，以文章为士大夫所重。

④致君尧舜，语出杜甫《奉赠韦左丞丈二十二韵》："致君尧舜上，再使风俗淳。"即辅佐君主，使君主功德超过尧舜。

⑤用舍由时，行藏在我，能不能被任用要看时机，做不做事在于我自己。《论语·述而》有"用之则行，舍之则藏"，意为：任用我就做事，不任用我就退守隐居。

⑥优游卒岁，即悠闲度日，语出《左传·襄公二十一年》："优哉游哉，聊以卒岁。"

⑦尊，或作"樽"，酒杯。且斗尊前，指饮酒作乐，语出牛僧孺《赠刘梦得》："休论世上升沉事，且斗尊前见在身。"

这是词人赴任途中，写给弟弟苏辙的词。上片写旅程，前三句极言启程之早，灯烛还未燃尽，公鸡才刚刚打鸣，梦还未醒就上路了。接着以月、山、霜、露，为我们勾画了一幅清晨行旅的画面。这开头七句，会令我们想到温庭筠的《商山早行》："鸡声茅店月，人迹板桥霜。"相比于诗的凝练含蓄，词句的描写则更为细致周全。接下来转入抒情，非常自然地由行路联想到世路无穷，表达了自己的疲惫和厌倦，以"往事千端"引出下片的回忆。

下片回忆兄弟两人初到京城，意气风发。但是经历了世事坎坷不如意之后，只能以"用舍由时，行藏在我"这样的话自我安慰。最后道出心愿：只求身体强健，悠游度日，饮酒尽欢。字里行间，蕴含着无可奈何的辛酸。词中议论多引经据典，化用前人成句，特别是从《论语》“用之则行，舍之则藏”生出“用舍由时，行藏在我”，既有新意，又富哲理，可谓巧妙，我们可以从中体会作者的笔法。

这首词形式上最大的特点就是对仗。四言句除下片第五、六句和上下片结尾两句外，全用对仗。连贯铺张，颇具气势。其中，“孤馆灯青，野店鸡号，旅枕梦残”三足并立，比起两句对仗，更胜一筹，全词以这样三句开始，别具一格。接下来四句，以“渐”字领起，构成扇面对，“月华收练，晨霜耿耿”对“云山摛锦，朝露溥溥”，也颇具特色。

这个词牌还有一个特色，即以一字领起数句，除上面虽说的以“渐”字领起四句外，下片第三、四句以“有”字领起，下片结尾两句由“但”字领起，都是如此。但上片结尾两句并非由“凭”字领起，“凭征鞍无语”中，“凭”表依靠义，指靠在马鞍上。古有平去两读，既可读平声（píng），也读去声（pìng）。

贺新郎

词谱：

(仄)仄平平仄△。仄平平、(仄)平(平)仄，仄平平仄△。(仄)仄(平)平平(仄)仄，(仄)仄(平)平(仄)仄△。(仄)仄仄、平平(仄)仄△。(仄)仄(平)平平(仄)仄，仄(平)平(仄)仄平平仄△。(平)仄仄，仄平仄△。

(平)平(仄)仄平平仄△。仄平平、(仄)平(平)仄，仄平平仄△。(仄)仄(平)平平(仄)仄，(仄)仄(平)平(仄)仄△。(仄)仄仄、平平(仄)仄△。(仄)仄(平)平平(仄)仄，仄(平)平(仄)仄平平仄△。(平)仄仄，仄平仄△。

《贺新郎》，又名《金缕曲》《乳燕飞》。双调，一百一十六字，押仄声韵。上下片仅首句格式不同。大都合乎律句格式,四字句多用“仄平平仄”。第六句前三字均为仄声,值得注意。第八句可分为上三下五,“仄平平、仄仄平平仄”,两段均合律句格式。上下片末句以“仄平仄”收尾,比较特殊,必须遵守。

词例:

贺新郎

邑中园亭,仆皆为赋此词。一日独坐停云[①],水声山色,竞来相娱。意溪山欲援例者,遂作数语,庶几仿佛渊明思亲友之意云

[宋]辛弃疾

甚矣吾衰矣。[②]怅平生、交游零落,[③]只今余几?白发空垂三千丈,一笑人间万事。问何物、能令公喜?我见青山多妩媚,料青山见我应如是。情与貌,略相似。

一尊搔首东窗里。[④]想渊明、停云诗就,此时风味。江左沉酣求名者,岂识浊醪妙理。[⑤]回首叫、云飞风起。不恨古人吾不见,恨古人不见吾狂耳。知我者,二三子。

① 停云,停止不动的云。陶渊明《停云》诗:“蔼蔼停云,濛濛时雨。”

② 此句出自《论语》:“甚矣吾衰也。”倒装句,即“吾衰甚矣”。

③ 交游,朋友。

④ 尊,酒杯。

⑤ 江左,长江以南。醪,酒。

这首词的序交代了写作的缘起。陶渊明作有《停云》诗,其诗序称:“停云,思亲友也。”故后人常用“停云”表思亲友之意,辛弃疾此词也是如此。上片开头紧承词序:“我已经很老了。可惜我

曾经的朋友们,飘摇零落,如今所剩无几。我白发空垂,宠辱不惊,还有什么能令我欢喜?”如白话般娓娓道来,含着几分伤感,又透出无奈的冷漠。不过,这样空虚怅惘的基调并没有延续下去,作者笔锋一转,借着上句的疑问,道出了那句流传后世的名句:“我见青山多妩媚,料青山见我应如是。”朋友不见,世事无求,还能在山水自然之间感受到愉悦,这份旷达,一下子就具有了超越的意义。

上片是自述,下片转入议论。坐在窗边饮酒,想起了陶渊明的《停云》诗,陶诗所写成的,大概就是此情此景的感悟吧。作者引陶渊明为同道知己,而鄙视江左那些整日沉醉,追求成为名士的人,感慨那些人是不能理解酒中的真正滋味的。陶渊明是东晋时人,西晋灭亡后,东晋偏安江南,虽屡有北征、收复失地之意,但均未成功,辛弃疾有借此讽刺南宋政权偏安,士人苟且之意。“不恨古人吾不见,恨古人不见吾狂耳”两句与上片同位置的名句相呼应,将作者的孤高之气推向极致。接下来,“知我者,二三子”收尾,虽仅六字,意味深长:一来感叹知音稀少;二来也借助《论语》中的名句:“知我者谓我心忧,不知我者谓我何求?”表达出心中的忧虑和愤懑。

这首词全为叙述议论,几乎无描写和抒情,类似一篇短文,或一封家信,平实自然,但在韵律上又全都合乎格式。能如此轻松地驾驭词律,可见作者的功力之深厚。

附　录

附录一　诗韵常用字表

说明：

1.本字表以清代周兆基辑《佩文诗韵释要》为基础，参照王力先生《诗词格律》后附《诗韵举要》，整理而成。

2.选字取常用音义，僻字僻音从省。括号内的注释，以区别分属两韵的别义异读为主。有异读但不区别意义或不分属两韵者，则不注出。

3.附录二中的词韵韵部不列字表，可依说明参照诗韵常用字表。有诗韵一韵之内的字而词韵分入两部的，在字表中标明。

上平声

一东　东同铜桐筒童僮瞳中（中间）衷忠虫终戎崇嵩弓躬宫融雄熊穹穷冯风枫丰充隆空（空虚）公功工攻蒙笼聋珑洪红鸿虹丛翁匆葱聪骢通蓬烘潼曚胧砻峒螽冲忡酆侗窿懵盅芎倥艨绒

二冬　冬农宗钟龙舂松冲容蓉庸封胸雍浓重从逢缝踪茸峰蜂锋烽蛩慵恭供琮淙侬松凶墉镛佣溶镕醲秾邛憧喁邕壅纵龚枞脓凇匈汹蚣榕彤

三江　江杠釭扛窗邦缸降双庞逄腔撞幢桩淙豇

四支　支枝移为垂吹陂碑奇宜仪皮儿离施知驰池规危夷师姿迟眉悲之芝时诗棋旗辞词期祠基疑姬丝司葵医帷思滋持随

痴维卮麋螭麾墀弥慈遗肌脂雌披嬉尸狸炊湄篱兹差疲茨卑亏蕤陲骑曦歧岐谁斯私窥熙欺疵赀笞羁彝髭颐资糜饥衰锥姨楣夔涯伊蓍追缁箕椎罴篪萎匙脾坻嶷治(治理,动词)骊尸綦怡尼漪累(连缀)牺饴而鸱推縻璃祁绥逵羲羸肢骐訾狮奇嗤咨堕其睢漓蠡噫馗辎鳍迤蛇(yí,委蛇,即逶迤之义)陴淇媸淄丽(鱼丽,高丽)筛厮痍貔僖贻祺嘻鹂瓷琦嵋怩熹孜蚩罹禅魑丕琪耆衰惟提禧栀畸磁隹锱虽委蘼崎隋郦

五微 微薇晖辉徽挥韦围帏闱违霏菲妃绯飞非扉肥腓威祈畿机几(幾,微,庶幾)讥矶饥(古代写作"饑",与支韵"饥"不同,"饥"为饥饿义,"饑"为庄稼欠收,饥荒义)稀希晞衣依沂巍归诽欷葳斐颀圻

六鱼 鱼渔初书舒居裾车渠蕖余予誉(赞誉,动词)舆胥狙锄疏蔬梳虚嘘徐猪闾庐驴诸除储如墟与(语气词)畬疽苴於茹蛆袪蜍榈淤妤雎纾躇趄滁据(拮据)

七虞 虞愚娱隅刍无芜巫于盂衢儒濡襦须株诛蛛殊铢瑜榆谀愉腴区驱躯朱珠趋扶符凫雏敷夫肤纡输枢厨俱驹模谟蒲胡湖瑚乎壶狐弧孤辜姑觚菰徒途涂荼图屠奴呼吾梧吴租卢鲈炉芦苏酥乌汙(污秽)枯粗都铺禺诬竽雩吁瞿劬需俞逾觎揄萸臾渝岖镂娄孚桴俘迂姝拘摹酬糊鸪沽蛄驽逋舻垆徂孥泸栌蚨诹毋芙颅轳郛洙麸瓠芋驹侏龉葫

八齐 齐蛴脐黎犁藜梨蠡黧妻萋凄隄堤低氐题提荑蹄啼篦鸡稽兮奚嵇蹊倪霓西栖犀嘶梯鼙批跻迷泥溪圭闺睽奎携畦

九佳 佳涯娲蜗娃哇(以上词韵第十部)

街鞋牌柴钗差(chāi,差使)崖阶偕谐骸排乖怀淮豺侪埋霾斋皆喈揩蛙楷槐俳(以上词韵第五部)

十灰 灰恢魁隈回徊槐枚梅媒煤瑰雷颓催摧堆陪杯醅嵬推虺悝洄莓衰(cuī,)崔裴培垓陔徕皑傀崃诙桅茴偎隗(以上词韵第三部)

开哀埃台苔该才材财裁来莱栽哉灾猜胎腮孩(以上词韵第五部)

十一真 真因茵辛新薪晨辰臣人仁神亲申伸绅身宾滨邻鳞麟珍瞋尘陈春津秦频蘋颦银垠筠巾困民珉缗贫淳醇纯唇伦纶轮沦匀旬巡驯钧均臻榛姻寅嫔彬鹑皴遵循甄岷谆椿询恂峋莘堙屯呻粼磷辚璘濒闽豳逡泯洵溱夤荀竣娠斌囷

十二文 文闻纹蚊云氛分纷芬焚坟群裙君军勤斤筋勋薰曛熏荤耘芸汾氲欣芹殷昕贲郧雯

十三元 元原源鼋园猿辕垣烦繁蕃樊翻暄萱喧冤言轩藩沅嫄湲媛援爰幡番璠鸳掀(以上词韵第七部)

魂浑温孙门尊樽罇存蹲敦墩暾屯豚村盆奔论(议论,动词)坤昏婚阍痕根恩吞昆琨鹍鲲扪荪髡跟袁饨臀喷纯(以上词韵第六部)

十四寒 寒韩翰(羽翰)丹殚单安鞍难餐滩坛檀弹残干肝竿乾阑栏澜兰看刊丸桓纨端湍酸团抟攒官观冠鸾銮栾峦欢宽盘蟠漫汗(可汗)郸叹摊奸(干犯)剜棺钻磐瘢谩瞒潘拦完莞貛髋掸倌繁馒鳗洹滦

十五删 删潸关弯湾还环鬟寰班斑颁般蛮颜奸(奸邪,古代写作

“姦”)菅攀顽山鳏间艰闲娴悭孱潺殷扳

下平声

一先　先前千阡笺天坚肩贤弦烟燕莲怜田填钿年颠巅牵妍研眠渊涓蠲边笾编玄悬泉迁仙鲜钱煎然延筵毡羶禅蝉缠连联涟篇偏便(pián,安也,“大腹便便”之“便”)全宣镌穿川缘鸢铅捐旋娟船涎鞭铨筌专圆员乾虔愆骞权拳椽传焉跹芊溅舷咽零骈阗骿鹃翩扁(piān,扁舟)沿诠痊悛荃遄卷挛滇婵颛搴嫣癣澶单(chán,单于)鄢扇蜷棉绵

二萧　萧箫挑貂刁凋雕迢条跳蜩苕调枭浇聊辽寥撩僚寮尧幺宵消霄绡销超朝潮嚣樵谯骄娇焦蕉椒饶桡烧遥徭姚摇谣瑶韶昭招飚标杓镳瓢苗描猫要腰邀鸮乔桥侨妖夭漂飘翘祧佻徼侥娆陶(yáo,皋陶)橇劭潇骁獠硝鷦鹩鹞钊峤荞嘹逍燎憔剽

三肴　肴巢交郊茅嘲钞包胶爻苞梢蛟庖匏坳敲胞抛鲛崤铙炮哮捎茭淆泡啁教咆鞘佼姣唠

四豪　豪毫操髦刀萄猱褒桃糟漕旄袍挠蒿涛皋号(号叫)陶翱鳌敖曹遭篙羔高嘈搔毛艘滔骚韬缫膏牢醪逃槽濠壕劳洮叨慆饕骜獒熬臊梼涝弢淘尻嚣捞嗥螯谣

五歌　歌多罗河戈阿(ē,阿谀)和波科柯陀娥蛾鹅萝荷过(经过)磨螺禾窠哥娑驼佗沱峨苛诃珂轲痾莎蓑梭婆摩魔讹坡颇俄哦呵皤涡窝迦伽磋跎蹉搓驮蝌箩锅倭锣

六麻　麻花霞家茶华沙车牙蛇瓜斜邪芽嘉瑕纱鸦遮叉葩奢楂琶衙赊涯夸巴加耶嗟遐笳差蟆蛙哗虾豭葭茄挝呀枷娲爬杷

蜗爷芭鲨珈骅洼畲裟些桠杈痂哆椰咤笆桦琊划迦揶佘

七阳　阳杨扬香乡光昌堂章张王房芳长塘妆常凉霜藏场央泱鸯秧嫱床方浆觞梁娘庄黄仓皇装肪殇襄骧相湘缃箱厢创(创伤)忘芒望尝偿樯枪坊囊郎唐狂强肠康冈苍匡荒遑行(háng,行列)妨棠翔良航倡伥羌姜僵缰疆粮穰将墙桑刚祥详洋徉佯粱量羊伤汤鲂樟彰漳獐璋猖商防筐煌篁隍凰徨蝗惶璜榔廊浪(沧浪)裆沧纲亢吭钢丧(丧葬)盲潢簧忙茫傍汪臧琅螂当珰庠裳昂鄣糖疡锵镗杭邙赃滂禳攘跄瓤抢(突也,飞掠)螳踉眶炀阊亡殃蔷镶孀搪彷瑭胱膀螃

八庚　庚更羹盲横觥彭棚亨英瑛烹平评京惊荆明盟鸣荣莹兵卿生甥笙牲檠擎鲸迎行衡耕萌氓甍宏闳茎莺樱泓橙争筝清情晴精睛菁晶旌盈楹瀛嬴赢营婴缨贞成盛(盛载)城诚呈程酲声征正(正月)轻名令(使令,动词)并(交并)倾萦琼鹒赓撑瞠峥猩珩蘅铿嵘嘤鹦铮砰怦绷轰訇璎侦抨坪

九青　青经泾形刑邢型陉亭庭廷霆蜓停丁宁钉仃馨星腥醒惺俜娉婷灵棂蛉龄铃苓伶零玲翎鸰瓴囹聆听厅汀冥溟螟铭瓶屏萍荧萤荥扃町瞑暝

十蒸　蒸烝承丞惩澄陵凌绫菱冰膺鹰应蝇绳渑乘升胜(胜任,承受)兴缯凭仍兢矜征凝称登灯僧增曾憎层能棱朋鹏崩弘肱薨腾滕藤恒崚冯

十一尤　尤邮优忧流留榴骝刘由油游猷悠攸牛修羞秋周州洲舟酬雠柔俦畴筹稠邱抽瘳湫遒收鸠愁休囚求裘毬仇浮谋牟眸矛侯猴喉讴沤鸥瓯楼娄陬偷头投钩沟幽彪疣绸浏鹙蝣犹啾酋售蹂揉蒐邹貅泅球逑俅蜉桴罘蛑鍪篌欧抠

髅蝼兜妯惆呕缪偻

十二侵 侵寻浔林霖临针箴斟沉砧深淫心琴禽擒钦衾吟今襟金音阴岑簪琳琛忱壬任(负荷,动词)霪黔嵚歆禁喑森参涔淋郴妊

十三覃 覃潭谭昙参骖南男谙庵含涵函(包函)岚蚕探贪耽龛堪谈甘三酣篮柑惭蓝担憨婪颔褴

十四盐 盐檐廉帘嫌严占(占卜)髯谦奁纤签瞻蟾炎添兼缣霑尖潜阎镰黏淹箝甜恬拈砭詹歼黔沾苫崦阉

十五咸 咸缄函(书信)谗衔岩帆衫杉监凡馋巉芟喃掺搀

上 声

一董 董动孔总笼(竹笼,名词)汞桶拢懂侗

二肿 肿种踵宠陇垄拥壅冗茸重冢奉捧勇涌踊俑蛹恐拱巩竦悚耸

三讲 讲港棒蚌项

四纸 纸只咫是枳砥抵氏靡彼毁委诡髓妓绮此蕊徙髀尔迩弭婢侈弛豕紫揣企旨指视美訾否(pǐ,臧否)兕几(案几)姊匕比妣轨水止市徵喜已纪跪技蚁鄙晷子梓矢雉死履垒诔揆癸沚趾芷畤以已似耜汜姒巳祀史使驶耳里理李俚鲤起杞士仕俟涘始峙痔齿矣拟耻祉滓玺跬圮痞址娌秭倚被

五尾 尾鬼苇卉虺几(多少)伟韪炜斐诽菲(菲薄)岂匪

六语 语圉圄御吕侣旅膂杼与(给予)予渚煮汝茹(食也,动词,“茹毛饮血”之“茹”)暑鼠黍杵处(居住、处理)贮褚女许拒距炬所楚础阻俎沮举莒序绪屿墅巨讵咀去(去除)

七麌 麌雨羽禹宇舞父府鼓虎古股贾(gǔ,商贾)土吐圃谱庾户树煦琥怙努肚妩枸辅组乳弩补鲁橹睹竖腐卤数(计算,责备)簿姥普拊侮五斧聚午伍缕部柱矩武脯苦取抚浦主杜祖堵愈祜扈虏甫黼腑俯诂牯瞽怒浒诩栩拄鹉溥赌伛偻滏

八荠 荠礼体米启醴陛洗邸底诋抵柢坻弟悌递涕济蠡澧祢眯

九蟹 蟹解骇买洒楷锴枴矮

十贿 贿悔海罪倍猥蕾儡诒蓓鼐颏汇璀每(以上词韵第三部)改采彩在宰醢载铠恺待怠殆亥乃(以上词韵第五部)

十一轸 轸敏允引尹尽忍准隼笋盾楯闵悯泯菌蚓诊畛肾膑牝窘蜃陨殒蠢紧缜愍吮朕稹

十二吻 吻粉蕴愤隐谨近(远近,形容词)恽忿刎

十三阮 阮远(远近,形容词)晚苑返反阪损饭偃堰蹇婉蜿宛琬绻(以上词韵第七部)

本衮遁稳鲧捆很恳垦混沌(以上词韵第六部)

十四旱 旱暖管琯满短馆盥缓款懒卵散伴诞瀚浣瓒断(断绝,动词)侃算(动词)但坦袒澶纂

十五潸 潸眼版盏产限撰栈绾赧柬拣莞板

十六铣 铣善(善恶,形容词)遣浅典转衍犬选冕辇免展茧辩辨篆勉翦剪卷显践饯眄喘藓软蹇演岘栈扁阐兖娈跣腆鲜(少也)戬辫件琏单(姓也)畎殄腼缅沔湎键辗熨癣狷匾

十七篠 篠小表鸟了晓少扰绕娆绍杪秒沼眇矫皎杳窅窈袅窕挑(引起,"挑战"之"挑")掉肇渺缈藐淼娇悄缭夭(夭折)燎赵兆

十八巧 巧饱卯狡爪鲍挠搅绞拗佼姣炒

十九皓　皓宝藻早枣老好道稻造(创造)脑恼岛倒祷捣抱讨考燥扫嫂槁潦保葆堡褓稿草昊浩颢镐皂袄缫蚤澡灏媪杲缟

二十哿　哿火舸柁(舵)我娜荷(负荷)可坷左果裹朵锁琐堕垛惰妥坐裸跛簸颇(稍稍)叵祸颗

二十一马　马下(上下,方位词)者野雅瓦寡社写泻夏冶也把贾假舍赭厦惹踝哑且洒

二十二养　养痒鞅像象橡仰朗奖桨敞昶氅枉强(勉强)惘仿两傥杖响掌党想榜爽广享丈仗幌晃莽襁纺蒋盎魉长上(上升,动词)网荡壤赏往罔蟒魍抢厂慷

二十三梗　梗影景井岭领境警请屏(bǐng,屏除)饼永骋逞颖颍顷整静省幸眚颈郢猛炳杏丙秉哽鲠耿憬皿冷靖

二十四迥　迥炯茗挺艇醒溟酊到並等鼎顶洞胫肯拯酩

二十五有　有酒首手口后柳友斗狗久厚叟走守绶右丑受牖偶耦九咎薮吼帚垢舅纽藕朽臼肘韭剖诱酉扣黝钮莠苟糗玖拇纣纠枸忸赳蚪擞陡寿殴母妇负否阜亩牡缶某(词韵兼入麌韵)

二十六寝　寝饮锦品枕审甚衽饪稔禀沈凛荏恁婶

二十七感　感览榄胆澹啖坎惨憯敢颔撼毯喊橄嵌

二十八俭　俭琰焰敛险检脸染掩点簟贬冉苒陕谄奄渐玷忝闪歉俨

二十九豏　豏槛范减舰犯湛斩黯范阚滥

去　声

一送　送梦凤洞众弄贡冻痛栋仲中(击中)讽恸空(空缺)控哄

二宋 宋重用颂诵统纵讼种综俸共供(供设,名词)从(zòng 仆从,名词)缝雍

三绛 绛降巷撞

四寘 寘置事地意志治思(思绪,名词)泪吏赐字义利器位戏至次累伪寺瑞智记异致备肆翠骑(坐骑,名词)使(使者,出使)试类弃饵媚鼻易(容易)辔坠醉议翅避笥帜粹侍谊帅厕寄睡忌萃穗臂嗣吹(鼓吹,歌吹,名词。乐府有"鼓吹曲")遂恣四骥季刺驷泗识(zhì,标记)痣志寐魅邃燧隧穟璲谥植(种植,动词)饲食(sì,以食物供人,动词)积(储蓄)被(被覆)芰懿悸觊冀暨匮馈篑恚比庇畀痹眦泌鸷贽挚渍稚祟豉示伺嗜自眥詈痢莉譬彗肄惴怼缢劓啻企腻为遗(wèi,赠送)值(遇见)萎施(yì,蔓延)诿二始(方始)

五未 未味气贵费沸尉畏慰蔚魏纬胃渭谓彙讳卉毅溉既衣(穿衣,动词)忾痱翡

六御 御处(处所)去(来去)虑誉(名誉,名词)署据驭曙助絮著豫翥恕与遽疏(奏疏)庶诅预语(告诉)踞沃女(以女嫁人,动词)

七遇 遇路潞赂璐露鹭树度渡赋布步固痼锢素具数怒务雾鹜骛附兔故顾雇句墓暮慕募注驻胙祚裕误悟寤住戍库护屦诉蠹妒惧趣娶铸绔傅付谕妪芋捕哺忤醋赴恶(wù,憎恶)互孺怖寓酤瓠输(输送的物品,名词)吐塑捂讣酗镀驸

八霁 霁制计势世丽岁卫济(渡河)第艺惠慧币桂滞际厉涕契弊毙帝蔽敝锐戾裔袂繄祭隶闭逝缀翳替砌细税壻例誓筮蕙偈诣砺励噬继谛系剂曳睇憩彗睨芮蚋掣蓟妻(以女嫁人,

动词)睥嚏棣说(说服)彘荔泥(拘泥)蜕赘唳薛呓濞蛎羿缔篦壁

九泰　泰带外盖大濑赖籁蔡害霭蔼艾兑奈太汰癞蜕(以上词韵第五部)

会旆最贝沛绘桧脍浍荟霈酹狈(以上词韵第三部)

十卦　卦挂画(图画)话(以上词韵第十部)

懈廨隘卖派债怪坏诫戒界介芥械拜快迈败稗届疥瀣湃聩惫虿蒯喟寨(以上词韵第五部)

十一队　队内辈佩退碎背秽对废诲晦昧配妹喙溃吠逮岱肺耒块赛刈悖淬焙柿睐粹(以上词韵第三部)

塞(边塞)爱代载(年也)态菜碍戴贷黛赉概溉慨忾耐在(所在)再(以上词韵第五部)

十二震　震信印进润阵镇刃顺慎鬓晋骏闰峻衅衅振俊舜吝烬讯胤仞殡傧迅瞬馑蔺徇殉赈觐畯摈仅认衬瑾趁轫汛躏浚缙搢

十三问　问闻运晕(光晕)韵训粪奋忿郡分(名分)紊汶愠靳近(靠近)郓

十四愿　愿怨万饭献健建宪劝蔓券贩远(疏远,排斥,动词)曼郾(以上词韵第七部)

论(言论,名词)恨寸困顿遁钝闷逊嫩溷巽艮(以上词韵第六部)

十五翰　翰(书翰)岸汉难(灾难)断乱叹干(才干,天干)观(楼观)散畔旦算(名词)玩烂贯半案按炭汗赞漫冠灌爨窜幔粲璨换焕唤悍捍弹(名词)惮段看判叛腕涣奂绊惋钻(名

词)缦锻瀚蒜泮馆盥

十六谏　谏雁患涧间(间隔)宦晏慢办盼豢栈惯赝串苋绽幻讪绾汕疝瓣篡铲扮

十七霰　霰殿面县变箭战扇煽膳传(传记)见砚选院练燕宴贱电荐绢彦甸便眷线倦羡堰奠遍恋眩钏蒨倩卞汴弁咽片禅(shàn,封禅,禅让)谴绚谚颤擅援(救助,支援)媛瑗佃钿淀茜溅楝牵(纤绳)炫善缮遣研衍转饯

十八啸　啸笑照庙窍妙诏召劭邵要(重要)曜耀调(声调)钓吊叫燎峤少(老少)眺消料肖尿掉鹞粜轿烧(野火)疗骠摇哨裱

十九效　效教貌校孝闹淖豹爆罩拗窖酵稍乐(喜好)较觉(睡觉)

二十号　号(号令)帽报导盗操(节操)噪灶奥告诰暴好(喜好)到蹈劳(慰劳)傲躁涝造(造就)冒悼倒(颠倒)骜缟懊澳犒部耄靠糙

二十一箇　箇个贺佐作逻大饿那过(超过;过失)和(唱和;调和)挫课唾簸磨座坐破卧货

二十二祃　祃驾夜下(下降,动词)谢榭罢夏暇霸灞嫁赦借藉炙蔗假化舍(屋舍)价射(yè,仆射,官名)骂稼架诈亚罅跨麝咤怕讶诧迓蜡胯柘卸泻靶乍桦杷坝

二十三漾　漾上(上下,方位词)望(观望,与阳韵同。又名望,独用)相(观察,帮助,又卿相)将(将帅)状帐浪唱让旷壮放向仗畅量(名词)葬匠障谤尚涨饷样藏(zàng,库藏)舫访养(给养,名词)酱嶂抗当(适当)酿况脏(五脏)瘴王(称王)谅亮妄丧(丧失)怅圹宕忘傍砀恙吭创(创始)诳旺

二十四敬　敬命正(正直)令(命令;美好)政性镜盛(茂盛)行(德行)圣咏姓庆映病柄郑劲竞净竟孟迸聘诤泳硬檠晟更(更加)横(强横)轻

二十五径　径定听(聆听,与青韵同,又听凭,独用)胜(胜败)磬应(应答)乘(shèng,车乘)媵赠佞称(相称)罄邓胫证孕兴(兴致)锭庭(隔远,"大相径庭"之"庭")剩凭(倚靠)镫凳蹬

二十六宥　宥候就授售寿秀绣宿(xiù,星宿)奏兽斗漏陋狩昼寇茂懋旧胄宙袖岫柚覆(覆盖)救厩臭幼佑右侑囿豆窦逗溜构遘媾购透瘦漱镂贸鹫诟究凑谬缪疚灸柩骤皱绉戊鼬又逅蔻读(dòu,句读)富副(词韵兼入遇韵)

二十七沁　沁饮(使人喝)禁(禁令)任(负担,名词)荫谶浸谮鸩枕(枕靠,动词)衽赁渗甚噤

二十八勘　勘暗滥啗担憾缆瞰三(再三)暂澹淡

二十九艳　艳剑念验赡店占(占据)敛厌焰滟潋垫欠僭酽餍

三十陷　陷鉴监汎梵忏赚蘸

入　声

一屋　屋木竹目服福禄縠熟谷肉族鹿腹菊陆轴逐牧伏宿读犊渎牍椟黩毂复粥肃育六缩哭幅斛戮仆畜蓄叔淑菽独卜馥沐速祝麓镞蹙筑穆睦啄覆(反覆)骛秃縠扑鬻辐瀑竺簇曝掬濮郁矗複蓿塾蹴煜谡碌毓舳柚蝠辘夙蝮彧匐苜茯髑孰

二沃　沃俗玉足曲粟烛属录辱狱绿毒局欲束鹄蜀促触续督赎笃浴酷缛瞩躅褥旭蓐顼梏溽勖渌逯喾告(kù,忠告)

三觉　觉角桷珏较岳乐(音乐)捉朔数(shuò,频繁)斫卓涿琢剥趵驳邈雹璞朴确浊擢镯濯幄喔握学

四质　质日笔出室实疾术一乙壹吉秩密率律逸佚失漆栗毕恤蜜橘溢瑟膝匹述慄黜弼七叱卒虱悉谧轶诘帙戌佶栉暱窒必姪蛭泌秫蟀嫉唧怵帅(率领,动词)聿桎汨蒺

五物　物佛拂屈欝(郁)乞掘讫吃绂黻弗袚诎崛勿迄不屹倔

六月　月骨发阙越谒没伐罚卒竭窟笏钺歇突忽勃蹶筏厥蕨掘阀讷殁粤悖兀碣猝樾羯咄渤凸孛纥鳜曰

七曷　曷达末阔活钵脱夺褐割沫拔(拔起,挺拔)葛闼渴拨豁括聒抹秣遏挞萨掇喝跋獭撮怛剌泼斡捋袜妲

八黠　黠札拔(拔擢,抽出)猾八察杀刹轧刖戛秸嘎揠瞎獭刮帕刷辖

九屑　屑节雪绝列烈结穴说血舌洁别缺裂热决铁灭折拙切悦辙诀泄咽噎杰彻哲鳖设啮劣碣掣谲玦截窃阅饕瞥臬锲抉挈捩楔蹩亵捏竭契涅颉撷撤跌蔑浙篾澈蛭揭孑孽阙啜辍桀迭呐冽掇

十药　药薄恶(善恶)略作乐(喜乐)落阁鹤爵弱约脚雀幕洛壑索郭博错跃若缚酌托削铎灼凿却络鹊度(duó,谋划)诺萼橐漠钥著(zhuó,衣着,附著)虐掠获泊搏勺酪谑廓绰霍烁镬莫铄缴谔鄂亳恪箔攫涸疟骆膜粕礴拓蠖镈鳄格咋柝酢斫摸貉愕怍柞垩寞膊魄烙焯噩泽矍各猎昔芍踱

十一陌　陌石客白泽伯迹宅席策碧籍格役帛戟壁驿麦额柏魄积脉夕液册尺隙逆画(谋划)百赤易(变异)革脊获翮屐适帻剧碛隔益栅窄核掷责惜僻癖辟掖腋释舶拍择摘射绎怿斥奕弈迫疫译昔瘠赫炙谪虢腊硕螯藉亦鬲骼借啧埸蜴帼掴

貊馘汐摭咋吓剌蝈

十二锡　锡壁历枥击绩笛敌滴镝檄激寂翟逖籴析皙溺觅摘狄荻戚涤的霹雳沥惕踢剔砾栎嫡阋迪觋淅蜥

十三职　职国德食蚀色力翼墨极息直得北黑侧饰贼刻则塞式轼域殖植敕饬棘惑默织匿亿臆忆特勒慝仄稷识(知识)逼克蜮即拭弋陟测抑恻肋亟殛忒嶷熄穑啬或愎翌

十四缉　缉辑立集邑急入泣湿习给十拾什袭及级涩粒揖汁蛰笠执隰汲吸葺熠岌翕歙熠揖挹

十五合　合塔答纳榻杂腊蜡匝阖蛤衲沓鸽踏飒拉搭盍溘嗑

十六葉　葉帖贴牒接猎妾蝶叠箧涉鬣捷颊楫摄蹑谍协侠荚惬睫慑躞挟铗喋燮褶靥烨摺辄婕聂

十七洽　洽狭峡法甲业邺匣压鸭乏怯劫胁插锸押狎掐夹恰眨呷胛歃

附录二　词韵说明

说明：

清代戈载《词林正韵》，把词韵分为十九部。其中，平、上、去三声十四部，入声五部。戈载的词韵是根据前人词作总结归纳，合并诗韵而成。我们列出他的分部，标明诗韵中的韵目（诗韵中平声有上平声和下平声，凡下平声的韵目括号中以（下）注明，不注则为上平声）。词韵中有分诗韵一韵为两部的，括号中以（半）注明。具体归字可查阅附录一《诗韵常用字表》。

第一部　平声一东、二冬；上声一董、二肿；去声一送、二宋。

第二部　平声三江、七阳（下）；上声三讲、二十二养；去声三绛、二十三漾。

第三部　平声四支、五微、八齐、十灰（半）；上声四纸、五尾、八荠、十贿（半）；去声四寘、五未、八霁、九泰（半）、十一队（半）。

第四部　平声六鱼、七虞；上声六语、七麌；去声六御、七遇。

第五部　平声九佳（半），十灰（半）；上声九蟹、十贿（半）；去声九泰（半）、十卦（半）、十一队（半）。

第六部　平声十一真、十二文、十三元（半），上声十一轸、十二吻、十三阮（半）；去声十二震、十三问、十四愿（半）。

第七部　平声十三元（半）、十四寒、十五删、一先（下）；上声十三阮（半）、十四旱、十五潸、十六铣；去声十四愿（半）、十五翰、十六谏、十七霰。

第八部　平声二萧(下)、三肴(下)、四豪(下),上声十七筱、十八巧、十九皓,去声十八啸、十九效、二十号。

第九部　平声五歌;上声二十一哿,去声二十二箇。

第十部　平声九佳(半)、六麻(下);上声二十一马,去声十卦(半)、二十二禡。

第十一部　平声八庚(下)、九青(下)、十蒸(下),上声二十三梗、二十四迥,去声二十四敬、二十五径。

第十二部　平声十一尤(下);上声二十五有;去声二十六宥。

第十三部　平声十二侵(下);上声二十六寝;去声二十七沁。

第十四部　平声十三覃(下)、十四盐(下)、十五咸(下);上声二十七感、二十八俭、二十九豏;去声二十八勘、二十九艳、三十陷。

第十五部　入声一屋、二沃。

第十六部　入声三觉、十药。

第十七部　入声四质、十一陌、十二锡、十三职、十四缉。

第十八部　入声五物、六月、七曷、八黠、九屑、十六叶。

第十九部　入声十五合、十七洽。

附录三　二十四诗品

(唐)司空图

说明:

司空图(837—908),唐代诗人,字表圣,河中虞乡(今山西永济)人。唐懿宗咸通十年(869)进士,历任殿中侍御史、知制诰、中书舍人等职。后隐居中条山王官谷。司空图所作《二十四诗品》(本名《诗品》,为了与南北朝钟嵘的《诗品》相区别,后人称之为《二十四诗品》)以四言诗的形式描述了二十四种诗的风格、意境,对后世影响很大。我们熟读《二十四诗品》,可以体悟其中的意境,进而感受和理解诗歌的表现能力和表现方法。《二十四诗品》所列的二十四种风格,我们不必求之太凿,一些不同的风格之间界限并不是那么明晰,是可以交叉甚至混一的,重要的是从整体上对诗歌艺术的体悟。下面列出《二十四诗品》全文并加以简要注释,原文依据郭绍虞先生撰《诗品集解》(人民文学出版社1963年版)。

雄浑

大用外腓①,真体内充②。返虚入浑,积健为雄。具备万物,横绝太空。荒荒油云③,寥寥长风。超以象外,得其环中④。持之非强⑤,来之无穷。

① 腓(féi),本义为腓肠,就是小腿肚。此处通“肥”,表丰厚、丰富义。

② “体”和“用”是中国古代哲学的一对基本概念,“体”为内在本质,“用”为外在功用,“体”决定了“用”,“用”反映了“体”。此“大用外腓”与“真体内充”对仗,从“体”和“用”两方面形容了“雄浑”这一风格。

③ 油云,出自《孟子》:“天油然作云,沛然作雨。”形容云的变幻。

④ 象外,即"物外",物象之外。环中,圆环的中心。《庄子·齐物论》:"枢始得其环中,以应无穷。"比喻把握了道理的关键,能应付自如。

⑤强,勉强。

冲淡

素处以默,妙机其微。[①]饮之太和[②],独鹤与飞。犹之惠风[③],荏苒[④]在衣。阅音修篁[⑤],美曰载归。遇之匪[⑥]深,即之愈希。脱有形似,握手已违[⑦]。

① 素,淡。默,静默。机,与"微"同义,表事物变化的征兆。此处"机"可理解为动词,表察觉(其征兆)之义。

② 太和,天地间的冲和之气。

③ 惠风,和风。

④ 荏苒,轻柔。

⑤ 修篁,修竹,修长的竹子。

⑥ 匪,通"非"。

⑦ 脱,或许,倘若,表假设。前一句说冲淡的境界若即若离,不能凿实("即之愈希"),是可遇而不可求的。此句加以补充,若有人刻意追求,即便或许有时形似,但握手之间已与初衷相违背。

纤秾

采采流水,蓬蓬远春[①]。窈窕深谷,时见美人。碧桃满树,风日水滨。柳阴路曲,流莺比邻。乘之愈往[②],识之愈真。如将不尽,与古为新[③]。

① 采采,鲜美的样子。蓬蓬,蓬勃的样子。

② 乘,趁着,顺着。"乘之愈往",即顺着这种方向发展下去。

③ 将,持,取。"如将不尽",即取之不尽,"与古为新",即又有古意又有新意,常见而常新。

沉着

绿林野屋,落日气清。脱巾独步,时闻鸟声。鸿雁不来,之子远行。所思不远,若为平生。海风碧云,夜渚[①]月明。如有佳语,大河前横。

①渚,水中的小洲。

高古

畸人乘真[①],手把芙蓉。泛[②]彼浩劫,窅然[③]空踪。月出东斗[④],好风相从。太华[⑤]夜碧,人闻清钟。虚伫神素[⑥],脱然畦封[⑦]。黄唐在独[⑧],落落玄宗[⑨]。

① 畸人,不同凡俗之人,仙人。真,仙人的真气。

② 泛,渡过。

③ 窅然,深远貌。

④ 斗,二十八星宿之一。斗宿在东方,所以说"月出东斗"。苏轼《前赤壁赋》:"月出于东山之上,徘徊于斗牛之间。"

⑤ 太华,华山。

⑥ 伫,伫立。神素,郭绍虞《诗品集解》:"心之灵谓之神,象之真谓之素。"

⑦ 脱然,超然,超脱。畦封,界限,边界。

⑧ 黄,黄帝。唐,尧帝,又称"唐尧"。陶渊明《时运》诗:"黄唐莫逮,慨独在余。"说黄唐时代的高古难以企及,只能独自感慨。

⑨ 落落,高超,卓越。玄宗,玄妙的宗旨。

典雅

玉壶买春,赏雨茅屋。坐中佳士,左右修竹。白云初晴,幽鸟相逐。眠琴绿阴,上有飞瀑。落花无言,人淡如菊。书之岁华[①],其曰可读。

①书,书写,记录。之,此。“书之岁华”,即将此年华记录下来。

洗炼

如矿出金,如铅出银。超心炼冶,绝爱缁磷[①]。空潭泻春,古镜照神。体素储洁,乘月返真。载瞻星气,载歌幽人[②]。流水今日,明月前身。

① 缁,黑。磷,薄。《论语·阳货》:“不曰坚乎?磨而不磷。不曰白乎?涅而不缁。”何晏集解:“言至坚者,磨之而不薄;至白者,染之于涅而不黑。”后用“缁磷”比喻操守不坚贞,如韦应物《寄令狐侍郎》:“宠辱良未定,君子岂缁磷。”

② 载,连词,“又”的意思。星气,星宿与节气。陶渊明《饮酒》:“冉冉星气流,亭亭复一纪。”幽人,隐士。

劲健

行神如空,行气如虹。巫峡千寻,走云连风[①]。饮真茹强[②],蓄素守中。喻彼行健,是谓存雄[③]。天地与立,神化攸同[④]。期之以实,御之以终[⑤]。

① 巫峡,长江三峡之一。寻,长度单位,八尺为一寻。杜甫《秋兴八首》之一:“玉露凋伤枫树林,巫山巫峡气萧森。江间波浪兼天涌,塞上风云接地阴。”此二句正取自杜诗,表现刚劲有力之貌。

② 茹,吃。此句“饮”“茹”,都可当作“吸收”理解。

③ 行健,《周易·乾卦》:“天行健,君子当自强不息。”存雄,《庄子·天下》:“天地其壮乎,施存雄而无术。”“行健”“存雄”都是描写劲健的风格。

④ 攸,所。“天地与立”,即与天地并立;“神化攸同”,即与神化相同。

⑤ 期,要求,期许。御,驾驭。

绮丽

神存富贵,始轻黄金。浓尽必枯,淡者屡深。雾馀水畔,红杏在林。月明华屋,画桥碧阴。金尊酒满[①],伴客弹琴。取之自足,良殚美襟[②]。

① 尊,酒杯。

② 良,的确。殚,尽。襟,胸襟,怀抱。“良殚美襟”,即确实能写尽我美好的怀抱。

自然

俯拾即是,不取诸邻。俱道适往[①],着手成春。如逢花开,如瞻岁新[②]。真与不夺[③],强得易贫。幽人空山,过雨采蘋[④]。薄言情悟,悠悠天钧[⑤]。

① 俱道,与道在一起。《庄子·天运》:“道可载而与之俱也。”

② 瞻,看。岁新,新的一年。

③ 与,给予。

④ 幽人,隐士。蘋,一种水草,可食。《诗经·召南·采蘋》:“于以采蘋? 南涧之滨。”

⑤ 薄言,诗中的衬字,无实义。《诗经》中常用,如“薄言采之”、“薄言有之”、“薄言掇之”、“薄言捋之”(《周南·芣苢》),“薄言还归”(《小雅·出车》)等,后人使用是仿古。天钧,自然均平之理。《庄子·齐物论》:“是以圣人和之以是非而休乎天钧。”

含蓄

不着一字,尽得风流。语不涉己,若不堪忧。是有真宰,与之沉浮[①]。如渌满酒,花时反秋[②]。悠悠空尘,忽忽海沤[③]。浅深聚散,万取一收。

① 真宰,主宰。《庄子·齐物论》:“若有真宰,而特不得其眹。”(眹,迹象。)

② 渌,渌酒,过滤。酒满停滞,形容含蓄的状态。花时反秋,是说花本应

在温暖时开放,却遇到秋寒,欲开反闭,也形容一种含蓄的状态。

③ 尘,浮尘。沤,水泡。浮尘在空中,水泡在大海中,这两句也是形容含蓄的状态。

豪放

观花匪禁[1],吞吐大荒。由道返气,处得以狂。天风浪浪,海山苍苍。真力弥满,万象在旁。前招三辰[2],后引凤凰。晓策六鳌,濯足扶桑[3]。

① 匪,非。匪禁,即不受约束,随心所欲。

② 三辰,日、月、星,又称"三光"。

③ 六鳌,神话中六只负载神山的大龟。《列子·汤问》载,渤海以东亿万里有五座仙山,山上住着很多神仙。因为仙山没有根,漂浮在水上,天帝派十五只大龟分为五组,三只轮流顶起一座仙山,保证其稳定不动。后来有个龙伯国的巨人来到这里,"一钓而连六鳌",导致两座仙山飘走到北极。濯,洗。左思《咏史》诗:"振衣千仞岗,濯足万里流。"扶桑,传说中的地名,在东方日出之地,极远。

精神

欲返不尽,相期与来。明漪绝底,奇花初胎[1]。青春鹦鹉,杨柳楼台。碧山人来,清酒深杯。生气远出,不着死灰。妙造自然,伊谁与裁[2]。

① 漪,水中的波纹。明漪绝底,是说水面波光明亮,清澈见底,是描摹一种饱含精神的状态。胎,花苞。奇花含苞待放,也是一种饱含精神的状态。

② 裁,裁制、剪裁。这两句是说这样绝妙的自然境界,谁可以剪裁呢?亦即自内而外的精神是一种自然的境界,是设计不出来的。

缜密

是有真迹,如不可知。意象欲出,造化已奇。水流花开,清露未晞[1]。要路愈远，幽行为迟[2]。语不欲犯，思不欲痴[3]。犹春于绿，明月雪时[4]。

① 晞，干。

② 要，重要。重要的路程越远越需要缜密。幽，幽深。幽深之处往往不易行走，所以缓慢，也需要缜密。

③ 犯，触犯。痴，痴迷。缜密有可能落入繁复，若语言繁琐，就触犯了诗歌的忌讳；若少条理，过度纠缠，就显得痴迷。这两句说虽然缜密，但要避免繁复。

④ 犹，犹如。春之于绿，相关但不相同；明月之于雪，相似但不相同。作者举两个例子说明如何描写缜密但不落入繁复。

疏野

惟性所宅，真取弗羁[1]。控物自富，与率为期[2]。筑室松下，脱帽看诗。但知旦暮[3]，不辨何时。倘然适意，岂必有为。若其天放，如是得之。

① 宅，居住。惟性所宅，即随性自在。羁，拘束。

② 控，操控。一本作"拾"，拾得，有信手拈来之意。率，率真。

③ 但，只，仅仅。

清奇

娟娟群松，下有漪流[1]。晴雪满汀[2]，隔溪渔舟。可人如玉，步屧寻幽[3]。载瞻载止[4]，空碧悠悠。神出古异，澹不可收。如月之曙[5]，如气之秋。

① 漪，水面的波纹。

② 汀，水边的平地，小洲。

③ 屧，木底的鞋。

④ 载，诗中句首或句中衬字，无实义。《诗经》中如"载驰载驱"（《鄘

风·载驰》)。瞻,看。

⑤ 曙,明亮。

委曲

登彼太行,翠绕羊肠①。杳霭流玉②,悠悠花香。力之于时,声之于羌③。似往已回,如幽匪藏④。水理漩洑,鹏风翱翔⑤。道不自器,与之圆方⑥。

① 羊肠,比喻山路曲折如羊肠。

② 杳,幽远。霭,雾气。流玉,流水。

③ 这两句难解,前人说法不一。时,时机,时运。羌,一种说法指羌笛,羌笛声音婉转。这两句大意是说用力、发声所能达到的效果都与具体情况的有关,应顺时而动,顺势而为。

④ 匪,非。

⑤ 漩洑,水流回旋。鹏,大鹏。《庄子·逍遥游》:"鹏之徙于南冥也,水击三千里,抟扶摇而上者九万里。"扶摇,即旋风。大鹏借旋风翱翔,也描写一种委曲的状态。

⑥ 器,有形的,受形体拘束。《周易·系词上》:"形而上者谓之道,形而下者谓之器。"所以说"道不自器",随物赋形,或圆或方,不拘一格。

实境

取语甚直,计思匪深。忽逢幽人,如见道心。清涧之曲,碧松之阴。一客荷樵①,一客听琴。情性所至,妙不自寻。遇之自天,泠然希音②。

① 荷,背负。樵,薪柴。

② 泠然,轻妙貌。

悲慨

大风卷水,林木为摧。适苦欲死,招憩不来①。百岁如流②,富贵冷灰。大道日丧[3],若为雄才。壮士拂剑,浩然弥哀[4]。萧萧落叶,漏雨苍苔。

① 适,正当,正处于。憩,休息,停歇。"招憩不来",是说所招的对象停下不来。

② 岁,年。流,流水。百岁如流,即百年如流水匆匆,时光飞逝之意。

③ 大道,正道,常道。特指古人以上古三代为典范的最高政治理想。

④ 弥,更加。

形容

绝伫灵素,少回清真[1]。如觅水影,如写阳春。风云变态[2],花草精神。海之波澜,山之嶙峋。俱似大道,妙契同尘[3]。离形得似,庶几斯人[4]。

① 绝,极度地。伫,伫立。灵,神气。素,本质。"绝伫灵素",即将一个人的外在神气和内在的本质全都集中在一处,即凝神专注之意。少,不多时。回,回旋。"少回清真",是说(如果凝神专注)不多时便可进入在清新真纯的境界。

② 变态,改变形态。

③ 妙契,神妙的契合。同尘,混一,统一。《老子》:"和其光,同其尘,湛兮似或存。"

④ 庶几,差不多。这两句是说只有脱离形似而达到神似,这个人才差不多(达到形容的最高境界)。也即形容的最高境界是超越形似达到神似。

超诣[1]

匪神之灵,匪机之微[2]。如将白云,清风与归[3]。远引若至,临之已非[4]。少有道气,终与俗违。乱山乔木,碧苔芳晖。诵之思之,其声愈希。

① 诣,达到。

② 匪,非。机,事情的征兆。这两句是说超诣的境界高远精深,超越了神之灵、机之微。

③ 将,手持。清风与归,与清风同归。

④ 临,临近,靠近。

飘逸

落落欲往,矫矫不群①。缑山之鹤,华顶之云②。高人惠中,令色絪缊③。御风蓬叶,泛彼无垠④。如不可执,如将有闻⑤。识者已领,期之愈分⑥。

① 落落,高冷,孤僻的样子。矫矫,特立独行的样子。不群,不平凡,不普通。

② 缑山,即缑氏山,《列仙传》载,王子乔于七月七日在缑氏山顶驾鹤飞仙而去。后人以"缑山"比喻修道成仙之处。

③ 中,内心。令,美好。色,脸色。絪缊,弥漫,含蕴。这两句说高人内心贤惠,容颜美好,与成语"秀外慧中"同意。

④ 御风,乘风。《商君书》:"今夫飞蓬,遇飘风而行千里,乘风之势也。"泛,漂浮。

⑤ 执,捕捉。闻,听到。

⑥ 期,期待,这里指有意期求。这两句的意思是能领会者已经心领神会,若刻意去寻求反而更加疏远,求之不得。

旷达

生者百岁,相去几何。欢乐苦短,忧愁实多。何如尊酒,日往烟萝①。花覆茅檐,疏雨相过。倒酒既尽,杖藜行歌。孰不有古,南山峨峨②。

① 烟萝,烟雾缭绕,草木茂密,指隐士幽居之处。

② 古,故,指死去。峨峨,山高大巍峨貌。这两句的意思是人谁又能不

死去,唯有南山巍峨长存。

流动

若纳水輨[①],如转丸珠。夫岂可道,假体如愚[②]。荒荒坤轴,悠悠天枢[③]。载要其端,载闻其符[④]。超超神明,返返冥无[⑤]。来往千载,是之谓乎。

① 水輨,水车。

② 假体如愚,此句难解,一种说法是假体指水輨、丸珠之类,并非流动的本质,只是借以表现的形体。若以假体为流动的本质,则是愚蠢的。

③ 坤,地。枢,轴。

④ 载,句首或句中衬字,无实义。要,探求。端,发端。符,验证。

⑤ 冥无,昏暗的虚无。

⑥ 这两句的意思是:宇宙千载间循环往复,说的就是"流动"吧。

附录四　笠翁对韵

[清]李渔

说明：

《笠翁对韵》是一本讲对仗的小书，里面例句整齐、生动，能让我们熟悉对仗的特点，体会对仗的乐趣，对于读诗写诗很有帮助。而且，书中篇目按平水韵排列，即篇内是押韵的，而且都押这一个韵的字。比如，"一东"韵下第一段，第二句"雨对风"，"风"是东韵字；第三句"大陆对长空"，"空"也是东韵字；第五句"赤日对苍穹"，"穹"也是东韵字。这样一来，不仅熟悉了对仗，还熟悉了诗韵，可谓一举两得。

卷一

一东

天对地，雨对风。大陆对长空。山花对海树，赤日对苍穹。雷隐隐，雾蒙蒙。日下对天中。风高秋月白，雨霁晚霞红。牛女二星河左右，参商两曜斗西东。十月塞边，飒飒寒霜惊戍旅；三冬江上，漫漫朔雪冷鱼翁。

河对汉，绿对红。雨伯对雷公。烟楼对雪洞，月殿对天宫。云叆叇，日曈朦。腊屐对渔蓬。过天星似箭，吐魄月如弓。驿旅客逢梅子雨，池亭人挹藕花风。茅店村前，皓月坠林鸡唱韵；板桥路上，青霜锁道马行踪。

山对海，华对嵩。四岳对三公。宫花对禁柳，塞雁对江龙。清暑殿，广寒宫。拾翠对题红。庄周梦化蝶，吕望兆飞熊。北牖当风停夏扇,南帘曝日省冬烘。鹤舞楼头,玉笛弄残仙子月;凤翔台上,紫箫吹断美人风。

二冬

晨对午,夏对冬。下晌对高舂。青春对白昼,古柏对苍松。垂钓客,荷锄翁。仙鹤对神龙。凤冠珠闪烁,螭带玉玲珑。三元及第才千顷,一品当朝禄万钟。花萼楼前,仙李盘根调国脉;沉香亭畔,娇杨擅宠起边风。

清对淡,薄对浓。暮鼓对晨钟。山茶对石菊,烟锁对云封。金菡萏,玉芙蓉。绿绮对青锋。早汤先宿酒,晚食继朝饔。唐库金钱能化蝶,延津宝剑会成龙。巫峡浪传,云雨荒唐神女庙;岱宗遥望,儿孙罗列丈人峰。

繁对简,叠对重。意懒对心慵。仙翁对释伴,道范对儒宗。花灼灼,草茸茸。浪蝶对狂蜂。数竿君子竹,五树大夫松。高皇灭项凭三杰,虞帝承尧殛四凶。内苑佳人,满地风光愁不尽;边关过客,连天烟草憾无穷。

三江

奇对偶,只对双。大海对长江。金盘对玉盏,宝烛对银釭。朱漆槛,碧纱窗。舞调对歌腔。兴汉推马武,谏夏著龙逄。四收列国群王服,三筑高城众敌降。跨凤登台,潇洒仙姬秦弄玉;斩蛇当道,英雄天子汉刘邦。

颜对貌,像对庞。步辇对徒杠。停针对搁竺,意懒对心降。灯闪闪,月幢幢。揽辔对飞艎。柳堤驰骏马,花院吠村尨。酒量微熏琼杳颊,香尘没印玉莲双。诗写丹枫,韩夫幽怀流节水;泪弹斑竹,舜妃遗憾积湡江。

四支

泉对石，干对枝。吹竹对弹丝。山亭对水榭，鹦鹉对鸬鹚。五色笔，十香词。泼墨对传卮。神奇韩干画，雄浑李陵诗。几处花街新夺锦，有人香径淡凝脂。万里烽烟，战士边头争宝塞；一犁膏雨，农夫村外尽乘时。

组对醯，赋对诗。点漆对描脂。瑶簪对珠履，剑客对琴师。沽酒价，买山资。国色对仙姿。晚霞明似锦，春雨细如丝。柳绊长堤千万树，花横野寺两三枝。紫盖黄旗，天象预占江左地；青袍白马，童谣终应寿阳儿。

箴对赞，缶对卮。萤炤对蚕丝。轻裾对长袖，瑞草对灵芝。流涕策，断肠诗。喉舌对腰肢。云中熊虎将，天上凤凰儿。禹庙千年垂桔柚，尧阶三尺覆茅茨。湘竹含烟，腰下轻纱笼玳瑁；海棠经雨，脸边清泪湿胭脂。

争对让，望对思。野葛对山栀。仙风对道骨，天造对人为。专诸剑，博浪椎。经纬对干支。位尊民物主，德重帝王师。望切不妨人去远，心忙无奈马行迟。金屋闭来，赋乞茂林题柱笔；玉楼成后，记须昌谷负囊词。

五微

贤对圣，是对非。觉奥对参微。鱼书对雁字，草舍对柴扉。鸡晓唱，雉朝飞。红瘦对绿肥。举杯邀月饮，骑马踏花归。黄盖能成赤壁捷，陈平善解白登危。太白书堂，瀑泉垂地三千尺；孔明祀庙，老柏参天四十围。

戈对甲，幄对帏。荡荡对巍巍。严滩对邵圃，靖菊对夷薇。占鸿渐，采凤飞。虎榜对龙旗。心中罗锦绣，口内吐珠玑。宽宏豁达高皇量,叱咤暗哑霸主威。灭项兴刘,狡兔尽时走狗死;连吴拒魏,貔貅屯处卧龙归。

衰对盛,密对稀。祭服对朝衣。鸡窗对雁塔,秋榜对春闱。乌衣巷,燕子矶。久别对初归。天姿真窈窕,圣德实光辉。蟠桃紫阙来金母,岭荔红尘进玉妃。霸主军营,亚父丹心撞玉斗;长安酒市,谪仙狂兴换银龟。

六鱼

羹对饭,柳对榆。短袖对长裾。鸡冠对凤尾,芍药对芙蕖。周有若,汉相如。玉屋对匡庐。月明山寺远,风细水亭虚。壮士腰间三尺剑,男儿腹内五车书。疏影暗香,和靖孤山梅蕊放;轻阴清昼,渊明旧宅柳条舒。

吾对汝,尔对余。选授对升除。书箱对药柜,耒耜对耰锄。参虽鲁,回不愚。阀阅对阎闾。诸侯千乘国,命妇七香车。穿云采药闻仙犬,踏雪寻梅策蹇驴。玉兔金乌,二气精灵为日月;洛龟河马,五行生克在图书。

欹对正,密对疏。囊橐对苞苴。罗浮对壶峤,水曲对山纡。骖鹤驾,待鸾舆。桀溺对长沮。搏虎卞庄子,当熊冯婕妤。南阳高士吟梁父,西蜀才人赋子虚。三径风光,白石黄花供杖履;五湖烟景,青山绿水在樵渔。

七虞

红对白,有对无。布谷对提壶。毛锥对羽扇,天阙对皇都。谢蝴蝶,郑鹧鸪。蹈海对归湖。花肥春雨润,竹瘦晚风疏。麦饭豆糜终创汉,莼羹鲈鲙竟归吴。琴调轻弹,杨柳月中潜去听;酒旗斜挂,杏花村里共来沽。

罗对绮，茗对蔬。柏秀对松枯。中元对上巳，返璧对还珠。云梦泽，洞庭湖。玉烛对冰壶。苍头犀角带，绿鬓象牙梳。松阴白鹤声相应，镜里青鸾影不孤。竹户半开，对牖不知人在否？柴门深闭，停车还有客来无。

宾对主，婢对奴。宝鸭对金凫。升堂对入室，鼓瑟对投壶。觇合璧，颂联珠。提瓮对当垆。仰高红日近，望远白云孤。歆向秘书窥二酉，机云芳誉动三吴。祖饯三杯，老去常斟花下酒；荒田五亩，归来独荷月中锄。

君对父，魏对吴。北岳对西湖。菜蔬对茶饭，苣笋对菖蒲。梅花数，竹叶符。廷议对山呼。两都班固赋，八阵孔明图。田庆紫荆堂下茂，王裒青柏墓前枯。出塞中郎，羝有乳时归汉室；质秦太子，马生角日返燕都。

八齐

鸾对凤，犬对鸡。塞北对关西。长生对益智，老幼对旄倪。颁竹策，剪桐圭。剥枣对蒸梨。绵腰如弱柳，嫩手似柔荑。狡兔能穿三穴隐，鹪鹩权借一枝栖。角里先生，策杖垂绅扶少主；於陵仲子，辟纑织履赖贤妻。

鸣对吠，泛对栖。燕语对莺啼。珊瑚对玛瑙，琥珀对玻璃。绛县老，伯州犁。测蠡对燃犀。榆槐堪作荫，桃李自成蹊。投巫救女西门豹，赁浣逢妻百里奚。阙里门墙，陋巷规模原不陋；隋堤基址，迷楼踪迹亦全迷。

越对赵，楚对齐。柳岸对桃溪。纱窗对绣户，画阁对香闺。修月斧，上天梯。蝃蝀对虹霓。行乐游春圃，工谀病夏畦。李广不封空射虎，魏明得立为存麑。按辔徐行，细柳功成劳王敬；闻声稍卧,临泾名震止儿啼。

九佳

门对户,陌对街。枝叶对根荄。斗鸡对挥麈,凤髻对鸾钗。登楚岫,渡秦淮。子犯对夫差。石鼎龙头缩,银筝雁翅排。百年诗礼延馀庆,万里风云入壮怀。能辨名伦,死矣野哉悲季路;不由径窦,生乎愚也有高柴。

冠对履,袜对鞋。海角对天涯。鸡人对虎旅,六市对三街。陈俎豆,戏堆埋。皎皎对皑皑。贤相聚东阁,良朋集小斋。梦里山川书越绝,枕边风月记齐谐。三径萧疏,彭泽高风怡五柳;六朝华贵,琅琊佳气种三槐。

勤对俭,巧对乖。水榭对山斋。冰桃对雪藕,漏箭对更牌。寒翠袖,贵荆钗。慷慨对诙谐。竹径风声籁,花溪月影筛。携囊佳韵随时贮,荷锄沉酣到处埋。江海孤踪,云浪风涛惊旅梦;乡关万里,烟峦云树切归怀。

杞对梓,桧对楷。水泊对山崖。舞裙对歌袖,玉陛对瑶阶。风入袂,月盈怀。虎兕对狼豺。马融堂上帐,羊侃水中斋。北面黉宫宜拾芥,东巡岱畤定燔柴。锦缆春江,横笛洞箫通碧落;华灯夜月,遗簪堕翠遍香街。

十灰

春对夏,喜对哀。大手对长才。风清对月朗,地阔对天开。游阆苑,醉蓬莱。七政对三台。青龙壶老杖,白燕玉人钗。香风十里望仙阁,明月一天思子台。玉橘冰桃,王母几因求道降;莲舟藜杖,真人原为读书来。

朝对暮,去对来。庶矣对康哉。马肝对鸡肋,杏眼对桃腮。

佳兴适，好怀开。朔雪对春雷。云移鳷鹊观，日晒凤凰台。河边淑气迎芳草，林下轻风待落梅。柳媚花明，燕语莺声浑是笑；松号柏舞，猿啼鹤唳总成哀。

忠对信，博对赅。忖度对疑猜。香消对烛暗，鹊喜对蛩哀。金花报，玉镜台。倒斝对衔杯。岩巅横老树，石磴覆苍苔。雪满山中高士卧，月明林下美人来。绿柳沿堤，皆因苏子来时种；碧桃满观，尽是刘郎去后栽。

十一真

莲对菊，凤对麟。浊富对清贫。渔庄对佛舍，松盖对花茵。萝月叟，葛天民。国宝对家珍。草迎金埒马，花醉玉楼人。巢燕三春尝唤友，塞鸿八月始来宾。古往今来，谁见泰山曾作砺；天长地久，人传沧海几扬尘。

兄对弟，吏对民。父子对君臣。勾丁对甫甲，赴卯对同寅。折桂客，簪花人。四皓对三仁。王乔云外舄，郭泰雨中巾。人交好友求三益，士有贤妻备五伦。文教南宣，武帝平蛮开百越；义旗西指，韩侯扶汉卷三秦。

申对午，侃对訚。阿魏对茵陈。楚兰对湘芷，碧柳对青筠。花馥馥，叶蓁蓁。粉颈对朱唇。曹公奸似鬼，尧帝智如神。南阮才郎差北富，东邻丑女效西颦。色艳北堂，草号忘忧忧甚事；香浓南国，花名含笑笑何人。

十二文

忧对喜，戚对欣。五典对三坟。佛经对仙语，夏耨对春耘。烹早韭，剪春芹。暮雨对朝云。竹间斜白接，花下醉红裙。掌握灵符五岳篆，腰悬宝剑七星纹。金锁未开，上相趋听宫漏永；珠帘半卷，群僚仰对御炉熏。

词对赋，懒对勤。类聚对群分。鸾箫对凤笛，带草对香芸。燕许笔，韩柳文。旧话对新闻。赫赫周南仲，翩翩晋右军。六国说成苏子贵，两京收复郭公勋。汉阙陈书，侃侃忠言推贾谊；唐廷对策，岩岩直谏有刘蕡。

言对笑，绩对勋。鹿豕对羊羵。星冠对月扇，把袂对书裙。汤事葛，说兴殷。萝月对松云。西池青鸟使，北塞黑鸦军。文武成康为一代，魏吴蜀汉定三分。桂苑秋宵，明月三杯邀曲客；松亭夏日，薰风一曲奏桐君。

十三元

卑对长，季对昆。永巷对长门。山亭对水阁，旅舍对军屯。扬子渡，谢公墩。德重对年尊。承乾对出震，叠坎对重坤。志士报君思犬马，仁王养老察鸡豚。远水平沙，有客泛舟桃叶渡；斜风细雨，何人携榼杏花村。

君对相，祖对孙。夕照对朝曛。兰台对桂殿，海岛对山村。碑堕泪，赋招魂。报怨对怀恩。陵埋金吐气，田种玉生根。相府珠帘垂白昼，边城画角对黄昏。枫叶半山，秋去烟霞堪倚杖；梨花满地，夜来风雨不开门。

十四寒

家对国，治对安。地主对天官。坎男对离女，周诰对殷盘。三三暖，九九寒。杜撰对包弹。古壁蛩声匝，闲亭鹤影单。燕出帘边春寂寂，莺闻枕上漏珊珊。池柳烟飘，日夕郎归青琐闼；砌花雨过，月明人倚玉栏干。

肥对瘦，窄对宽。黄犬对青鸾。指环对腰带，洗钵对投竿。

诛佞剑,进贤冠。画栋对雕栏。双垂白玉箸,九转紫金丹。陕右棠高怀召伯,河南花满忆潘安。陌上芳春,弱柳当风披彩线;池中清晓,碧荷承露捧珠盘。

行对卧,听对看。鹿洞对鱼滩。蛟腾对豹变,虎踞对龙盘。风凛凛,雪漫漫。手辣对心酸。莺莺对燕燕,小小对端端。蓝水远从千涧落,玉山高并两峰寒。至圣不凡,嬉戏六龄陈俎豆;老莱大孝,承欢七衮舞斑斓。

十五删

林对坞,岭对峦。昼永对春闲。谋深对望重,任大对投艰。裙袅袅,佩珊珊。守塞对当关。密云千里合,新月一钩弯。叔宝君臣皆纵逸,重华父母是嚚顽。名动帝畿,西蜀三苏来日下;壮游京洛,东吴二陆起云间。

临对仿,吝对悭。讨逆对平蛮。忠肝对义胆,雾鬓对云鬟。埋笔冢,烂柯山。月貌对天颜。龙潜终得跃,鸟倦亦知还。陇树飞来鹦鹉绿,池筠密处鹧鸪斑。秋露横江,苏子月明游赤壁;冻云迷岭,韩公雪拥过蓝关。

卷二

一先

寒对暑,日对年。蹴踘对秋千。丹山对碧水,淡雨对覃烟。歌宛转,貌婵娟。雪鼓对云笺。荒芦栖南雁,疏柳噪秋蝉。洗耳尚逢高士笑,折腰肯受小儿怜。郭泰泛舟,折角半垂梅子雨;山涛骑马,接篱倒看杏花天。

轻对重,肥对坚。碧玉对青钱。郊寒对岛瘦,酒圣对诗仙。

依玉树，步金莲。凿井对耕田。杜甫清宵立，边韶白昼眠。豪饮客吞波底月，酣游人醉水中天。斗草青郊，几行宝马嘶金勒；看花紫陌，千里香车拥翠钿。

吟对咏，授对传。乐矣对凄然。风鹏对雪雁，董杏对周莲。春九十，岁三千。钟鼓对管弦。入山逢宰相，无事即神仙。霞映武陵桃淡淡，烟荒隋堤柳绵绵。七碗月团，啜罢清风生腋下；三杯云液，饮馀红雨晕腮边。

中对外，后对先。树下对花前。玉柱对金屋，叠嶂对平川。孙子策，祖生鞭。盛席对华筵。解醉知茶力，消愁识酒权。丝剪芰荷开东沼，锦妆凫雁泛温泉。帝女衔石，海中遗魄为精卫；蜀王叫月，枝上游魂化杜鹃。

二萧

琴对管，斧对瓢。水怪对花妖。秋声对春色，白缣对红绡。臣五代，事三朝。斗柄对弓腰。醉客歌金缕，佳人品玉箫。风定落花闲不扫，霜馀残叶湿难烧。千载兴周，尚父一竿投渭水；百年霸越，钱王万弩射江潮。

荣对悴，夕对朝。露地对云霄。商彝对周鼎，殷濩对虞韶。樊素口，小蛮腰。六诏对三苗。朝天车奕奕，出塞马萧萧。公子幽兰重泛舸，王孙芳草正联镳。潘岳高怀，曾向秋天吟蟋蟀；王维清兴，尝于雪夜画芭蕉。

耕对读，牧对樵。琥珀对琼瑶。兔毫对鸿爪，桂楫对兰桡。鱼潜藻，鹿藏蕉。水远对山遥。湘灵能鼓瑟，嬴女解吹箫。雪点寒梅横小院，风吹弱柳覆平桥。月牖通宵，绛蜡罢时光不减；风帘当昼，雕盘停后篆难消。

三肴

诗对礼，卦对爻。燕引对莺调。晨钟对暮鼓，野馔对山肴。雉方乳，鹊始巢。猛虎对神獒。疏星浮荇叶，皓月上松梢。为邦自古推瑚琏，从政于今愧斗筲。管鲍相知，能交忘形胶漆友；蔺廉有隙，终为刎颈死生交。

歌对舞，笑对嘲。耳语对神交。焉乌对亥豕，獭髓对鸾胶。宜久敬，莫轻抛。一气对同胞。祭遵甘布被，张禄念绨袍。花径风来逢客访，柴扉月到有僧敲。夜雨园中，一颗不雕王子柰；秋风江上，三重曾卷杜公茅。

衙对舍，廪对庖。玉磬对金铙。竹林对梅岭，起凤对腾蛟。鲛绡帐，兽锦袍。露果对风梢。扬州输橘柚，荆土贡菁茅。断蛇埋地称孙叔，渡蚁作桥识宋郊。好梦难成，蛩响阶前偏唧唧；良朋远到，鸡声窗外正嘐嘐。

四豪

茭对茨，荻对蒿。山麓对江皋。莺簧对蝶板，麦浪对桃涛。骐骥足，凤凰毛。美誉对嘉褒。文人窥蠹简，学士书兔毫。马援南征载薏苡，张骞西使进葡萄。辩口悬河，万语千言常亹亹；词源倒峡，连篇累牍自滔滔。

梅对杏，李对桃。棫朴对旌旄。酒仙对诗史，德泽对恩膏。悬一榻，梦三刀。拙逸对贵劳。玉堂花烛绕，金殿月轮高。孤山看鹤盘云下，蜀道闻猿向月号。万事从人，有花有酒应自乐；百年皆客，一丘一壑尽吾豪。

台对省，署对曹。分袂对同袍。鸣琴对击剑，返辙对回艚。良借箸，操提刀。香茗对醇醪。滴泉归海大，篑土积山高。石室客来煎雀舌,画堂宾至饮羊羔。被谪贾生,湘水凄凉吟鹏鸟;遭谗屈子,江潭憔悴著离骚。

五歌

微对巨,少对多。直干对平柯。蜂媒对蝶使,雨笠对烟蓑。眉淡扫,面微酡。妙舞对清歌。轻衫裁夏葛,薄袂剪春罗。将相兼行唐李靖,霸王杂用汉萧何。月本阴精,岂有羿妻曾窃药;星为夜宿,浪传织女漫投梭。

慈对善,虐对苛。缥缈对婆娑。长杨对细柳,嫩蕊对寒莎。追风马,挽日戈。玉液对金波。紫诏衔丹凤,黄庭换白鹅。画阁江城梅作调,兰舟野渡竹为歌。门外雪飞,错认空中飘柳絮;岩边瀑响,误疑天半落银河。

松对竹,荇对荷。薜荔对藤萝。梯云对步月,樵唱对渔歌。升鼎雉,听经鹅。北海对东坡。吴郎哀废宅,邵子乐行窝。丽水良金皆待冶,昆山美玉总须磨。雨过皇州,琉璃色灿华清瓦;风来帝苑,荷芰香飘太液波。

笼对槛,巢对窝。及第对登科。冰清对玉润,地利对人和。韩擒虎,荣驾鹅。青女对素娥。破头朱泚笏,折齿谢鲲梭。留客酒杯应恨少,动人诗句不须多。绿野凝烟,但听村前双牧笛;沧江积雪,惟看滩上一渔蓑。

六麻

清对浊,美对嘉。鄙吝对矜夸。花须对柳眼,屋角对檐牙。志和宅,博望槎。秋实对春华。乾炉烹白雪,坤鼎炼丹砂。深宵望冷沙场月,边塞听残野戍笳。满院松风,钟声隐隐为僧舍;半窗花月,锡影依依是道家。

雷对电，雾对霞。蚁阵对蜂衙。寄梅对怀橘，酿酒对烹茶。宜男草，益母花。杨柳对蒹葭。班姬辞帝辇，蔡琰泣胡笳。舞榭歌楼千万尺，竹篱茅舍两三家。珊枕半床，月明时梦飞塞外；银筝一奏，花落处人在天涯。

圆对缺，正对斜。笑语对咨嗟。沈腰对潘鬓，孟笋对卢茶。百舌鸟，两头蛇。帝里对仙家。尧仁敷率土，舜德被流沙。桥上授书曾纳履，壁间题句已笼纱。远塞迢迢，露碛风沙何可极；长沙渺渺，雪涛烟浪信无涯。

疏对密，朴对华。义鹘对慈鸦。鹤群对雁阵，白苎对黄麻。读三到，吟八叉。肃静对喧哗。围棋兼把钓，沉李并浮瓜。羽客片时能煮石，狐禅千劫似蒸沙。党尉粗豪，金帐笼香斟美酒；陶生清逸，银铛融雪啜团茶。

七阳

台对阁，沼对塘。朝雨对夕阳。游人对隐士，谢女对秋娘。三寸舌，九回肠。玉液对琼浆。秦皇照胆镜，徐肇返魂香。青萍夜啸芙蓉匣，黄卷时摊薜荔床。元亨利贞，天地一机成化育；仁义礼智，圣贤千古立纲常。

红对白，绿对黄。昼永对更长。龙飞对凤舞，锦缆对牙樯。云弁使，雪衣娘。故国对他乡。雄文能徙鳄，艳曲为求凰。九日高峰惊落帽，暮春曲水喜流觞。僧占名山，云绕茂林藏古殿；客栖胜地，风飘落叶响空廊。

衰对壮，弱对强。艳饰对新妆。御龙对司马，破竹对穿杨。读班马，识求羊。水色对山光。仙棋藏绿橘，客枕梦黄粱。池草入诗因有梦，海棠带恨为无香。风起画堂，帘箔影翻青荇沼；月斜金井，辘轳声度碧梧墙。

臣对子，帝对王。日月对风霜。乌台对紫府，雪牖对云房。香山社，昼锦堂。蔀屋对岩廊。芬椒涂内壁，文杏饰高梁。贫女幸分东壁影，幽心高卧北窗凉。绣阁探春，丽日半笼青镜色；水亭醉夏，薰风常透碧筒香。

八庚

形对貌，色对声。夏邑对周京。江云对涧树，玉磬对银筝。人老老，我卿卿。晓燕对春莺。玄霜舂玉杵，白露贮金茎。贾客君山秋弄笛，仙人缑岭夜吹笙。帝业独兴，尽道汉高能用将；父书空读，谁言赵括善知兵。

功对业，性对情。月上对云行。乘龙对附骥，阆苑对蓬瀛。春秋笔，月旦评。东作对西成。隋珠光照乘，和璧价连城。三箭三人唐将勇，一琴一鹤赵公清。汉帝求贤，诏访严滩逢故旧；宋廷优老，年尊洛社重耆英。

昏对旦，晦对明。久雨对新晴。蓼湾对花港，竹友对梅兄。黄石叟，丹丘生。犬吠对鸡鸣。暮山云外断，新水月中平。半榻清风宜午梦，一犁好雨趁春耕。王旦登庸，误我十年迟作相；刘蕡不第，愧他多士早成名。

九青

庚对甲，巳对丁。魏阙对彤庭。梅妻对鹤子，珠箔对银屏。鸳浴沼，鹭飞汀。鸿雁对鹡鸰。人间寿者相，天上老人星。八月好修攀桂斧，三春须系护花铃。江阁凭临，一水净连天际碧；石栏闲倚，群山秀向雨馀青。

危对乱，泰对宁。纳陛对趋庭。金盘对玉箸，泛梗对浮萍。

群玉圃，众芳亭。旧典对新型。骑牛闲读史，牧豕自横经。秋首田中禾颖重，春馀园内菜花馨。旅次凄凉，塞月江风皆惨淡；筵前欢笑，燕歌赵舞独娉婷。

十蒸

萍对蓼，莆对菱。雁弋对鱼罾。齐纨对鲁绮，蜀绵对吴绫。星渐没，日初升。九聘对三征。萧何曾作吏，贾岛昔为僧。贤人视履循规矩，大斧挥斤校准绳。野渡春风，人喜乘潮移酒舫；江天暮雨，客愁隔岸对渔灯。

谈对吐，谓对称。冉闵对颜曾。侯嬴对伯嚭，祖逖对孙登。抛白纻，宴红绫。胜友对良朋。争名如逐鹿，谋利似趋蝇。仁杰姨惭周不仕，王陵母识汉方兴。句写穷愁，浣花寄迹传工部；诗吟变乱，凝碧伤心叹右丞。

十一尤

荣对辱，喜对忧。缱绻对绸缪。吴娃对越女，野马对沙鸥。茶解渴，酒消愁。白眼对苍头。马迁修史记，孔子作春秋。莘野耕夫闲举耜，渭滨渔父晚垂钩。龙马游河，羲帝因图而画卦；神龟出洛，禹王取法以明畴。

冠对履，舄对裘。院小对庭幽。面墙对膝地，错智对良筹。孤嶂耸，大江流。芳泽对园丘。花潭来越唱，柳屿起吴讴。莺懒燕忙三月雨，蛩摧蝉退一天秋。钟子听琴，荒径入林山寂寂；谪仙捉月，洪涛接岸水悠悠。

鱼对鸟，鹡对鸠。翠馆对红楼。七贤对三友，爱日对悲秋。虎类狗，蚁如牛。列辟对诸侯。陈唱临春乐，隋歌清夜游。空中事业麒麟阁，地下文章鹦鹉洲。旷野平原，猎士马蹄轻似箭；斜风细雨，牧童牛背稳如舟。

十二侵

歌对曲，啸对吟。往古对来今。山头对水面，远浦对遥岑。勤三上，惜寸阴。茂树对平林。卞和三献玉，杨震四知金。青皇风暖催芳草，白帝城高急暮砧。绣虎雕龙，才子窗前挥彩笔；描鸾刺凤，佳人帘下度金针。

登对眺，涉对临。瑞雪对甘霖。主欢对民乐，交浅对言深。耻三战，乐七擒。顾曲对知音。大车行槛槛，驷马聚骎骎。紫电青虹腾剑气，高山流水识琴心。屈子怀君，极浦吟风悲泽畔；王郎忆友，扁舟卧雪访山阴。

十三覃

宫对阙，座对龛。水北对天南。蜃楼对蚁郡，伟论对高谈。遴杞梓，树楩楠。得一对函三。八宝珊瑚枕，双珠玳瑁簪。萧王待士心惟赤，卢相欺君面独蓝。贾岛诗狂，手拟敲门行处想；张颠草圣，头能濡墨写时酣。

闻对见，解对谙。三橘对双柑。黄童对白叟，静女对奇男。秋七七，径三三。海色对山岚。鸾声何哕哕，虎视正眈眈。仪封疆吏知尼父，函谷关人识老聃。江相归池，止水自盟真是止；吴公作宰，贪泉虽饮亦何贪。

十四盐

宽对猛，冷对炎。清直对尊严。云头对雨脚，鹤发对龙髯。风台谏，肃堂廉。保泰对鸣谦。五湖归范蠡，三径隐陶潜。一剑成功堪佩印，百钱满卦便垂帘。浊酒停杯，容我半酣愁际饮；好花傍座，看他微笑悟时拈。

连对断，减对添。淡泊对安恬。回头对极目，水底对山尖。腰袅袅，手纤纤。凤卜对鸾占。开田多种粟，煮海尽成盐。居同九世张公艺，恩给千人范仲淹。箫弄凤来，秦女有缘能跨羽；鼎成龙去，轩臣无计得攀髯。

人对己，爱对嫌。举止对观瞻。四知对三语，义正对辞严。勤雪案，课风檐。漏箭对书笺。文繁归獭祭，体艳别香奁。昨夜题诗更一字，早春来燕卷重帘。诗以史名，愁里悲歌怀杜甫；笔经人索，梦中显晦老江淹。

十五咸

栽对植，薙对芟。二伯对三监。朝臣对国老，职事对官衔。鹿麌麌，兔毚毚。启牍对开缄。绿杨莺睍睆，红杏燕呢喃。半篙白酒娱陶令，一枕黄粱度吕岩。九夏炎飙，长日风亭留客骑；三冬寒冽，漫天雪浪驻征帆。

梧对杞，柏对杉。夏濩对韶咸。涧瀍对溱洧，巩洛对崤函。藏书洞，避诏岩。脱俗对超凡。贤人羞献媚，正士嫉工谗。霸越谋臣推少伯，佐唐藩将重浑瑊。邺下狂生，羯鼓三挝羞锦袄；江州司马，琵琶一曲湿青衫。

袍对笏，履对衫。匹马对孤帆。琢磨对雕镂，刻划对镌镵。星北拱，日西衔。卮漏对鼎馋。江边生桂若，海外树都咸。但得恢恢存利刃，何须咄咄达空函。彩凤知音，乐典后夔须九奏；金人守口，圣如尼父亦三缄。

附录五　本书举例讲解诗词作品索引

（按作者年代顺序排列）